迈兮 著　　城辉 绘

幸会陌生

上海交通大学出版社
SHANGHAI JIAO TONG UNIVERSITY PRESS

内容提要

书中，作者精选了她在 22 个国家地区，邂逅陌生人所收集到的 28 个不同主题的人生故事。主人公与旅途中遇到的各式陌生人展开了交谈，包括流浪汉、邮递员、警察、商人、教授、调酒师、旅店老板、音乐家、工程师等。通过讲述他们丰富的人生故事，反映出不同文化和社会环境所塑造出的截然不同的"别处生活"和"人生传奇"。从这些陌生人的故事中我们既能感受到作者和陌生人之间的文化差异在交流中所碰撞出的火花，也同时能读到我们的生活、爱情、成长、友谊，当然也有生活的挫败和迷惘。在这里，走进别处生活，倾听不一样的故事，遇见同样流浪的灵魂。

图书在版编目(CIP)数据

幸会，陌生人/迈兮著．—上海：上海交通大学
出版社，2017
ISBN 978-7-313-17610-3

Ⅰ．①幸…　Ⅱ．①迈…　Ⅲ．①随笔—作品集—中国—
当代　Ⅳ．①I267.1

中国版本图书馆 CIP 数据核字 (2017) 第 150068 号

幸会，陌生人

著　　者：迈　兮
出版发行：上海交通大学出版社　　　　　地　　址：上海市番禺路 951 号
邮政编码：200030　　　　　　　　　　电　　话：021-64071208
出版人：谈　毅
印　　制：常熟市文化印刷有限公司　　　经　　销：全国新华书店
开　　本：880 mm×1230 mm　1/32　　印　　张：11.5
字　　数：273 千字
版　　次：2017 年 7 月第 1 版　　　　　印　　次：2017 年 12 月第 2 次印刷
书　　号：ISBN 978-7-313-17610-3/I
定　　价：39.80 元

且行且记，敬惜生命及字纸

女儿：

前几天在杭州出差，晚上漫步西湖，路经北山路断桥附近的一处咖啡馆。我想起十多年前的一个夜晚，我在那里完成你初中学校布置给家长的作业，为孩子十四岁生日写一封信。那个夜晚带给我的记忆是如此美好，笔墨之间留下的不只是你少年生活精彩的点滴，更有对你的期冀。后来学校又有一个作业，要求学生给父母写封信，记得你这样描述：当不少同学还在思量如何着笔时，你已经挥洒自如，"因为我和爸爸之间，可以写的事情太多太多……"

十六岁那年，你出国留学，只让我们送你到机场，因为你早就表露要独自踏上那片土地。我们满足了你，直到近两年过去了，才走进你的校园，听你讲述在美国中学的故事和你的各种有趣经历。你特别提及，每当自己遇到挑战时，会不由自主地取出临别送给你的特殊礼物，从中汲取精神食粮和智慧力量——那是一本厚厚的自编日记体书籍《一个父亲眼中的十六岁花季》。

日记和远方，无形中持续滋养着你。 记得你刚开始学习写字时，我就送你日记本，鼓励你每天写点什么，哪怕只有一句话："今天没有什么值得写的。"每天在你熟睡后，我会用红色笔批改，在你用拼音的地方写下相应的文字。

和所有的孩子一样，你喜欢听故事，总是睁大眼睛听我讲述国内外出差见闻、异域人情风土，远方就是你儿时的梦想。 留学前你充满期待地做了这样的概括： 小时候听爸爸讲去国外的故事，后来爸爸带着我去国外讲故事；再后来我自己踏上爸爸曾经去过的国度，如今我开始要去很多爸爸没去过的地方了，可以讲故事给爸爸听喽……

于是在外多年，你利用各种假期周游列国。 红眼航班、长途卧车、同学家寄宿、假期短工收入、选欧洲当交换生……你优化配置了所有可能的资源，让护照上盖满了各色出入境章，在自己心目中的远方清单上不停地打钩画线。 在这个圆梦过程中，"每天写点什么"成了一种增收资粮的习惯。 让我欣喜地看到，写作和远方，已经属于你生命的组成与性格的主张。

去年，当你从非洲中东南亚等地游历归来，我们团圆于涞河古镇。 漫步四方街，仰望星空；走过青龙桥，披着月色。 我们忆及十年前在南非克鲁格公园同样璀璨星空下的交流……你认真地告诉我自己准备好了，要写一本书。"书的序言，当然就交给爸爸写啦！"

我非常高兴地接受这份任务。半个多月前，当你与出版社签订好合同后，提醒我忙里抽空抓紧写序。我就一直在琢磨怎么写呢？

终于我决定先不用电脑，要以传统书信的格式，写我一生中的第一个书序，犹如曾经无数次写信给你一样。

取出纸笔、舞动墨迹；字留纸面、力透纸背。这种感觉，令人强烈地意识到最美妙的当下。

曾经对你说过：父母的心灵是你心灵的土壤，你的眼睛是父母眼睛的延展。此刻，我想补充一句：你的作品就是父母作品的作品。等到书籍出版后，我们能够从你心灵中的阳光获得温暖，感受到你眼睛里的美好。

午夜耳边回荡当年清晨送你上学时的告别语："我是一个很棒的孩子，我有信心做好任何事情……"

且行且记，敬惜生命与字纸。

亦父亦友，满怀呵护与祝福。

爸　爸

2017年4月27日凌晨三点笔写于北京西直门宾馆

2017年4月29日中午打字于G360前往西安高铁

目录

　　当我睁开眼睛,发现只有他和我站在了所有人的对立面。两个认为"旅行者是自私的"的人,相视一笑。

　　在我最需要她的时候,她离开了我。两年后她想回到我身边,犹豫后我决定去远行。这一路风景让我明白,过去眼里只有她是因为我的世界太狭隘。

　　他是骄傲的意大利后裔,也是浪荡的美国痞子,他说所有美丽的东西必须和丑陋的东西合体,于是他把最丑陋的岁月换成最美丽的钻石。

　　黄浦江把上海分为浦东与浦西,汉江把首尔分为江南与江北。上海的女孩,首尔的男孩,每天穿过不同的江景,去体会别样的人生。

3

楔子之一 | 日征月迈，归去来兮

它：旅途中，地球上

我：迈兮，中国人，19～23岁，行者/爱听完故事讲故事

〈遇见"空中骑士"〉

那年我十六岁，坐在一架从费城开往法兰克福的飞机上。 独自在外求学后第一次参加春游，目的地是意大利。 换登机牌的时候，我得到了一个靠窗的位置，但是却并没有和同行的老师同学们坐在一起。

当乘客几乎都到齐的时候，我身旁走廊座位的旅客才登机，他是一个头发花白、身材高大的老头，风尘仆仆走来，把他的古董箱子往头顶行李架里一塞。 坐下来深深舒了口气，转头对我微笑。也许是因为刚才在奔跑吧，他满面通红，但精神饱满。

那时候我是个经历简单的花季少女，除了告诉他我是中国人，正在美国留学，将要前往意大利去春游以外，没什么特别值得分享的。 这位老先生却很健谈，一路飞行过程丝毫不显疲惫，给我说了许多他零零碎碎的事情。 他说到他是德国人，以前在法国上过学，现在在德国和美国来回跑做生意，每周都至少要坐两次中长途飞

机，度假的时候最喜欢去希腊，冬天喜欢去瑞典滑雪，有三个孩子分别生活在纽约、柏林和法兰克福，他会偶尔去探望……

我以为世界很大，而在他的诉说里，世界却仿佛很小。 我问他，家在哪里？ 是美国还是德国？ 他指了指头顶的行李架，"家一直在这里，家无处不在。"飞机抵达法兰克福以后，老先生帅气利落地取下箱子，还是风尘仆仆，又从容淡定。 他和我微笑告别，我则要继续转机去威尼斯。

时光飞逝，回忆模糊。 我早已忘了那天航班上的餐食，那位老先生的面孔，还有到了威尼斯后吃的第一个冰淇淋球是什么口味，但我一直记得他指着行李架时说的话。 很多年以后我渐渐明白，那一次短暂的相逢，他在我心里种下了一颗种子，那颗种子发出了冒险的枝芽，开出了远行的花。 现在的我偶尔也会在飞机上交朋友，不知不觉我变成了当年那个绘声绘色说故事的他。

〈爱你恨你美利坚〉

很高兴认识你，我叫迈兮，女，90后，出生在上海，从小有两大兴趣爱好：到处闲逛和听故事。 长大后这两大爱好发展为满世界飞，听完故事后给人讲故事。 人生一大转折点就是初中毕业后来到了美利坚，你别以为我要给你讲留学生故事，我要给你讲的是作为留学生的我，在不上学时候的故事。

我和我生活了很多年的美利坚之间有一种很复杂的情感。 一开始是毫无保留的爱，接着是嗤之以鼻的厌恶，最后是看开一切的淡然。 刚到美国的时候我不停地发现那些美国好过中国的东西，简单说就是发达国家的很多优化制度和体系。 慢慢地，几年"蜜月期"

过了，我开始注意到越来越多美国不好的地方。一直以为美国是一个比中国更开放更包容的地方，却逐渐发现它也有非常保守且一成不变的一面。日常里最让我唏嘘的就是很多美国年轻人无知且自以为是，总觉得自己生活在这个世界最好的地方，所以无需去了解和学习其他地方的事。

不论一个国家比你生活的地方更发达还是更落后，都值得去了解。了解比你发达的地方可以提高自身，了解比你落后的地方可以让你更加珍惜你所拥有的一切。我很羡慕美国的学生，生活在世界上经济最发达的国家，他们有很多机会去了解世界各地的人和事，因为美国吸引了全球的精英前去学习和生活。然而可惜的是很多美国年轻人并没有意识到这样的机会，自然也谈不上珍惜。

在美国时间越久，我就越发想去探索美国以外的世界，在课余我会收集空闲时间去远行。留学的那些年，走了一小圈世界，我逐渐也看开了。这个世界上，没有完美的国家，好也是相对的好，坏也是相对的坏，适合自己的才是最好的。

〈一颗装着世界的心〉

当你遇到一个陌生人开始一段对话，通常情况下都会不由自主地寻找你们的共同经历，因为寻求共鸣感是人的一种本能。

这些年一大感触就是地球原来比我想象的小，而人与人的距离和地球的大小不成比例。

马不停蹄地跑过很多地方，有时候半梦半醒的状态如同游走在任意门边；遇到了各式各样的人，有的成了不知名的过客，有的成了我手机讯息里的常客，但他们或多或少有那么一瞬间震撼过我；

听了很多很多的故事，我知道如果不曾经历过这样的旅程，许多故事也许我一辈子不能想象。

有的时候你只顾着边走边拿相机拍照，然后回看的时候你会说："这是我曾经看过的风景，他、她或是它曾是我风景里的过客。"直到有一天你在某处风景里发呆，不知谁的相机快门的声音把你拉回现实，这才发现，其实我们都一样，现在的我是别人风景里的过客。

〈最想说给你听〉

有人问我是怀着怎样的心情书写这些故事的。我说，这是一段我最珍爱的岁月，最难忘的青春。如果我有一个现在不满 20 岁、对大千世界充满好奇的弟弟或妹妹，我会想把这些故事讲给他/她听。因为我很希望十五六岁那年的自己能有幸读到这么一本书。

日征月迈，归去来兮。时间推移，初心不变。

故事源于生活，生活造就故事。
真实源于想象，想象点缀真实。

祝你阅读愉快。

楔子之二 ｜ 猫村茉莉

它：旅途中，地球上
她：茉莉，日本人，19～23岁，行者/爱听完故事评故事

　　这个世界充满了矛盾。 哪怕同样的时间、地点发生了相同的事情，不同的两个人也可能有截然相反的感受，没有对与错，只因为你不是他，他也不是你。 但我相信观点立场不同的人也可以和平共处，甚至互相欣赏，就像我和猫村茉莉一样。 若不赞同，但求理解。

〈关于自己〉

　　大家好，我叫猫村茉莉，读作 Nekomura Mari，英文名是 Jasmine，日本人，在关东地区出生长大。 教育经历为日本一流的私立幼儿园，二流的公立小学，三流的公立初中，瑞士的寄宿高中，美国的私立大学，现在在英国继续学业，直到我拿到博士学位为止。

　　一流幼儿园是妈妈选的，后来她和我爸爸离婚了，我和父亲住在一起。 我父亲身边出现过的女人们表面上对我都不错，不过也都不怎么上心，这就是为什么我最后沦落到了三流的初中。

初中的最后一年，我父亲遇到了他的现任太太，她和别人不太一样因为她会为我做漂亮可口的便当。 其实我父亲尝试过给我做便当，但是他做的便当实在是让人难以下口。 日本学校里小屁孩们都会互相攀比下自己母亲做的便当，我不愿意告诉大家我母亲不给我做便当，也不想带去父亲做的便当，于是很长一段时间我都是自己做，然后告诉同学们是我妈妈做的。 说这些可不是要你们同情我，我一点都不觉得自己可怜，只是一直觉得我的同学们很可笑，我骗了他们那么久都不知道。

　　话说回来，我父亲和这位愿意为我做便当的女人结婚了，我很为他开心，因为终于又有人照顾他了。 那种感觉就像是多年以来我和我父亲两人互相默默守护着对方，终于有人来守护他了，那么我似乎应该多给他们一点空间。 于是我打算去留学，要给自己物色一个环境优美的好学校。 现在回想当年，我也算是个早熟的姑娘吧。那是一个转折点，之前我们是一对散养的父女，之后他有人照顾，我也认真为自己谋划起一个靠谱的未来。

　　我的爱好有旅行，独处，睡觉，喝水，钓鱼，看科学报告，看帅哥，对让我看不顺眼的人翻白眼加上犀利的言语攻击，在信任喜欢的人面前对各种事情评头论足等。

　　我讨厌那些自作聪明，喜欢把自己的想法强加在别人身上的人。 对于任何宗教的狂热分子或是极度虔诚者，我通常都避而远之。

〈关于友情〉

　　友情是个好东西，但是我对友情的态度是宁缺毋滥，我不需要很多朋友，也几乎不主动去交朋友。迈兮算是我大学时光最好的朋友，也是人生最好的朋友之一。我们初次相识是在纽约的机场，当然是她主动来找我搭话的，看完这本书你就会知道，她是世间罕见的那种能和任何人搭话的奇葩。在机场她问了我名字，还让我写出汉字给她瞧瞧，然后对着我的姓氏笑了半天，问我养不养猫……我告诉迈兮，猫村是罕见姓氏，她自言自语说，既然有"熊本"这样的姓氏，"猫村"也不奇怪。成为朋友以后她常常说我的姓氏特别符合我的个性，因为我是个像猫一样的女子，慵懒，对人爱理不理。

我觉得如果我对别人好，别人对我好，并不稀罕。只有我对别人不好，别人还对我好，才是真的欣赏我。所以我对人通常爱理不理，有一个考验期，考验期具体多长我也不知道，感觉对了就是对了。

来说说我是怎么认定迈兮是个可以深交的朋友的吧。大一的时候我们都报名了一个社团，我却经常不去参加活动，两个原因：一是我不爱去人多的地方社交，二是每次开会之前我习惯午睡，很容易睡过头，就懒得去了。那个社团的干部们没事给我发邮件说他们非常欢迎我，期待我的到来，真挚邀请我，可我也没看出他们哪里真挚了。一次校园里偶遇迈兮，她问我怎么在社团总不见我，我就告诉了她第二个原因，后来她居然每次去开会前会来叫我起床。起初我觉得这人有老来打扰我午睡有点烦，转念一想她也算是个真挚的人。慢慢天冷了，下雪了，她会翻半个积雪的小山坡来叫我，我还是很感动的。

我和迈兮性格迥异，最显而易见的就是我是个高冷的现实主义者，她是个热情的理想主义者。好在大学期间我们一同经历了很多人、很多事，也去了很多地方旅行，两人一起成长，性格也互补了很多。 我喜欢那种能在她面前畅所欲言的感觉。

〈关于爱情〉

这是个无聊的话题，学点科学你就该知道所谓爱情其实只是化学反应，所以我特别看不上那些为了爱情寻死觅活的人，因为化学反应都是有时限的。"时间是最好的良药"，我欣赏这句话。

爱情除了是化学反应，也是一种机遇，要遇到才能反应嘛。 我觉得人活在世，能遇到个你愿意起反应，对方也愿意和你一起化学反应，并且反应时间长久的人的概率是很小的。 所以有就要珍惜，没有也不要急嘛，可以试试别的元素对吧，更何况每次化学反应完你也不再是本来的自己。

人类为什么要发明婚姻这玩意呢？ 真的是和爱情没有一点关系，我一直觉得婚姻把化学反应复杂化了。

〈关于地球〉

地球真的是有太多问题了，我们人类是这个地球的主人，也是最大的罪人。 有时候我想，人类只顾着繁殖后代，也不去想想那些后代如果有选择权是否会愿意被带到这个世界来。 我是人类，但我真的不喜欢人类。 我不打算繁殖后代，因为我认为把生命带到一个比我现在所生活的环境更糟糕的环境里，是不负责任的行为。 这个地球上的人够多了，就是因为有太多不负责任的人拼命把生命带来。

〈关于生死〉

虽然这个地球很糟糕，但是我也不后悔走此一遭。 刚刚说了我不打算繁殖后代，我还有为自己离开这个世界做打算。 我们每个人来到这个世界并不是自己的选择，如果死也要听天意岂不是太不公平了？ 我的打算是当我完成了自己想要完成的所有人生目标后，会为自己选择一个死亡方式和时间。 我要体面地去死，带着尊严。

当然，还是得祈祷在我完成人生目标之前我不会发生什么意外，若真有意外，也就认命了吧。

〈关于旅行〉

旅行是我和迈兮最大的共同爱好。 我们觉得没有去过的地方都是值得去的。 我们在不同领域都有超过正常人的好奇心，我们都习惯于观察后细细思考。 相识之后，我们时常聊旅行，也一起走过了一些地方。 我通常会讲些旅途中零碎亮点，而迈兮是个很会讲故事的人，我很幸运听了好几年故事，但我也知道她最喜欢给我讲，因为我思考问题的方式和她很不同，给出的评论会让她连声赞叹，当然有时候她也会咬牙切齿。 总之，大学里有一种惬意时光，就是在不用赶功课的午后，来一瓶啤酒，听迈兮讲个故事。

大学毕业的时候，迈兮说她要把这些故事整理收集起来编成一本书，我说好啊，我们俩如此幸运在这么年轻的岁月里走过那么多地方，你能有心性写下来分享给更多人，真好。 她如数家珍地告诉我都挑中了哪些故事，我偷偷在想，不知道我曾经对这些故事发表过的评论会让读这些故事的你产生什么样的联想呢？ 但愿不会有太多人讨厌我吧。

　　最后，迈兮说让我介绍完自己后送一句话给读者。 我想了很久，赠言这种行为实在不是我的风格，那我就意思意思，写一句话给大家。

　　"远行，就是把一个人从一张纸编成一本书的过程。"

故事之一 ｜ 灵魂住在纸板箱子里

它：青柠村，哥斯达黎加，2010
他：麝香葡萄，美国人，17 岁，高中生

行走在路上，你有注意过乞丐吗？ 我指的不是那些追着你屁股后面跑的，或是在城市地铁里边走边唱的，也不是身有残疾的，而是安安静静坐在路边的那些。 如果你仔细观察，或许会发现，他们中的一些人并不是在乞讨。 虽然衣衫褴褛，蓬头垢面，但是根本不打算睁开眼睛看你一眼，甚至根本没有在面前放任何乞讨用的盛钱器皿。 有时候，我会打量一会儿这些人，胡须、污垢、长发或是他们的"伪装工具"，他们中有不少人正在灵魂出窍，颓废的外表下或许是颗宁静又炽热的心。 有时我也想去听他们的故事，却又不忍打扰他们的静思。 多年前当我还不曾开始独自旅行的时候，遇到过一个有趣的男孩，他的梦想就是成为这样一个人，或许如今，在地球某个角落，他已美梦成真。 他把这件事称为一种洗礼——把灵魂装进纸板箱子里的洗礼。

那年 17 岁的我，熬了个通宵，洋洋洒洒写完一叠申请材料后，兴奋地得知已被成功选拔，成为志愿者团队的一员，加入一个二十来名同龄人组成的团队。 更让我激动得几天睡不着觉的是目的地，

一个叫哥斯达黎加的国家。 从上海到圣何塞①没有直飞航班，我转机两次历时近三十小时后到达目的地，而整个团的美国人都搭同一班飞机比我早几个小时到。 取完行李，我有点不好意思，以为大家都是在等我，领队大哥却说我们还要再等一个人。 大概半小时后，一个纤瘦细长的人摇摇晃晃飘来，领队看了看手上的资料："人都齐了，孩子们，我们上车吧。"

哥斯达黎加，我对它的印象停留在第一次（也可能很长时间里唯一一次）国足世界杯出线，小组赛遇到巴西、土耳其和哥斯达黎加。 当时国足惨败三场，很多人开始关注这个拉丁美洲小国家。而我的美国朋友们对它的评价主要围绕自然风光：火山、沙滩、热带雨林外加拉丁美洲黝黑的汉子以及性感的女郎。 在这个社交网络发达的年代，年轻人都不需要正式的初次见面自我介绍环节。 我们这个团队的成员们，在活动前都在脸书上互加好友，估计平时没事干的都早把团员们的照片以及私生活研究了一遍。 从机场去热带雨林的车上，坐我后边的两个男生一路小声嘀咕着同队女孩的身材。

"伙计，你知道那个叫琳达的姑娘？ 脸书上看她比基尼照片至少有 D 罩，这今天机场看真人好像没有料啊！"

"我也这么觉得，指不定她那乳沟是 PS 出来的。"

其实我也研究过这个团队的人，名字和脸大多能配对，除了今天最后出机场的那个竹签身材男孩。

我：大家好，我叫迈兮，来自上海，在美国东部一个鸟不生蛋的地方上寄宿高中，今年高二。 我选择参加这次活动是因为在我的故乡中国，很少有人会走那么远的路来到南美洲，我也对这里充

---

① 哥斯达黎加首都。（美国也有城市同名，拼法均为 San Jose）

满好奇，当然还有个原因和在座的很多人一样，希望提高西班牙语能力。能有机会来看看并帮助这里的人是一个很好的学习机会。希望能和大家度过快乐的夏天。

　我按照"问候、名字、故乡、学校、年级、为什么来到这里、结束语"的统一模式介绍了自己，然后我的注意力都在竹签身材男孩身上。他是谁？为什么没和剩下的美国人坐一班飞机？为什么社交网站上没这个人？轮到他自我介绍的时候他很唐突地大幅度晃了晃两条手臂，接着把手插进口袋，咽了口口水。

麝香葡萄：嗨，我从马斯科特来，你或许不知道它是什么地方吧，它是阿曼的首都。你如果不知道阿曼在什么地方，哦，它在中东，但具体在哪里我想你需要查查地图因为我也不是特别清楚。当然我是美国人，我爸一直在中东工作，所以我人生大多数时间都在那里度过的。其实我也不知道我为什么来这里，就想找个湿润点的地方过个夏天。还有就是我爸妈觉得参加这样的活动对之后申请大学比较有利，因为我成绩实在太差了。嗯，就是这样了。

　他的自我介绍收获了团里几个姑娘的满脸鄙夷，从她们眼里你可以读出"这家伙一点都不酷，滑稽可笑"的意思，但我觉得这些姑娘们都没他实在，毕竟不少人决定参加公益活动都是希望对申请大学有所加分。至于团里的男孩们，更多是把他当作不按常理出牌的怪胎——a weirdo。我心里暗叹，可怜的小伙，估计要被孤立了。还有个关键问题，他说了一堆却忘记讲自己的名字了。以至于接下来整个旅程，团里人都直接用马斯科特（Muscat）来称呼他。 但我想在这篇故事里叫他麝香葡萄，是 Muscat 的另一个含义，只因我从不像其他人一样嫌弃他。 麝香葡萄，感觉更配他身上与众不同的气场。

我们的服务地点是个叫青柠村的地方。 白天大家在工地上干活，中午回家吃个饭，下午继续干活，傍晚搞搞活动，或是和当地村里孩子一起娱乐一下。 下午六七点，大家各自回自己在村上住的当地人家吃晚饭，一般晚间八点过后便是自由时间。 然而乡下没什么活动，人们普遍睡得也早。

团队有许多规定，比如不能携带使用电子产品（为了让我们真正体验乡野生活），比如团员之间不能谈恋爱（为了不影响团队工作），比如不许抽烟喝酒飞叶子①（呵呵，拉丁美洲诱惑多多，什么货都好弄）。 抵达青柠村的第一个夜晚晚餐后，我偷偷从行李箱里拿出私藏的手机，生怕室友看到去打小报告，蹑手蹑脚溜出家门。 小跑几步、钻进附近人家的院子，我反复尝试开机关机可就是没有一点点信号。 这时候突然听到脚步声，吓了一跳，生怕是领队大哥在村子里巡夜。 转身张望，发现十几步远的稻草堆后是麝香葡萄的身影，他也在朝我的方向张望踱脚，同样神情慌张，试图把自己藏在稻草堆后，可惜他实在太高了。 我们对视几秒钟，同时朝对方走了过去，我偷偷把手机放入右口袋，让自己看上去较自然，但估计当时的我看上去就像对面的他一样，满面尴尬。

麝香葡萄：迈兮，你来我家后院干嘛？

我：这是你家后院？ 大家今天第一天到，还不知道都住哪里呢。

麝香葡萄：那你一个女孩子，这么晚跑出来干嘛？

① 吸食大麻类烟草。

14

我： 我，我习惯晚间散步。 你呢？

边问这句话的时候，我闻到了空气里的烟草味，是从那稻草堆后吹来的。 突然反应过来。 啊！ 这小子刚才一定是在偷偷抽烟。

麝香葡萄： 我，我也喜欢晚间散步。

他话音刚落，我的口袋很不争气地响起一阵音乐，是我设定的起床闹铃，中国时间……麝香葡萄瞪着我的口袋，那里不仅有音乐，还有光亮。

麝香葡萄： 啊哈哈哈哈，你是不是偷偷带手机了！ 我还以为亚洲姑娘都可听话遵守规则呢。

我： 你轻点行不行，我可没打算告发你抽烟，你最好当作不知道，听见没？

麝香葡萄： 呀，这都被你发现了，你带手机我抽烟，咱俩要是再谈个恋爱那是把规矩都破坏光了，哈哈哈。 不过你捧个手机，是给情郎打电话吧？

我： 我无可奉告。 电话估计也打不成，这鬼地方一点信号都没有。

麝香葡萄： 既然如此，还不如看看星星吧，这里的星星实在太美了，要不要来支烟？

我轻推开他递来烟的手，抬头望向天空，那片天如同黑色绸缎上镶满钻石。 这真的是一个毫无污染的国家，我从来没有看到过那么多星星。

那天晚上我和麝香葡萄不仅有了第一次两人对话，还同时从口袋里掏出另一样违禁品——iPod。我说，来这么美的地方当然要听大自然的声音，但有的时候也想听人类的声音，再者我喜欢长途步行时候听音乐。麝香葡萄说，他也非常理解组织纪律上的各种规定，可是没有音乐他活不下去。"赞同和执行并没有直接关系"。他说的这句话我格外欣赏。我们尝试交换 iPod，却发现各自喜欢的音乐类型大相径庭。

后来我们有了一个约定：每隔三天晚上晚餐后，我们会一起从家里溜出来，走差不多一小时的村路（其实根本不是路，就是一堆烂石子）到达村里唯一的小卖部，麝香葡萄会在那里买香烟，然后和村上的无业青年们吹吹牛、抽抽烟。那小卖部旁边有村里唯一的一个公共电话，我会在小卖部买一张电话卡打我的国际长途电话。之后再一起走一个小时回家，回家的路上我们有时会各自掏出 iPod，因为那个时间几乎整个村子的人都睡觉了，不必担心同队人看见。

青柠村有一个传说——百犬夜游。据说乡野间所有的野狗喜欢在月光下一起出行，也只有晚上村里的人们都各回各家休息后，它们才可以大摇大摆走在主路上。我其实是很害怕野狗的，在城市里偶尔碰到一两只就躲得远远的，更何况是几十上百只结队出现。第一个晚上从住处走到小卖部，我拉着麝香葡萄和我一前一后走在路的一边，而且时不时回头查看，这样如果撞到百犬夜游，我和麝香葡萄可以迅速躲进路边草丛。麝香葡萄却对我的想法和行为嗤之以鼻。

麝香葡萄：迈兮，我觉得我们不应该每天战战兢兢走这段路。坦白
　　说我其实也很害怕野狗，但是你设想下如果没有这个百犬夜游
　　传说我们每天会怎么走这段路？看天上星星、享受月光、呼吸

新鲜空气、聊聊天，可以从这条石子路左边跳到右边，再从右边跳到左边，然后回家路上听着 iPod 哼哼小调。 如果我们俩直到离开这个村子都碰不到百犬夜游，回想起来该有多后悔？ 退一步讲，即使咱们时刻提高警惕，狗群也出现了，我们怎么也不可能跑得过一百条狗，大不了我让你爬到我肩膀上，我身高近两米呢，除非碰到巨犬，一般狗应该咬不到你。 我俩冒着风险去小卖部买烟打电话，应当做好最坏心理准备——遇上百犬夜游并被咬，你如果没这个心理准备就不该去。

麝香葡萄说遇到狗群可以让我爬到他肩膀上，这倒是感动了我，更重要的是，他间接地鼓励了我也说服了我，让我觉得我该是个勇敢的人，怂不得。 我很想问他为什么烟瘾那么大，可转念一想他或许也好奇为什么我有不得不打的电话，既然他不问，我也还是别问了。

每天傍晚解散回家吃晚饭前，团长大哥都喜欢玩个游戏。 他会让大家闭上眼睛站成一列，提一个是与否问题，给我们几秒钟考虑，然后每个人根据选择向左或是向右跨两步，睁开眼睛就能看到和你站在一边和对面的人。 此时大家席地而坐，团长大哥会主持一场小小讨论。 刚开始的日子里，问题都是很简单的，比如： 你喜欢哥斯达黎加不加奶不加糖的咖啡吗？ 慢慢问题开始变得更值得思考，比如： 如果让你在青柠村住上一年两年你愿意吗？ 回到几个月前你还会选择参加这次活动吗？

一周后，团长大哥丢给我们的问题开始变得越来越有深度，这天的问题是： 你觉得旅行是自私的吗？ 当我睁开眼睛的时候，发现左右没有人，对面是一群人，张望了一下，十几米外是麝香葡萄。我呆呆看着他，他望着我，那场景仿佛青柠村的第一个夜晚，刚刚

Limón
2010

把手机藏进口袋的我，和踩着烟头的他，慌张惊讶，又"同病相怜"。从来没有在一个问题上，两边的人数如此不同。团长大哥说道："今天的场景有点意思，平时我们一般从两边各找三四个代表发言，今天既然两边人数悬殊，不妨换个方式，人人发言，你们人多的一边每人只可以说一句话，一句你认为最重要的话来支持你们的观点，之后迈兮和麝香葡萄你们可以尽情发言。"

团长大哥话音落下，对面便开始发言了，我一边听一边在想等会我该说什么。

"我认为旅行不是自私的，因为我们开阔了视野，成为心胸开阔的人。"

"旅行不是自私的，因为它是无私的，这就是解释。"

"花自己的时间和可支配的金钱去旅行，是自己的事情，不伤害别人，不自私。"

"旅行者都是充满勇气的，有勇气接受挑战并且接纳新的东西。"

……

我不得不说他们每个人对旅行的看法都是对的，可我就是不觉得他们说的话能证明旅行不是自私的。我转头看了几眼麝香葡萄，他面无表情，我什么都读不到。对面讲完了，团长大哥看向我和麝香葡萄，问我们谁先发言，麝香葡萄猛地举起手，但并没有朝上举，而是指向我。好吧，那就我先来吧。

我：从我睁开眼睛的一刻最让我惊奇的并不是两边人数的巨大反差，而是为什么会是我和麝香葡萄站在这边。在这个团队里我和麝香葡萄有什么共同点是不同于剩下所有人的？刚才我想到了，就是只有我和麝香葡萄在不同的国家生活学习过。我觉得旅程分很多种，走马观花的游客，在短暂时间里深入了解一个地方的过客，和在一个陌生地方生活过的异乡人有截然不同的经历，这会改变你对旅行的认知。当我离开家短期外出游学的时候我的想法和你们是很像的，后来我选择去留学，看到了更大的世界，有了特别精彩的经历。可是有一天我发现，这对于那些在我选择远行前和我非常亲密的人可能是自私的。每一段旅程我们都会成长，变得不一样，短的旅程之后我们可以去和我们亲密的人分享点点滴滴，然而他们也并不可能真正体会到我们的感受，更何况是很长很长的旅程。我还有另一个观点，就是当你设计一个完全让你满意的旅程，你一定是自私的，除非你有勇气也有能力一个人旅行，因为世界上没有一样的两个人，哪怕是最好的伙伴在一起旅行，彼此都要有所牺牲，才能一起走下去。

话音止后非常安静，大多人都注视着我，这时候团长大哥打破的寂静，"麝香葡萄，该你了。"

麝香葡萄： 我想说旅行是自私的，比如我兴致勃勃告诉我妈我不想住在房子里，我想住在纸板箱里，她觉得我是不可理喻的疯子。后来某一天我一本正经和她说不要为我的未来担心，也许有一天我真会去流浪。我给了她一个拥抱，然后告诉她，我说住纸板箱里是认真的。我妈哭了。我说完了。

如果说第一天的自我介绍让整个团队把麝香葡萄当作是个怪人，那么此刻他的几句话彻底让所有人都认定他是神经病。团长大哥也是愣住了很久不知道该说什么为讨论收尾。晚上 8 点不到我已经在麝香葡萄家后院等他了，我实在迫不及待想听他给我解释"住在纸板箱里"到底是什么鬼话。 走去小卖部的路上我便缠着他给我讲他的故事。

麝香葡萄： 我从小因为爸爸工作的关系一直念中东不同国家的国际学校。 刚到阿曼的时候我根本不知道这个国家不欢迎犹太人，更不知道我的长相在他们看来很像犹太人。 小时候只是觉得路上看我的眼神比较奇怪，长大后明白了阿曼人是在疑惑"犹太人怎么混进我们国家了"，那眼神带着怀疑还有鄙夷。 一开始我总在想该如何让人知道我其实不是犹太人，可后来我想，如果我真的是犹太人难道就应该被这样对待吗？ 假期的时候我一般会回到美国短住，开始越来越留意美国的种族问题，我觉得周围的白人对待种族纠纷根本都是纸上谈兵，因为他们一直处在"高高在上"的位置，不明白少数种族团体的感受。 我曾经试着和家乡的朋友分享在阿曼的经历，而我那些家乡的小伙伴们一听说我总被当成犹太人就一阵大笑。 其实现在想想，作为十五六岁的孩子，那样的反应也不奇怪，和我朋友们比起来，我是早熟的那个。 这世界有很多事情不亲身体验是很难感同身受的，哪怕你再擅长演讲也有耐心解说，没有经历过的人就是不能体会。

　　不知不觉我们快要走到小卖部了，麝香葡萄也居然没打算走进去采购香烟，而是突然阴森森看着我笑。

麝香葡萄： 迈兮，虽然不知道每三天你都和谁打电话，但是直觉告诉我是同一个人，有趣的是你和那人通电话的时间真是一次比一次短啊。

我：你怎么知道？

麝香葡萄：因为第一天我抽完三支烟你才打完电话，而三天前我还没抽完一支你就来找我和那些哥斯达黎加小伙子们闲聊。

我：你小子表面看着神经大条还时不时装傻，其实很善于观察细节嘛。今天，我还不打算打电话了。

麝香葡萄：哦？正巧我今天也有不一样的安排。

经过几次抽烟吹牛夜间活动，他已经取得当地小伙子们的信任，今夜他们为麝香葡萄准备了当地特产的好烟好酒，于是麝香葡萄老练地喝着小酒、吞云吐雾起来。

麝香葡萄：迈兮，我非常赞同你下午说的一段话，不过估计团里理解你意思的人一半都没有。我们美国佬骨子里都有自以为是的基因，明明听不懂，却还要装作很若有所思的样子。你那段话说得有语言艺术，听着让人觉得有内涵和说服力。而我只是纯粹表达了些我的看法，我根本没打算给他们解释清楚。能告诉我你听了我说的话的感想吗？

我：坦白地说，当时我就觉得你如果不是个疯子就是实际上比我们所有人都聪明，或者思想在另一个次元。

麝香葡萄：咱们先聊聊你吧，我一般抽会儿烟、喝点酒，就会滔滔不绝讲自己。你先给我说说这电话怎么一回事。

我：电话那头是我学校里最好的几个朋友之一，他们一群人里有一半年纪比我大，今年都毕业了。毕业前夕，在我们一群人聊天的时候，有次我情绪特别激动和伤心。他们其中的一个安慰我，不要紧的，保持联络友谊不变，还叮嘱我暑假去哥斯达黎加一定要时常告诉他这里发生的事情，因为他们没有人来过拉丁美洲呢。

麝香葡萄：这人一定是个男的，你们的关系一定不单单是好朋友。

我：麝香葡萄，我们真的只是很好的朋友。

麝香葡萄：那么你承认了他是男的。

我：好吧，随你怎么说。

麝香葡萄：那么为什么电话越打越短，今天都不打了？

我：我只是逐渐发现他并不明白我在说什么。 他最近和他的家人在伦敦度假，他会告诉我他们去了西敏寺、大本钟，这些我在杂志上也看到过的景点；他会讲到他住的酒店，我很轻松可以联想我去过的这家酒店在别的国家的连锁店；他会说他去了哪些商场，买了什么牌子的衣服，我也能大致想象他穿那些衣服时候的样子。 可是我觉得不论我描述得多细致，他都无法体会我们在破车里颠簸一整天后，眼前的青柠村是个什么样子。 当我描述完我们的居住环境，他说很同情我，安慰我忍一忍就过去了。 我都不知道怎么开口告诉他，其实我很享受这里的每一天，出门就是蓝天白云绿草红土地。 我能理解他身在何方，他却并不知晓我的处境。 今天下午我说到旅行是自私的时候就不自觉想到了自己，我走上了这段旅途，注定了我所经历的事情会拉开我和我无话不说的朋友之间的距离。

麝香葡萄：所以你分享的欲望越来越小了，今天索性都不想拨电话了。

我：嗯。 有些事，不亲身经历，真的无法感同身受。 你知道吗，来到这里之前我一直不明白为什么我的国家踢足球会输给哥斯达黎加，有人说是南美人有足球天赋，体力好，但这些都不足以说服我。 来到青柠村我彻底明白了，这么小，这么偏僻，这么穷的村子，连学校都那么迷你，可是村里却有正规尺寸的足球场，虽然是烂泥地，但是也不影响他们的足球热情。 这份热情恰恰是我在我的国家不曾看到的。

那个泥地足球场就在我们不远处，先前给麝香葡萄送好烟的小伙子们正在月光下练习射门。 麝香葡萄抽完了一支烟，又喝完了一瓶酒，我们起身往回走。

麝香葡萄：迈兮，你去过尼泊尔吗?

我：没有，你去过?

麝香葡萄：嗯，如果有机会你得去一次，很值得一探究竟的地方。我在那里看到了很多虔诚的人，他们真的非常贫穷，生活条件也很差，可是一个个眼神里充满了满足感。 后来遇到了一些僧人，他们几乎什么家当都没有，像看明白了一切一样行走，我虽然不是佛教徒，但是我喜欢那种感觉。 也不知道为什么，他们让我想到我家乡那句"住在纸板箱子里的人"，其实是形容流浪汉和那些无家可归的人的句子。 可是人本就光溜溜地来，光溜溜地走，一切都是多余的嘛，有个箱子能稍稍挡风避雨就可以了。 我想他们的灵魂是最自由的，遨游在任何一个他们想去的角落，而躯体在一个纸板箱里和在其他地方都没有区别。 你能理解我想说什么吗?

我：看在你亲妈都哭了的份上，你再给我点时间让我消化消化，我正在试图理解你。

走着走着，我觉得酒精在麝香葡萄的身体里起作用了，他开始断断续续说话，还冲到了一堆野草里，接着突然问我："迈兮，你就从来没有想过为什么我们会来到这个世界吗？ 我们为什么会出现在这里？"这剩下的一路麝香葡萄真的如他所预料般滔滔不绝，对生与死展开深思。 我则一直在担心会不会遇到百犬夜游。

离开哥斯达黎加一年后，我去了次尼泊尔，本想好好和麝香葡萄分享我的旅途，却发现不知什么时候，他社交网络的头像已经换成一张抽象画，一个箱子的抽象画，箱子上是音乐符号的图腾。 消息不回，没人知道他去了哪里。

几年后我明白一件事情，在青柠村的日子，我虽然从未像麝香葡萄那样说疯话、特立独行做怪事、夜夜抽烟喝酒、思考生与死的深奥话题、幻想着去流浪住在纸板箱里，但是我和他的灵魂属性有一部分是相同的，那种对未知事物的好奇心，我只是在几年后才释放出我的那一颗流浪心。 再后来我走过了很长很长的旅途，始终觉得旅行是一件自私的事情。

〈茉莉寒香〉

茉莉：我比较好奇你到底最后有没有看到百犬夜游。

我：非常幸运，并没有遇到，或许只是个传说，骗小孩子们晚上不要出门的吧。

茉莉：好吧。 这个故事不那么有趣，迈兮。

我：我知道，但是它对我非常有意义，因为那是我第一次去思考旅行的意义。

茉莉：和一个脑筋不正常的人在一起，你还能思考旅行的意义，我非常佩服你。 这个故事也让我更进一步地认识你，你是个愿意接受不同观点，并且喜欢和怪胎做朋友的人。 我也是个怪胎哦！

大学第一年的冬天，我喜欢赖在猫村茉莉的房间，她的房间比任何人的都要暖，因为她自己多装了两台暖气。　我常常窝在她厚厚的毯子里捧着一杯热巧克力或是热牛奶，絮絮叨叨讲着琐事直到睡着在她的地毯上。　这是我给猫村茉莉讲过的唯一一个属于我高中时代的旅行故事，也是唯一一个我与一群人踏上旅途的故事。　成年后的我开始独自旅行，那些故事才逐渐满足猫村茉莉的挑剔口味。

故事之二 | 看过世界的我，眼里不再只有你

它：坎昆，墨西哥，2011
他：东海，韩国人，26岁，行者

在我记忆中，坎昆差不多是在2013年左右成为在美留学生的假期旅游胜地，后来也逐渐成为国人去美国旅行时的附加地点。 我很有幸在那之前两年就去过，那时候的坎昆还没有很多亚洲的游客，走到那里还不会有一种"我在旅游景区"的感觉，当地人会追着你问：中国人？ 日本人？ 越南人？ 韩国人？ 坎昆和剩下的整个墨西哥不一样，这里大多是冲着阳光沙滩而来度假的游客，长长的海岸线上是酒店一条街。 可是我要告诉你，真正要体验墨西哥风情，玛雅文化，你必须走出坎昆。 很多背包客会走遍大半个墨西哥，然后把坎昆当作旅行最后的悠闲歇脚站。

美国人虽然很爱去坎昆，不过他们对于墨西哥还是有很多偏见的。 当我告诉美国同学我要去墨西哥行走三周，他们都瞪大了眼睛劝我别去，在他们眼里墨西哥代表了毒品、走私、非法移民、抢劫、黑帮。 那年我有个西班牙语助教是墨西哥人，他听了美国人的描述后无奈地摇摇头，然后向我描述他眼里的墨西哥，有着热情的民风，悠久的历史，多样的文化，壮观的古迹，数不清的美食，载歌载舞的夜生活。 必须承认有时候人们会美化自己的故乡，但是走

过许许多多地方之后，我发现更多时候道听途说的内容丑化了我们并没有去过的地方，于是偏见诞生了。最后那位助教说："最危险的国家有安全的地方，最安全的国家也有危险的地方，关键在于去之前你要知道哪里该去哪里不该去，不是吗？"

我安排的行程和很多背包客的选择是一样的，从墨西哥城开始，一路向东南到坎昆。本来打算住在沙滩边，当时是淡季，没什么人，住了两晚觉得太没人情味了，于是我搬到了远离海滩的一个民宿小旅馆。在这里我第一次接触到了一个正在环游世界的人，也不曾想到，几年后我大学毕业了会做相同的事，只不过是不同的路线。

这家小旅馆的结构有点类似于中国的四合院，四面是房间，中间有个小花园，花园里有两张大大的木头桌子。老板告诉我，每天晚上，多多少少总有几个客人会带着啤酒坐那里聊天，瞎侃人生也讲讲旅行故事。这天傍晚我回到旅馆，的确看到花园里坐了十几个人，我站在几米远观察，一张桌子边上坐着的人看着都像墨西哥人，说着西班牙语，应该都是本地游客。另一张桌子边上是不同人种，说着不同口音的英文。这时候，英文桌上唯一的亚洲脸看着我，冲我笑，然后说了一句韩语。我听得懂的韩语很少，不过恰好这句我懂，他问我"韩国人？"我摇摇头告诉他我是中国人，他换用英文叫我坐过去，递给我一罐啤酒。

一桌人三三两两聊天，有美国姑娘在墨西哥城学西班牙语趁着放假来坎昆玩，有瑞士的小伙子来潜水，几个西班牙姑娘结伴来躲避冬天，爱尔兰的护士大妈来这里做几个月义工，当然还有来自韩国的东海，正在环游世界。东海说他已经在外半年了，从韩国出发去了东南亚，然后是欧洲，北美，墨西哥之后他会在南美洲行走3个月，再回韩国，总共计时9个月。东海整个人精瘦，皮肤已经接近咖啡的颜色了，头发及肩耷拉着，说是离开韩国前剪了次头发，然后就一路蓄着。 几年后我见多了那些行走世界的人，明白了他们身上都有一种气场，一种"在路上，兴奋却淡定着，孤独并快乐着"的气场。 每当东海听到有趣的故事放肆地露出牙齿大笑，并拨动着他凌乱头发的时候，就是他在洒脱地释放这种气场。

我：大哥，9 个月的行程是一开始计划好的，还是边走边想的？

东海：我是提前计划好的，虽说没有详细到每一天，不过所有要去的城市、路线、想看的风景以及住宿地点都已提前计划好。 你知道我们韩国男人都要服兵役吧？ 我在两年兵役期间，花了好多心思在看旅行读物做旅行计划上了。 一天一天积少成多，是真的花了很多时间在这个计划上呢。

我：实在是太酷了，这是你从小的梦想吧？

这时候他尴尬地笑了，一口闷了罐头里剩下的啤酒，"啪"的一声把罐头往木桌子上一扔，看着我一脸自嘲。

东海：小姑娘，这是个现在想来有点丢脸的故事。 你有兴趣听？

当我嗅到了好故事的气味，怎么可能不听呢？

东海：我从小可没这么个愿望，甚至觉得环游世界是件遥不可及的事情。 如果不是受刺激，都不知道自己这辈子会不会这么任性一次。 事情得说到三年前，我正要去服兵役前夕。 在韩国，因为每个男人都得服兵役，所以这对于很多情侣来说是场大考验，很多人都是在服役期间被劈腿了或者兵役前被女朋友甩了。 我在去服兵役前半年告诉了女朋友，其实心里是有点担心，不知道她会不会很难受，或者忍痛和我分手，不过她当时表现得非常平静，像没事一样继续约会过日子。 于是我想，至少她是想和我继续下去的，我是真的非常非常喜欢她，告诉自己，得对我们的感情有信心。 我当时可是兴奋地告诉我的兄弟们，我女朋友没在知道我快去当兵后就冷淡我或者提分手。

我：结果你当兵期间她劈腿了？ 害得你很没面子？

东海：不。 结果我去当兵那天她来送我，还是和往常一样，我以为我们会真情告别，给对方打气，哪知道她突然提分手。"再见了，我知道你一定也没指望我等你两年吧？ 你好好当兵，也别有期望我会来看你，我要过下一段生活了。"我这才反应过来半年前当她平静地说："没事的没事的，不就是去当兵嘛"，这不是在安慰我，而是她压根儿就不在意。 那时候我整个人都傻了，那是我第一个女朋友啊。 刚进兵营的几天我都是处于恍惚状态，被教官处罚了好几次。 以前心情不好我都喜欢骑着车出去散心，这下别说是散心了，连一个人发泄一下的机会都没有。

我：她的确是狠了点。 实在是让人琢磨不透啊。

东海：我想过很多可能性，或许她觉得与其两人在半年里研究分手还是不分手，不如开心在一起，直到最后一天把我打入地狱；或许她是希望我长痛不如短痛。 最后我越想脑子越乱，必须得给自己找点事情做，不然每天训练满脑子都是她。 不能去散心，我就开始看旅行书，看着看着就觉得自己想去的地方很多。 以前一直以为要去环游世界需要很多钱，会说很多国家语言，后来看的书多了才发现原来有那么多不同的选择方式，而且很多人英语还没有我懂得多，却走了许多地方。 我发现只要你有足够的时间与勇气，提前做好路线和资金计划，这就不是一件难如登天的事情。 于是每次有家人朋友来看我，我都会让他们给我带点新的书，一有空我就看，做计划。 设计完这条九个月的线路，在当兵的最后几个月里我是非常兴奋的，因为我已经想好，兵役结束后打几个月短工，然后用上以前存的小金库，加上家里人支持我的一点钱，完成这个路线不是问题。

我：我在想象你当兵的样子呢，每天训练结束就迫不及待去看书研究。

东海：是啊，其中还遇到过几个兄弟当兵期间被甩，我还给他们书看，语重心长地告诉他们，人不能走动，就让心出去散散吧。 这一路我也遇到好几个在环游世界地年轻人，大家都有听起来很赞的初心。 比如为了摄影，为了某一些户外探险的梦想，想了解不同地方文化历史等等。 我就觉得自己这个故事有点尴尬，被甩了之后去当兵，想散心不能散心，看旅行书解闷，最后计划旅行。 哈哈。

我：我觉得很特别呢。 我想你兵役结束时候早就不为被甩的事情伤心难过了吧，还是坚持了计划把这段路走下来。

东海：说来惭愧，我还真犹豫过。

我：噢？

东海：话说我服完兵役回家后第二天，我那位前女友从我们同学那里得知我的消息，给我打电话要求见面。 我去了，她说她现在正好单身，我又服完兵役了，继续交往吧。 我当时半晌说不出话来，她又问我，你不是很喜欢我吗？ 有什么问题？ 你在当兵期间也不可能喜欢上别人啊。 其实去见她的时候我特别紧张，还是会心跳加速，可是我也不知道我为什么没回答她。 后来我又把她约出来，很认真地告诉她："两年前你突然把我甩了，我当时很难过。 当兵期间我做了个计划去环游世界，估计一年后能完成。 你等我一年，咱俩也算扯平了。"她当时丢给我一个难以置信的表情，一句话没说，转身走了。

我： 问你个问题，或许早了点。 三个月后等你回到韩国，如果她又来找你求复合，你会怎么回答？ 或者你会去找她吗？

东海： 这个问题其实出来不到一个月的时候就有答案了。 我是多么庆幸自己没有因为她想吃回头草而放弃了这么个机会。 我以前觉得世界大，可是并不知道到底有多大，走出来才发现我以前生活的世界真的太小了，生活圈就是家、学校、女朋友、几个从小一起在首尔打打闹闹长大的兄弟，放假会和妈妈去乡下看看外公外婆。 当兵的两年让我觉得自己意志力更强了，而一个人在外行走增长了我的阅历和心智。 我不会去找她的，即使她是真心喜欢我，现在的我也已经不是她曾经认识的我了。 现在想想当年被甩那么伤心，自己真是不坚强，好在不坚强的我误打误撞做了个改变我一生的决定。 而如果她会回来找我，我会释然地告诉她："过去的都过去了，因为看过世界的我，眼里不再只有你"。

坎昆的夜晚并没有白天炎热，吹着夜风喝着啤酒听故事很惬意。 唯一扫兴的是我被蚊子亲得两腿红肿。 忍着奇痒无比的感觉听完故事，我谢过了东海，祝福他一路顺风后回屋休息了。

〈茉莉寒香〉

茉莉和我都爱旅行，二十出头的我们比绝大多数同龄人去过的地方都多，甚至超过很多中年人。 当我们遇到一个陌生人，谈到我

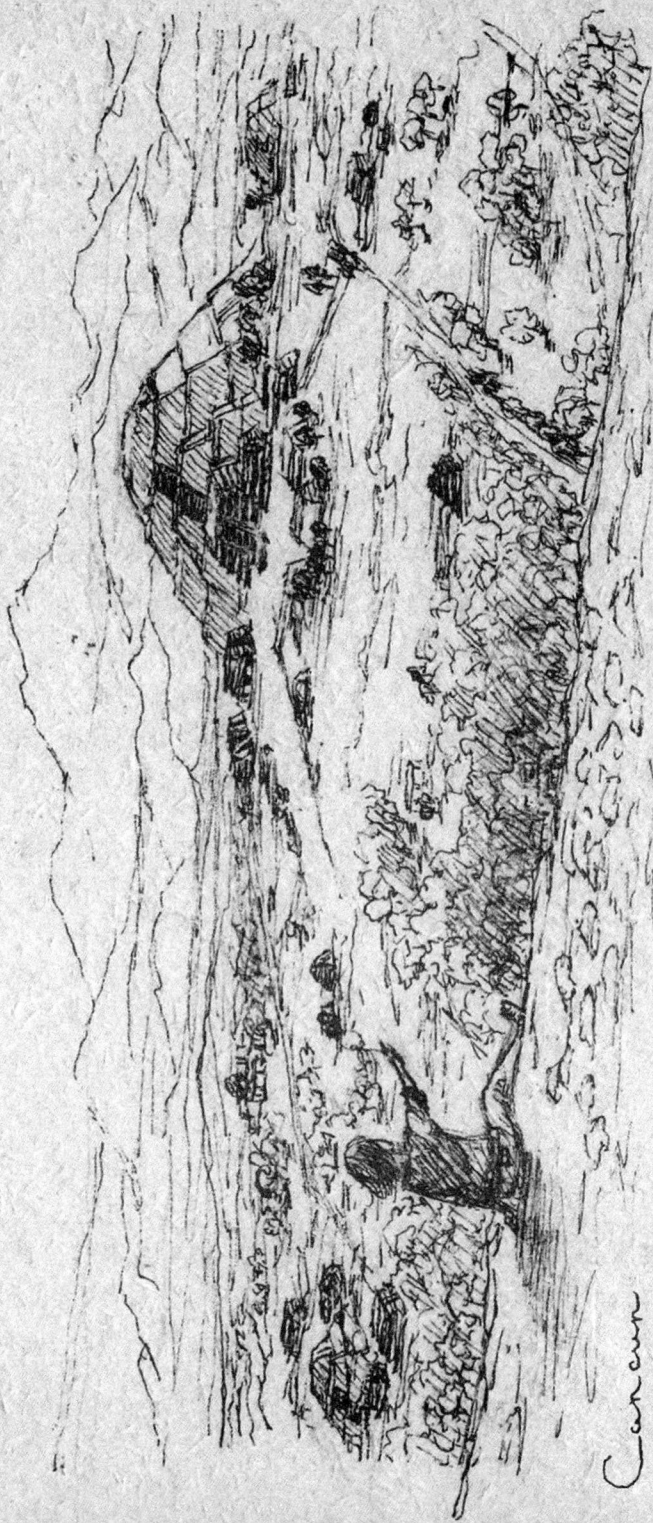
Concern 2011

们丰富的留学游学旅行经验，别人一般都会很吃惊，羡慕，有些甚至嫉妒。 所以我一般都会避免和刚认识的人提起，除非对方也是个经历丰富眼界开阔的人。 而茉莉和我不一样，她非常直白。

有一次她因为急事要在一个周末往返日本美国，向教授请假周五不去上课。 周末过后，回到校园的茉莉非常生气。

茉莉： 我们实验小组的同学告诉我，周五他们问教授我为什么没去上课，教授回答我周末有急事要回日本。 然后同学们说，茉莉这样赶好辛苦。 你猜这教授说什么？ 他说猫村茉莉家有的是钱，二十出头就去过小半个地球了，你们瞎操什么心。

我： 你教授怎么知道你去过多少地方？

茉莉： 做实验时候或者课余他很八卦，经常问我放假去哪里，你知道我几乎每个假期都会去一点新的地方。 他就得出结论，我有钱没地方花。 他还专门问过我都去过哪些地方，那我就回答他了呗。 不是我要说的，都是他问的。

我： 茉莉啊聪明的茉莉，这件事情上你还是自己找苦头吃。 他问你放假去哪里你也没必要都如实告诉他啊，问你去过多少国家你也可以说没多少，然后把问题糊弄过去。 不是所有人都知道你在欧洲居住过，要去十几个国家比美国人多去几个州还方便；也不是所有人都明白行走四方有很多方式。 他们只会想象你住五星酒店，不会脑补你进青年旅舍；他们会觉得你一定精致地吃每一顿饭，不会知道谁都有捏着一个汉堡赶火车大巴的时候。

茉莉： 所以因为这些人的无知我就要忍受这些眼光吗？ 说猫村茉莉就是个命好、家里有钱、自己有闲、没事周游世界的大小姐？

我： 不会人人都这么看待你，但总会有嫉妒的。 你不在意也就算

了，但很明显他们的眼光和评论影响到你的心情了，而你也没
耐心给他们解释你所生活和经历过的一个更充满张力的世界。
那么就没必要让他们知道那一面的你呀？ 更何况这世界上很多
事情解释不清楚，必须亲身经历，我们俩不也是从路上认识的
各种行者身上学习了解了无数种不同的生活方式吗？ 很多时候
你其实可以回避掉这类问题，真实的自己还是和志同道合的人
分享吧。

茉莉： 当我没有错的时候，我是不愿意因为别人的无知愚昧去改变
我自己的。 不过，你今天说的还是挺有道理的。

我： 能被擅长批评的猫村茉莉小姐夸奖，我备感荣幸。

故事之三 ｜ 保险柜里的三克拉钻石

它：坎昆，墨西哥，2012
他：Romeo，美国人 & 意大利人，21 岁，行者

当清晨的阳光透过旅馆那薄薄的窗帘照在脸上，我睁开眼睛望着天花板，还在回味昨晚东海所讲述的故事。伸个懒腰，精神一下，快速洗漱准备出门。这一天我去了女人岛，天黑前坐船回到坎昆。回旅馆前我专门去集市采购特色龙舌兰酒，带回美国送朋友开派对用，顺便在市场拼命吃各种和牛油果有关的菜式。墨西哥的牛油果便宜又好吃，每一顿我都不错过，直到一年后偶然得知，牛油果原来是最容易让人长胖的蔬果——哭笑不得。

我买了些啤酒，想着晚上若是在那小院子再遇到东海可以请他来一瓶，如果遇到昨天围桌闲聊的其他几个人也不错。哪知一路回旅馆时下起了倾盆大雨，把我彻底淋成了落汤鸡，加上提着大袋小袋，好不狼狈。等雨停了，我回到旅馆后把自己洗干净，提着啤酒走到院子里的时候，已近子夜。院子里很安静，一张桌子的角落坐着一个金卷发的男孩，正低头在桌子上捣鼓着什么东西。

看来，我只能在他身上碰碰运气。

我：嘿，你好，我叫迈兮，要不要来点啤酒？

我在他对面坐下，往桌上放了两瓶啤酒。 他抬起头来看着我，绿色的眼珠子逆时针转了一圈，放下了手中的一个空空的玻璃葡萄酒瓶子。

Romeo：你好，中国女孩。

　　他右嘴角上扬，露出坏男孩们的经典款微笑。

我：你怎么知道我是中国人？

Romeo：两天前你在前台 check-in 的时候我在那儿的沙发上用电脑，观察了你一下。 一是因为这里亚洲人很少见，二是因为你讲话的声音听起来很可爱。 抱歉，不是故意听到你和老板的对话的。

我：没关系啦，今天这里好冷清，昨天这个时候可是坐满了人。

Romeo：估计住在这里的人们没想到雨在这个时候会停，都早早睡觉了。 我本想找人聊聊天，可惜一个人影都没有，刚想抽两口解解闷。 好在你出现了，看来我的夜晚不会那么糟糕。

　　这时他顺手拿起一瓶我带来的啤酒，将瓶口直接塞进嘴里，熟练地用牙齿咬开了瓶盖，喝了起来。

Romeo：迈兮，你的啤酒品味比昨天晚上这里坐着的人好多了，昨天我本也想下来聊天，不过对桌子上的啤酒不感兴趣，又懒得出去买我喜欢的，随意最终选择赖在床上。 你应该来墨西哥也没多久吧，就已经知道 Sol 在这里是和 Corona 一个级别的好啤酒。 对了，我叫 Romeo，意大利人。

我：那你怎么讲话是美国人的口音？

Romeo：你不也一样，是中国人，为什么讲话是美国人的口音？ 我12岁时随父母从意大利搬到美国，住在康涅狄格州一个有很多意大利移民的镇上。 我今年21岁，你呢？

我：我19岁，还在美国上大学。 啤酒是我随手在超市里拿的，只能说我运气比较好、正合你口味？

Romeo：小姑娘，你想听什么故事？

我：随便说说吧，比如你为什么来墨西哥旅行？

Romeo：旅行？ 我也不知道我算不算在旅行。 我来墨西哥已经快十个月了，也不是很清楚什么时候会离开。

我：所以你是休学了吗？

Romeo：看来你对我很感兴趣啊？ 干杯！

　　他顺势拿过桌上另一瓶啤酒，同样用他的牙齿打开瓶盖，然后递给我。 那对绿色的眼珠子就从来没有停止过打量我，若不是他长得好看，我估计早就汗毛竖起走人了。 哪料到上一秒还在打量我的他，下一秒就看向远处，自顾自讲起了他的故事。

Romeo：12岁的时候我全家移民到美国，我并不像我15岁的哥哥和17岁的姐姐反应那么忐忑，就是安静地上学、回家、打电玩。直到移民后大概一年多，我父母离婚了，才突然发现生活原来是天翻地覆地变了。 我爸爸和住在同一个镇上另外一个比我们早五六年移民过来的意大利女人走了，我妈妈虽然得到了房子，可是她英文那么差根本也找不到什么好工作。 她后来去了镇上一个意大利餐厅当服务员，整天抱怨美国佬做的厚披萨根本就入不了口，可笑的是她自己也做不好那地道的薄薄的意大利披萨。 她几乎每天下了班都喝醉了回家，再后来她索性不回家，直接睡到了那餐厅老板的家。 我姐姐去佛罗里达州上大学，看得出她当时迫不及待离开家，她偶尔给我发邮件，说她很庆幸佛罗里达的阳光海滩在酒精的催化下会让她偶尔有一种回到意大利的幻觉。 我哥哥在高中结交了一群狐朋狗友，偶尔会趁我妈不在家时来开派对，我就在一边看着他们在酒精、大麻和其他一些我闻所未闻的毒品作用下嗨爆一个个夜晚。 有一次半夜三更我妈妈喝醉了回来，正巧撞见了我哥的派对。 你猜怎么着？ 我妈不仅没发火，似乎还跟他们玩得很开心。 哈哈哈哈。 于是后来我哥的一伙人就更肆无忌惮了。

他一张口，就戏谑地说起了自家的故事。

Romeo："书呆子"是我哥哥狐朋狗友里唯一一个和我混得熟的，他们都叫他书呆子是因为他长得就像个书呆子，带着方方的眼镜，据说成绩还特别好，是我哥他们一帮人里唯一一个不但考试从来不挂科还时不时能得 A 的。 而我开始抽大麻也拜他所赐。 每次过了子夜他们都玩嗨的时候，不是喝多了躺地上的，就是抽多了坐墙角发呆的，再或者总有几个能带来俩姑娘的。 只有"书呆子"会跑来和我一起打电玩。 他技艺高超，更重要的是，他看起来比我更享受游戏。 于是自然而然，我和他一起抽起了大麻，然后那些游戏还就真比平时玩起来更有意思了。

Romeo：过了一年等我上高中，书呆子成功把我发展成了我们年级里的大麻倒卖者。 我必须说那是一段对我人生很有影响的经历。 我发现了自己身上很多"书呆子"预测到的潜能，比如说我其实比我想象的要更聪明狡猾，比如说我其实很会说话，比如说我其实还挺有经商头脑的。 慢慢地,我的下线已经发展到了别的学校以及周围镇上,我开始手头充裕,也明白了为什么"书呆子"总有钱买那些最新款的游戏机。 最重要的是我发现我爱上了那种冒险的刺激感觉。

原来坐在我面前的男孩曾经是个毒贩子!

Romeo: 这样的生活差不多过了四年,应该说我的整个高中生涯的重点就是倒卖大麻。"书呆子"和我哥同一年高中毕业,他是他们一群人里唯一一个能上大学的,他考上了罗切斯特理工大学,不过读了一学期就辍学了,因为他发现大学一点意思都没有,还不如做一个专业倒卖者。 我哥那一群人每隔几周还是会在我家集会,"书呆子"都会免费请大家抽最好的,然后和我交流倒卖经验。 他给我展示他的各种新货,有海洛因,可卡因,摇头丸还有很多我没听说过的,他说他很看好我,还说如果高中毕业了不想念大学,可以去纽约找他混。 还有一次他还破天荒带回来一个特别辣的姑娘,不过我哥那一群人都说那是个妓女。

Romeo: 好了,故事说到这里就要开始悲情了。 我高中毕业前一个月,"书呆子"没有出现在我哥一群人的聚会上,几天后我哥告诉我"书呆子"在纽约被抓了,详细情况他们也都不清楚。 再后来我哥在家里一个人喝醉了,他一边哭一边说,这书呆子从牢里出来头发都要白了,他这辈子除了妓女,还没见识过正经姑娘呢。 这件事情对我哥哥一群人的打击特别大,他们还是会偶尔聚会,但是再也没有那种喝酒嗑药乱性的场面了。 我那个时候也非常迷茫,我发现这个世界上根本没人管我、在意我,我居然就这么浑浑噩噩过了四五年。 我也后怕,像"书呆子"

那样在某一笔交易里被抓了，然后从此失去自由。 我从来没有好好考虑过我的人生，只知道我得停止倒卖大麻了。

Romeo 估计是口渴了，喝了一大口啤酒，还是玩世不恭看着我笑。 我听得入神，从头到尾都没有打断他。 故事发生在两三年前，但 Romeo 讲述的时候我总感觉那是很久很久以前的事了。

Romeo： 故事好听吗？ 你听得那么认真，要不要猜猜后面的事情？

我： 你决定和过去告别，于是选择去远行？ 然后打算来墨西哥开始新生活？

Romeo： 差不多吧。 我浑浑噩噩过了一阵子后觉得是时候给自己一个新的开始了。 特别是看到我哥身边一群混日子的人都开始找正经工作，其中两个人居然还回到社区大学开始认真学习了。选择来墨西哥有两个原因，一是因为这里学费便宜，二是因为我以前学过点西班牙语，和意大利语比较接近，要精通不会太难。

我： 明白了，所以你才会说你也不知道要在这里待多久。 那么你来墨西哥以后都做了些什么？ 住在哪里呢？

Romeo： 我来的时候身上就带了 800 美金，先是在一个酒吧里当 DJ，在那里认识的一个墨西哥女人爱上我了。 我和她同居了三个月，只听说她离过两次婚，有个十几岁的孩子，不过她从来不告诉我她到底几岁，也把自己身份证藏起来了。 我猜她至少应该有四十岁吧，不过上去还是不到三十岁的样子，她很辣，所以我不介意。 后来我们分手了，因为我想换个城市住住，就去了梅里达，认识了现在的女朋友，也是在酒吧里认识的，她是个富二代，家里有好大的房子，直接让我搬进去了。 前阵子我突然发现她越长越胖，一点没有我刚认识她时候那么迷人了，还看我看得特别紧。 于是前些日子我骗她说出去转悠两天就回去，当然我不打算回去了，等她没那么爱我的时候，我再回去把我的行李取回来。 不得不说这里的墨西哥姑娘非常喜欢白种人，我发现吃软饭也是个屡试不爽的出路。

我：我有两个问题。 如果这姑娘一直不能放下你怎么办？ 你倒卖大麻那么多年为什么来墨西哥只有 800 美金？

Romeo：如果她放不下我，那么行李就不要了呗，我也没什么值钱家当，重要东西都随身带了。 至于你第二个问题，问得可真好，看来你是很认真地听我讲故事呢。 你真想知道那笔钱去哪里了？

我：真的想知道，如果你不介意，我还很想知道那些年你靠倒卖大麻赚了多少钱。

　　他又开始狡猾地打量我，把头凑到我面前，眨巴起绿眼睛。

Romeo：如果今天晚上你陪我睡觉，那么明天早上我就会把这个无与伦比的答案告诉你。 你觉得这是个好主意吗？

　　我和他四目相对了几秒钟，一瞬间不知道该如何回答。 只是突然想到茉莉曾经说过，意大利男人都是糖衣毒药。

我：我不是墨西哥姑娘，见多了和你一样好看的白种男人。

Romeo：噢？ 像你这么有好奇心的姑娘就真不想知道我无与伦比的答案吗？

我：我不信你的答案能有那么无与伦比。

他挑了挑眉毛，再一次开口的时候，我心里偷偷乐了，极端自信的男人就是这么容易被激！

Romeo：离开美国前，我拿着那笔钱去买了颗上等的钻石。 我只是想把我最丑陋的岁月换成一件最美丽的东西。 记得有次"书呆子"嗑药嗨了，自言自语说他相信世界上有真爱，只是没有姑娘会爱上像他那么呆、那么怂的人，如果有一天有人会真心喜欢他，他一定要买一颗最漂亮的宝石送给那姑娘。 只可惜，他或许永远没有这个机会了。 我想有一天我也会遇到一个爱我的所有、包括我的过去的人，那时候我会回到康涅狄格，从银行的保险柜里取出这颗钻石。 你不是问我赚了多少钱吗？ 赚了一枚三克拉 D 级钻石。 怎么样？ 这个答案不无与伦比吗？

Romeo 还是自顾自地笑。 我不得不承认这是个出乎我意料的答案。 一整晚的故事和他本人给我的印象就是个玩世不恭的 playboy，可在最后我却突然有一丝暖暖的感觉，也不知道是因为他对"书呆子"的遗憾与思念，还是对爱情的纯粹期望。

我：的确是个没有料到的答案，祝福你很快能成功地找到一个好姑娘，并奉上这颗无与伦比的钻石。

Romeo 拉过我的左手，轻轻在我手背吻了一下。

Romeo：晚安。 记住，我是个意大利绅士。

然后他站起身来，在夜风里抖了抖耷拉在眼镜前的卷发，一蹦

Cancun
2011

一跳地，走远了。

〈茉莉寒香〉

茉莉：啊哈哈哈哈哈哈哈哈哈，所以你如此残忍拒绝了意大利男人的
　　　一夜情请求。 哎呀呀，这小哥白白在你身上投资了一小时讲故
　　　事了。

　　三个月后我和茉莉趁着春假去新奥尔良，一开始茉莉是不想去
的，但听说新奥尔良有个"小法国"区后顿时来了兴致。 此刻我俩
坐在"小法国"的一家餐厅里，茉莉在我面前大快朵颐着生蚝，听
我讲故事。 当我讲完故事还沉浸在那颗保险柜里的三克拉钻石的时
候，茉莉放肆地笑了起来。

茉莉：我说迈兮啊，你怎么运气那么好，我在欧洲生活了三年就差
　　　没被意大利男人搭讪了。
我：我更意外的是，猫村茉莉小姐怎么没去主动去和意大利男人
　　　搭讪？
茉莉：我去意大利的时候年纪小啊，那时候我才 16 岁。 刚去瑞士上
　　　学没多久的时候，放假和几个朋友一起去意大利。 我们住的青
　　　年旅馆里有几个美国大学女生，天天看到个意大利男人就发
　　　痴，送朵花就能骗上床。 我觉得这群美国女大学生简直就是智
　　　障到了极点。 有一天吃早饭的时候我听到两个姑娘在议论她们
　　　的小伙伴，说她昨天晚上没回旅馆，和一个意大利男人一夜情
　　　去了。 说着说着她们的小伙伴顶着隔夜的妆容、一身昨夜的夜

店装扮回来了，接着开始和她们描述这个意大利男人有多好，简单概括就是声音有磁性、嘴甜、绅士、温柔、幽默、活好，最重要的是早上醒来还喂她喝了杯热牛奶，最后 kiss goodbye。这时候啊，她周围的几个小姐妹都满眼羡慕嫉妒恨，都巴不得前天晚上喝断片的是她们自己。这时候的我已经被她们一惊一乍烦死了。忍无可忍，我转过头问了句，他戴套了吗？你小心怀孕。

我：哈哈，茉莉你好坏啊，你怎么能那么坏呢。

茉莉：我这话音刚落，那傻大姐就慌了。"啊呀，怎么办，我不记得了呀，阿呀呀，怎么办怎么办。"然后我就特别后悔说了那么句话，因为她们一桌子人更吵了，有叫她回忆细节的，有叫她试图联系下这个男人的。最后青年旅馆的老板走了过去，说了段我至今记忆犹新的话。他是个四十多岁的意大利男人，优雅地拿着咖啡壶走到那桌前给那傻大姐倒了杯咖啡，说："姑娘你说你早上醒来时他给你准备了一杯热牛奶？作为一个年轻过的意大利男人，我很负责任地告诉你，紧急避孕药你已经就着牛奶喝下去了，所以不要担心，请继续享受你的旅程吧。"然后那帮美国姑娘们就都傻眼了，总算是安静了一阵子。

我：听起来意大利男人还真是狡猾的物种啊！

茉莉：是啊，所以我一直希望有机会找一个切磋一下。你这个故事里的 Romeo 也是很符合我对意大利男人的想象，有意思。

我：总会有机会的，茉莉，我期待你把意大利男人骗得哭笑不得的一天。

故事之四 | 浦东西，江南北

它：上海，中国，2012
她：Rina，菲律宾人，21 岁，酒吧服务员
我：迈兮，中国人，20 岁，大学生
它：首尔，韩国，2012
她：素英，韩国人，21 岁，咖啡店收银员
他：细菌，韩国人，21 岁，大学生

"师傅，到永康路。"

上海的出租车司机，本地人叫他们——"差头师傅"。 爱讲故事的团体通常为人到中年的本地男性。 想和他们聊天很容易，上车用上海话说出目的地然后寒暄两句，只要你问东问西，保准师傅和你聊一路。 有时候根本不用你主动搭话，从你上车开始，他们就喋喋不休了，自顾自地说着奇闻逸事。 炎炎夏日，这位师傅穿着长袖白衬衫，小头发往后梳得干净利落，看着就是个讲究人。 我刚从上海浦东陆家嘴金融中心的若干幢摩天大楼中的一幢里走出，今天运气好，正好有个男人在我们大楼门口下车，我立马坐了上去。 加班的缘故，坐地铁去浦西的永康路酒吧街上班铁定是来不及了，好在堵车时段过了，我得赶紧打车去。

"妹妹啊，下班了去喝酒啊？"

"没有啦，去打工，挣点外快，哈哈。 师傅，要是路过全家超市停一下，我去买个三明治。"

我一边回答一边按着副驾驶座位后边的显示屏。 上海许多出租车副驾驶座后面都有那么一块，大多数是广告，偶尔也有些微电影看。

"妹妹啊，你说这个显示屏幕装着有什么用？ 叫我说公司就是浪费钱，坐'差头'又不是飞机，不能看电影，谁没事看广告你说对不对，放两张广告纸不就好了，要那么高科技干嘛。"

"师傅你说得对，我也觉得这个有点浪费资源。"

"就是嘛，我每接一个客人都会问问，到现在还没有人说这个屏幕有用的！"

"师傅好有趣啊，还会边开车边做调研啊？"

"啊唷，我和你讲啊，天天做调研也没想到会遇上今天这种事情，前面紧张死我了。 就你前面那个客人啊，一个大男人长得阴阳怪气、梳个长头发，我看他上车阴森森盯着这个屏幕看，就和他'嘎三胡'（上海话里聊天的意思）。 我说这个屏幕没有用，还说也不知道谁把我们'差头'公司老板搞定了，才每部车子装一个。 这个人一路上也不说话，车子里气氛也被他搞得阴森森的。"

"大概他心情不好？ 或者也就是有可能他爱看广告？"

"小姑娘，刚才他下车前，丢给我一句话，'这个东西，我发明的'，你说说看我怎么运气那么好，接到这么个客人，你说他会不会记下我号码投诉我啊？"

那屏幕上的广告实在无聊，我拿出手机，看到了半小时前细菌发来的消息："迈兮，我今天又加班，饿死了，困死了，不过忍住了没喝办公室的速溶咖啡，素英亲手给我做的拿铁还在等着我呢。（调皮动画表情）"

细菌，是我高中时候最好的朋友之一，我们两个人有许多共同点，比如总有一些奇怪的想法并付出行动，比如都极度怀旧，比如决定做的事情都会很执着。 高中毕业后虽然上了不同的大学，但我们一直保持联络。 这个暑假我们俩分别回到上海和首尔，并且找到了份体面的实习。 我们两人分享一个秘密，就是每天夜色降临，会换上不同的衣服，前往第二份工作。 我们分别从上海浦东和首尔江南的高级写字楼飞奔到上海浦西的永康路和首尔江北的弘大①，我卖酒他卖咖啡，经常交流工作感想。 从初夏到盛夏，随着工作负荷越来越大，终于到了要做选择放弃其中一份工作的时候，我放弃了浦东，而他则留在了江南。

　　高中的时候我们一起在美国上寄宿学校，校规非常严格，周末离开校园去次商场都要"申报"的。 有时候我们常常羡慕那些走读的美国同学，每到周一他们常常会交流一下在西餐厅、快餐店、加油站打工或是帮邻居带小孩的趣事。 于是我和细菌约好了，等我们毕业了，有个暑假一定要尝试去打工。 两个执着的人，最终做成了这件事，然而这件事情并不像我们想象的那么简单，在找工作的时候，我们意识到了东西方文化的不同。 我们的美国同学，不论家境如何，在什么地方上学，都可以做最基础的工作而不被过多评论，可是在我和细菌的家乡上海和首尔，我们的很多同龄朋友都不太理解为什么我们要去打工，特别是在能去高大上的写字楼里工作的情况下。 工作的第一周，我和细菌就都意识到在我工作的酒吧和他工作的咖啡馆里，每一个人都非常需要这样一份工作，而并不是像我们的美国同学，只是去赚一些零花钱或者经历一次社会实践。

---

　　① 首尔的弘益大学，艺术类专业尤为出色。校园附近区域聚集了很多有艺术梦想的年轻人。

夏末，按照约定，我从上海飞到了首尔，细菌把我从机场接到了江北他最喜欢的小餐厅，请我吃最地道的部队锅①。 是时候了，首尔的男孩和上海的女孩要交换他们属于这个夏天的成长故事了。韩国大妈端上了满满的锅，里面是红色的泡菜汤和各种配料，我们在等锅里的汤烧开，细菌给我倒了杯冰水。

细菌：自从工作忙碌以后我们互相联系也少了，今天正好给我讲讲你在酒吧工作以来的故事。

我：那你也得给我讲你后来的故事。

细菌：我哪有你那么有霸气，写字楼的工作不要了，继续去酒吧。
对了，Rina 最近怎么样？ 你工作结束了，她还继续在那里工作吗？

Rina，是我在那家小酒吧里最好的搭档。 我第一天去工作的时候就看到她扎着马尾辫、穿着黑白竖条纹的衬衫、黑色的短裙，里里外外忙碌。 那天当我们工作得闲时，会三句五句聊天。 她告诉我她是菲律宾人，21岁，刚到上海快一年了，来永康路工作有小半年。 永康路上有无数小酒吧，一半的客人都是外国人，所以有些店会招一两个能讲英文的服务员，其中也不乏一些菲律宾人。 Rina是一个特别开朗的女孩，她时不时传授我一些小技巧，比如怎样倒啤酒不容易起泡，怎样端酒最稳。 每天凌晨我们都一起下班，有些时候也会结伴去上海市区其他夜场玩。 那阵子，我白天在上海浦东的写字楼里工作到晚上7点，每周有三个晚上8点左右在永康路开

---

① 部队锅：韩国火锅料理，源于朝鲜战争时代。将香肠、蔬菜、干面等食材放入辛辣酱汤锅底里煮食。

工，直到凌晨下班。 办公室的生活比较枯燥乏味，我和细菌联系的时候提到最多的就是 Rina。

我：她应该差不多两周前回菲律宾了，在那之后我就再也没联系上她。

细菌：那她的男朋友呢？ 叫什么来着？ 就是那个开运动酒吧的老头。

我：Rob，我去找过他一次。 别提了，我都气炸了。

R ob，是 Rina 的男朋友，澳大利亚人。 Rina 的老家是菲律宾一个靠近沙滩的村庄，她好多年前就开始在那里的小酒吧打工了。Rob 是众多游客中的一个，一年前和一帮朋友去菲律宾度假，偶然间在一个黄昏走进了 Rina 工作的小酒吧，请 Rina 跳了一支舞，后来便天天去那家酒吧，每次都会请 Rina 跳舞，并且留下可观的小费。 Rina 告诉我，她一开始并没有动心，因为听说过天使之城①的故事，她可不想成为西方游客的玩物，最后大着肚子被抛弃。 可是Rob 真的很执着，事情由酒吧别的服务员传到老板那里，老板传到了村子里，村民传到了 Rina 妈妈的耳朵里。 Rina 的妈妈语重心长找她谈了一次，大致意思就是这个男人追了你都半个多月了，这种事情可不多见，你得好好把握机会，他若是能带你离开这里，跟着他便是值得的。 Rina 看着两个五岁的双胞胎弟弟，早已辍学、日常负责照顾他们的 13 岁的妹妹，想到爸爸妈妈每天都要去捕鱼干活，她突然觉得自己为这个家庭做的还是太少，也许应该把握机会赌

———————————

① 天使之城：菲律宾著名的红灯区，有很多混血儿在那里出生长大，并不知道自己的父亲是谁。

一次。

那天晚上，Rob 照样还是去喝酒，请 Rina 跳舞，Rina 问他，你愿意带我走吗？ Rob 说，我的假期就快结束了，我在上海开了一个酒吧，你若是愿意，可以和我一起去上海经营。 于是那夜，酒吧打烊后，Rina 第一次陪着他一同离开。

后来，Rina 便跟着 Rob 到了上海，两个人过起了同居生活，Rob 并没有让 Rina 去他开的酒吧工作，而是让她待在家里。 一次 Rina 听 Rob 的朋友说起上海永康路酒吧街有很多外国人，便打了个注意决定来找个兼职。 虽然生活上的开销 Rob 都不需要她操心，但是她也希望能存些私房钱，寄回菲律宾。 我们认识的夏天正好有欧洲杯足球赛，Rob 的酒吧天天生意很好，只要有球赛，他几乎都整夜不回家。 有一天我和 Rina 下班，她问我有没有兴趣去 Rob 的酒吧看场球，我欣然答应。 见到 Rob 的一瞬间我很震惊，他看着应该至少有五十岁，满面油光，剃了个光头，所以不知道有没有白发，挺着啤酒肚，正和他一桌朋友们喝着啤酒。 Rina 拉我过去坐下，我一时半刻有点不适应，因为那一桌的男人们基本上和 Rob 差不多岁数，除了 Rob 以外几乎每个人身边都有个浓妆艳抹的三四十岁左右的"女朋友"，一个个穿着暴露，说着蹩脚的英文。 从她们的眼神里，能看得出她们都不怎么待见 Rina，我总觉得这眼神里是热辣的妒忌，毕竟 Rina 比她们每一个都年轻、漂亮。 她们渐渐也开始打量着我，小声用中文讨论我和 Rina，估计以为我也是菲律宾人听不懂中文。 好在球赛很快开始了，大家的注意力也散开了。 我一边看球赛一边和细菌发着短信，告诉他我这里的滑稽情形，那天他正好也和咖啡馆工作的朋友们一起约了下班去看球赛。

我: 细菌，你有关心今年的国际新闻吗？ 中国和菲律宾的黄岩岛事件。 这件事情的影响很大，我在电视报纸上看到相关报道——中国政府在领土问题上绝对不退让。 我从来没和 Rina 聊过这件事，没想到她会先和我提起。 她告诉我，在中国的菲律宾人签证一旦过期基本不能续签，算是黄岩岛事件后中国对菲律宾的一项制裁吧。 说实话，作为一个中国人，我非常理解我国家的做法，但是看到 Rina 的遭遇后，我就觉得国与国之间的博弈对普通老百姓的影响原来超过我的想象。

细菌：所以 Rina 的签证是过期了？

我：她当时告诉我的时候说是快过期了。 Rob 并没有打算回澳大利亚，也没有打算结婚。 对于 Rina 来说，一切都是被动的。 有一天我们下班后一起去吃夜宵，她和我说她感到特别绝望，因为她都能想象回家后她的父母会有多么失望，村里人也会觉得她是在外面混不下去或是被抛弃了。 她说她不怪 Rob，因为Rob 从来都没有赶她走，在一起生活近一年都是自己更依赖对方。 她觉得自己没有资格逼 Rob 结婚。 唉，这就是个死局，Rina 说着说着就哭了，她说如果没有签证的问题，也许她和Rob 会一直生活下去，不论是在中国或者澳大利亚，她都愿意。

细菌：你别光顾着说，快吃点东西。

面前的盘子里，细菌不知不觉给我夹了好多吃的。 他自己呢，撑着头，若有所思。

细菌：Rina 真是个要强够倔的姑娘，不逼婚，不死缠烂打，还自己打工攒钱往家里送，和 Rob 朋友们身边的莺莺燕燕不是一类人。

我：后来工作忙了，我本打算辞去酒吧的工作，但是酒吧老板希望我多工作一段时间，因为 Rina 请假了。反正办公室的工作本来就很无聊，我便索性全职在酒吧上班。可是自打那夜我们吃夜宵后我再也没见到 Rina，电话也打不通，最后我去 Rob 的酒吧找过他。

细菌：他怎么说的？

我：我进去的时候他还是和一帮朋友们围着桌子喝啤酒，不过这时候他身边也多了个浓妆艳抹、衣着暴露的女人。他的原话是这样的："我给了她买机票回菲律宾的钱，她不要，收拾行李走了。我本没有分手的打算，但是既然她无法继续留在上海，那么我们终究是结束了。"他翻篇这么快，我又何苦和他纠结 Rina 的下落。也许她回家了，不想再和上海的一切有联络了吧。也不知道为什么，她走后我一个人在小酒吧里工作总是感觉缺了点什么，有时候也会出神，总感觉她端着啤酒的身影就在身边。

我抓起筷子，决定开始专心地吃盘子里的食物，朝着细菌做了一个"请"的手势，他当然明白，现在轮到他讲故事了。那个关于他的夏天，他的咖啡馆，还有他和素英的故事。初夏的时候，细菌刚告诉我他要去弘大区域的咖啡馆工作，我愣是没想通。因为咖啡馆不像酒吧街，城市里处处都有咖啡馆，我疑惑细菌为什么舍近求远，每天下班穿过汉江去打工。他说弘大和别的地方不一样，因为那里是年轻人的主场。素英这个名字，细菌从工作的第一天就开始提，基本上我每次说起 Rina，细菌都会滔滔不绝讲到素英。细菌说每次有多余的材料或者是做错的饮料，素英都能把它们变成可口的新品给细菌品尝。在细菌的描述里，素英是一个留着过肩直发、皮肤白皙的丹凤眼女孩，她是大邱人，在首尔上大学。

细菌： 迈兮，我情况后来很不妙，素英不理我了。 你也知道，我爸发现我在咖啡馆打工的事情很不爽，逼着我辞职了，然后就逐渐和一起工作的小伙伴们断了联系。

我： 素英不理你了？ 为什么？ 难道你去对她表白被拒绝了？ 不对呀，听你之前的描述她应该也对你有点意思的呀！

细菌： 你别激动，好好吃饭，我慢慢给你说。 韩国的情况你大致也了解，和美国是相反的，家里条件好的孩子一般是不出去打工的。 我去咖啡馆工作后，发现里面其他的员工年龄和我都差不了几岁，一半都不是首尔人，但是他们都打好几份工才能勉强支撑在首尔的生活。 我一直对我家的情况避而不谈，我骗他们我在釜山上大学，现在在修学打工攒学费。 有一次外国顾客点单，素英没听懂，我就去帮忙，之后他们都问我怎么英文说得那么好，吓死我了，只能傻笑说我自己看美剧学得好。 千万不能让他们知道是因为我很小就去国外念书！ 好在他们只知道我说得流利，却听不懂我的口音。

细菌： 我真的很喜欢在那里工作，我们下班后有时也会三五成群去路边小摊喝烧酒、吃夜宵，这是我以前没做过的事情。 他们大家会吐槽自己被别的打工地方的老板骂，下个月的房租交不出这些琐事，也会偶尔诉说一些老家的事情。 有个来自光州的小伙子的故事给我留下印象特别深刻，他说他家以前在光州做汽车生意，特别有钱，他父母给他和他弟弟每个月的零花钱是他现在打工工资总和的五倍多，后来突然破产了，一夕之间他们被追债。 还有素英，她爸爸在她很小的时候就过世了，妈妈一个人带孩子也一定很辛苦，不过她总是很积极地面对生活中的困难。 这些个夜晚，我最怕的就是他们问我的情况了，我经常装醉或者几句话敷衍过去，好在大家都不逼问，因为觉得每个人的成长经历都是辛酸的吧。 每次我们吃完夜宵，我都会送素英回家，其实我们不顺路，我就是想送她，更何况，我不能和真的和我顺路的人一起走，万一被他们发现我家住哪里不就穿帮了嘛。

我： 我也真是佩服你，你这是上演现实版"王子变青蛙"吗？ 居然还瞒住了所有人。

细菌： 你在酒吧工作不隐瞒家庭情况吗？

我： 我工作的是小酒吧，总共就四个服务员轮班，我还总和 Rina 一起，她从第一次听到我讲英文时就听出口音了，然后问我是不是在美国生活过，之后也没有详细问过。 不过我能理解你，如果我工作的是家大酒吧，里面都是和我差不多岁数的中国人，我可能也会做出和你一样的选择。

细菌： 瞒也没有那么容易，说谎也是要付出代价的。 一天正好是个小伙子的生日，他约大家下班后一起去小摊喝几杯。 那天大家都比较尽兴，我也喝多了。 我打算打车回家的时候素英跟上来了，小伙伴们也都说让素英送送我，毕竟大家都以为我们顺路。 我糊里糊涂上了车就直接报了我家地址，模糊记得素英问我是不是确定，一路没说什么话我就睡过去了，接着素英把我推醒，我睁开眼睛的时候，车子正好停在我家门口，转头是素英瞪大了眼睛看着我。 她问我："你住这里？"我不知道该说什么，沉默一会儿后她接着说："既然你住在这里，为什么要和我们一起工作？"一瞬间我就酒醒了，后悔也来不及了，想解释却发现自己根本不知道该说什么。

我： 其实客观来讲，你也没撒谎，只是刻意隐瞒了自己的一些情况。

她因此不理你了吗？

细菌：那是特别倒霉的一周，不单单素英发现了我的秘密，我爸爸也发现了，我去咖啡馆打工这件事我妈妈还是比较支持的，可是我们都一致认为不让我爸知道比较好。我爸知道情况后大发雷霆，他本来想让我去他的高尔夫球场学习经营的，我不想去。他看到我找了个在江南的证券公司实习后也就没再多说什么，但知道了我还在咖啡馆打工，他觉得太丢脸了，还说我脑子不正常，给我两个选择，要么立即去他的球场工作，要么辞了咖啡馆工作就还能留在江南上班，我选择了后者。最后一天去咖啡馆的时候素英和我之间还是很尴尬，不过她并没有把我的秘密告诉其他人。

我：我还是不明白，她为什么那么生气，还不理你呢？你的确是隐瞒了你的家庭情况，可是你并没有故意骗人或者做什么坏事啊。

细菌：这件事我纠结了很久，我想对于他们来说都在和贫穷战斗，繁忙的一天结束了可以喝一杯小酒、吃几串小吃、分享一下彼此的心境。而我本就不属于那个他们分享的环境，当素英发现我属于另一个世界的时候，一定觉得我打扰了他们的生活吧。同样的一份工作，对于我是一个人生体验，而对于他们却是生活的支撑。我只是想不通，为什么在美国这不会是一个问题，而在韩国却是呢？

我：然后你打电话她不接，你发短信她不回？

细菌：是的。我也不再打扰她了。

我：细菌，我觉得你没做错什么，素英也没有，可是这件事情就莫名其妙错了。就像我觉得 Rina 的选择事出有因，我国家的政策也合情合理，可是那件事情就是让我唏嘘不已。唉，这两件事的演变怎么就那么不随人愿呢？

部队锅里的料都吃得差不多了，细菌机械地搅动着钢勺发呆，我捏了一下他的脸。

我：小子，这里也属于弘大区域吧，介不介意带我去你工作过的咖啡馆买杯饮料？

细菌：啊？ 今天素英上班的。

我：你在门口等我，我就买杯 espresso。

半小时后我推门走进那家我既熟悉又陌生的咖啡馆，一个皮肤白净的年轻女孩冲我微笑。 我简单说了一句"two espressos, thank you"，她收完钱便转身忙碌了。 吧台里一共就两个人，另外一个男孩正低着头在制作另一杯饮料，我心想，他会不会是那个家道中落的光州男孩？ Espresso 制作起来很快，不出几分钟，素英便把咖啡递给我了。 我出门转弯，把其中一杯递给了正在玩手机的细菌。

我：她和我想象的模样差不多呢。 快喝吧，她亲手做的咖啡哦。 咱们得打起精神，今晚不是还要带我去江南玩嘛？

接着我们穿越过了汉江，从接地气的江北到了高大上的江南，街上传来一阵旋律古怪的音乐。 细菌说那是 YG 公司推出的一个奇怪的歌手，哪知几个月后这首《江南 style》红到了地球另一头。

〈茉莉寒香〉

我：茉莉，在日本也是这样吗？ 有钱人家的孩子不出去打工？

Seuul
2012

茉莉：应该是这样的吧，我知道东京的节奏很快，怕是在外打工也没工夫了解一同打工的人的家庭情况吧。 我想这个问题应该和国家发达水平没关系，大概是区域性文化吧？ 就是你属于哪个阶级，就该干属于你阶级的人该干的事情。 不过我觉得你和你那个叫细菌的朋友有点太纠结于没那么复杂的事情了。

我：怎么说？

茉莉：假如素英没发现他是个公子哥，故事怎么发展？ 他不是喜欢人家嘛？ 总有捅破的一天吧？ 那么他家的情况终究要告诉她。 你觉得到时候会怎么样呢？ 问题可能比现在更复杂，这个素英是个好姑娘，知道他们不属于一个世界就干脆地划清界限，而不是去放长线钓不经世事的公子哥。 你再想想看，细菌的老爹可不是省油的灯，他又怕他爹，你觉得他爸爸如果知道他不单单背着自己去咖啡馆工作，还在那里找了个家世差那么多的女朋友会怎么样？

我：恐怕将会是一场狂风暴雨。

茉莉：再说说你的那个菲律宾朋友 Rina。 你觉得 Rob 是个好货色吗？ 像他这样的糟老头在上海也只能和他的狐朋狗友一样找那群花枝招展的中年女人吧？ 所以从菲律宾带来了年轻貌美善良的 Rina，才会在一起那么久。 但是你试想，如果没有签证问题，Rina 在上海继续住下去，你觉得她要等多久才能和 Rob 结婚呢？ 或者在 Rob 的人生计划里根本就没有那天吧。 你听我说，正常情况三四十岁的单身男人或许可以是很好的结婚对象，但一个男人五十多岁还没结婚，那么他对他人生的安排很可能就只有尽可能玩年轻的女人这一条了。

我：我怎么觉得你让我豁然开朗了？

茉莉：亲爱的，有时候不必纠结于现实的不美好，多想想未来，就舒坦多了。

故事之五 ｜ 雨天的绅士们

它：釜山，韩国，2012

他们：Jae & Kyu，韩国人，未知，白领

    几日后我告别了细菌，前往韩国南部一个叫丽水的小城市，之后再从丽水坐巴士去釜山。 虽然不会说韩语，在小城市也几乎没有人讲英语，但是谷歌翻译还是挺有用的，能解燃眉之急。 巴士抵达釜山的时候，下着倾盆大雨，我好不容易打到出租车，上车便把提前准备好的小纸条递给司机，用韩语说了句"谢谢"。 这张纸条是我在丽水住的一个小旅馆的老板帮我写的，在丽水的时候我们会借助他电脑里的谷歌翻译进行一些简单的交流，他和他太太还请我吃了碗很辣的韩国拉面。 知道我下一程要去釜山后，他说他可以帮我订一个他认识的朋友开在海云台①附近的旅馆。 订完后还热心地帮我写了这张纸条，说是等我到了釜山，直接给出租车司机看，就可以到目的地了。

    司机大叔接过纸条，看了又看，然后转头盯着我，问了个问题，当然我是听不懂的。 他又看了看纸条，打量了我几眼，露出一副无奈又哭笑不得的表情后再一次问了个我听不懂的问题。 我只好

---

    ① 海云台：韩国釜山著名海滨旅游景点区。

指了指纸条，对他说，"Let's go"。 半个多小时后车子停在一条小马路上，我托着行李走进这个旅馆，那前台大妈正百无聊赖地看着电视，她听到我拖着行李的声响后一脸诧异地看着我。 我把护照递给她，告诉她我有预订，她看了看我的护照，又瞧了瞧桌上的一本笔记本，使劲冲我摇手。 我是记得丽水大叔给我订的旅馆的名字读音的，于是我重复说了几遍，这个大妈冲我点头，可是当我说check-in 的时候她又拼命摇手。 由于彻底无法沟通，我决定出门去碰碰运气，看看能不能遇到会说英文的人，拉过来帮我沟通沟通。

走出这家旅馆，有种说不出来的滋味，整条小路又窄又短，还挺昏暗，还好没几步就是大马路了，我到大马路上先后拦下了三个年轻人，可惜他们都不会说英语。 天色越来越暗，行人也越来越少，这时候我瞧远处有一辆警车开过来，心想：不如拦下警车试试吧。 于是我冲着警车拼命招手，手舞足蹈引起注意，直到警车停在路边。 如我所料，下车的两个中年警察也完全不会说英文，不过他们一定从我迫切的神态和肢体语言了解到我是个急需帮助的游客。他们通过对讲机和某处联系，然后把对讲机交给我，那一头是个年轻男子的声音，他告诉我他是个通讯处值班警察，会说英文，让我把情况和他说明一下。 于是我把从在丽水订旅馆到在釜山无法check-in 的事情描述了一下，这个年轻警察又通过对讲机翻译给我身边的两人听，之后他又问了我一个问题："女士，再次和您确认下，这家旅馆在海云台是吗？""是的，我很确定。""是这样的，在釜山有两个旅馆叫相同的名字，唯一不同是您现在靠近的这个叫×××motel，而在海云台的那个叫×××hotel。 您现在所在的位置不是海云台，不过请不用担心，我已经和两位警察解释清楚了，他们正好现在下班回家，不介的话他们可以送你去旅馆。"

直到我上警车时才发现，后座居然全是被铁栏杆包围的。 所以说，我在釜山的第一个夜晚，拦下了一辆专门押送犯人的警车，坐在关押犯人的车厢里环游了半个城市，还是免费的。 这次的目的地当然是正确的，我顺利入住，夜里一个人趴在床上回想到那两个彬彬有礼的警察，和对讲机那头儒雅的声音，不禁心头一暖。 不过我始终不明白，那个出租车司机从我一上车就试图表达的是什么意思。 算了算了，就先不想了，美美睡一觉吧。

第二日，釜山还是时不时下小雨，下午我在市中心的光复洞附近转悠，随手打开地图发现市中心有一座庙宇，走到那里却发现那座庙很小，十来分钟就转了一圈。 走出庙我又翻了一次地图，总觉得这座庙和地图上的感觉不同，于是决定问一下路人，正巧这时候有两个白领衣着的年轻人走过来，我便上前询问。 他们两人其中一人会说英语，向我确认地图上的庙就是我身后的那一个，又向他身边不会说英语的朋友解释我问了什么。

我：真是谢谢你了，我就是觉得按照地图上的比例来看，这个建筑感觉太小了，所以才不太确定。 哈哈，原来是同一个。

Kyu：我也觉得这个地图画得不好。

他一边翻看地图一边和身边的朋友用韩语交流。

Kyu：你是游客吧？ 中国人吗？ 还是日本人？

我：是的，我是中国人。

Kyu：啊，那我的朋友要遗憾了，他不会说英文，可是他学过日文。 你在光复洞喝过咖啡吗？

我：咖啡？ 今天没有喝过。

Kyu：你知道吗？ 釜山最好的咖啡馆就在前面那个路口，我和我的朋友正要去呢，你要不要和我们一起去？

我： 釜山最好的咖啡馆？ 真的吗？ 你们不介意的话我太愿意了。

　　五分钟后，他们带我走进了一家装修典雅的咖啡馆，里面还有很多绿色植物。 即使我再三谢绝，他们还是要为我买一杯饮料，还说这是釜山人的好客习俗。 我也就恭敬不如从命，谢过了他们的咖啡，和他们一起坐在靠近落地玻璃窗边的座位上，开始了一段慢悠悠的对话，只因我们三个人并不共享同一种语言。

　　他们是认识多年的朋友，正巧今天下班时约了一起喝个咖啡，从地铁站口会合后走去咖啡馆的路上，被我拦下问路。 会讲英语的是个皮肤黝黑、有几分神似李秉宪的 Kyu，不会说英语的是戴着银框眼镜、长相秀气的 Jae。 每次 Jae 讲完话，Kyu 立刻翻译成英文，每次我讲完话他也会翻译成韩文。 他们首先问了我都去了釜山什么地方游玩，我罗列一遍这天去的地方后，给他们讲了前一夜找旅馆的故事。

Kyu： 所以说，你真的坐在押犯人的车子里绕了釜山一大圈？ 这真的是我听到过最特别的游客在釜山的经历了。

我： 是啊，我自己也不敢相信。 不过必须得说，我遇到的釜山警察都是绅士哦。

　　看着 Kyu 兴致勃勃把我的故事翻译给 Jae 听，Jae 也是满脸的不可思议。 突然我脑子里又浮现了我的疑问，心想不妨请教请教他们。

我： 对了，我一直比较纳闷，为什么我上出租车的时候那个司机一开始不肯开车，还哭笑不得看了我很久？ 可惜我不知道他问的是什么。

Kyu：你说你当时一上车就把丽水旅馆老板写错旅馆名字的纸条给他了，然后他就是那个反应？

我：是啊。

Kyu：我也想不明白，这个纸条你带在身边吗？

我：有，等一下，就在我皮夹子里。

Kyu 接过纸条，和 Jae 讨论了一下，接着两人拿出手机开始检索一些信息，突然 Jae 激动地拍了下自己大腿，劈里啪啦说了一堆，两人一起尴尬地笑起来，然后看看我，又苦笑一阵。

我：你们是发现什么了吗？

Kyu：额，这个事情说起来有点尴尬。刚才我们查了这家和你的旅馆重名的 motel，那条街附近有好几个 motel，都是男人们找小姐专门去的地方，没有旅客去住的。在我们这里呢，经常小姐们接到活儿的地址都是写在纸条上，她们一上出租车也不会和司机多说话，纸条一递就开始化妆了。所以说出租车司机基本上都是知道哪些地点是这类 motel 的聚集地。你昨晚上车，什么都不说递了张纸条，偏偏又是这个错误地址。他看你拖了个行李箱，样子也明显不是应召女郎，后来发现你还是外国人，所以才觉得哭笑不得吧。

我开始回想那个重名的 motel，大堂里的大妈，那条小小窄窄的马路，还有那个司机的反应……如梦初醒！

我：我的天啊！原来是这样！一切都解释得通了！多谢你们，这事情我可是纠结了很久，还不知怎么问昨天的两个警察。

Kyu：实在抱歉，这……这真不是什么光彩的事情。 我们……我们也是刚才在网络论坛上搜索才了解到这个信息啊……

我：没事没事，你们别紧张，哪个城市没有红灯区啊。 我也是太走运了，一到釜山就用应召女郎的方式误闯了红灯区，接着还搭上了警车离开，这真是太精彩了。

虽然我一再说我觉得这是件很好玩的事情，但是他们俩还是觉得太尴尬。 于是我立马换了话题和他们聊天，聊起了他们的工作和生活。 不知不觉咖啡喝完了，一个多小时也过去了，他俩要去和朋友们吃晚餐，我也准备坐地铁回海云台了。

我：太谢谢你们招待的咖啡了，没想到在釜山能交两个新朋友。

Kyu：不不不，是我们要谢谢你。

我：谢谢我？ 为什么？

Kyu：你向我们咨询地图的时候，Jae 和我就想，不如试着邀请你和我们一起来咖啡馆，因为你看上去非常友好开朗，然后你就欣然答应了。 我们就是觉得，能在马路上认识一个陌生人，然后像朋友一般交谈，喝一杯咖啡，这就像是电影里的情节一样！所以要谢谢你，让我们体会了一次现实中的电影情节。

Kyu 一边说，Jae 也在点头微笑，我也发自内心地回之以微笑。 当我们走出咖啡馆的时候，釜山又下起了小雨，我刚要和他们说再见，他们拉住我，说可以陪我走到地铁站口，因为他们有带伞。 于是他们撑着伞，陪我走了十分钟到了地铁站，我再一次感谢他们说再见，这一次，Jae 说了一句英文："You are welcome, we are

수리
리턴

Busan
2012

Busan gentlemen."（不客气，我们是釜山绅士。）

　　Movie, end.

〈茉莉寒香〉

　　这个故事，我一开始并没有专门讲给茉莉听。 在大学的一次周末派对上，一个韩国男同学正在和我聊天，他说他看到我社交网站上放了去韩国的照片，想听听我在韩国有趣的经历。 于是我把我误入红灯区后坐着警车夜游釜山的故事讲给他听。 这个韩国男生是彻底听傻了，反复说着"unbelievable"（难以置信），接着告诉我，他实在没想到韩国警察居然能如此认真负责。 派对结束后，回宿舍的路上，猫村茉莉一如既往开始吐槽我。

茉莉：我说，你那个坐着警车离开红灯区的故事实在太逗了。

我：咦，你偷听到了？

茉莉：什么叫偷听！ 我看你在派对上对着一个韩国男生眉飞色舞地讲话，就想仔细看看他是不是个帅哥，结果发现他根本长得像个瘦脸版鸟叔。 吓死我了，我还以为你喝多了呢，所以才本着关心你的初衷走近听了听你们在聊什么。

我：猫村茉莉小姐，感谢感谢，万分感谢。

茉莉：那小子一脸不可思议呢。 我当时就在想，指不定韩国警察对本国人民的小事都不怎么上心，但是对外国人却比较热情。 这个瘦脸版鸟叔一定是这么想的，但是又觉得如果告诉你会损坏他们国家的形象。 我最讨厌这点了，没有原则的爱国主义！

我：我知道你一直不太喜欢韩国人……

茉莉：我说的是事实！ 这不单单是韩国，其实我们日本也是这样。 警察也好，老百姓也罢，碰到外国人求助就会比本国人求助要热心好几倍。 你们中国是这样吗?

我：你这么一说……好像中国也有点是这样的呢……

故事之六 | 一见钟情，那片废墟

它：暹粒，柬埔寨，2012

他：Junhyun，韩国人，24岁，大学在读生

柬埔寨，我人生中第一次当彻底独行侠的地点，不与任何人结伴去到的我未曾去过的地方。 后来独自旅行上瘾和这一次经历有密不可分的关系。 这是一次简单的相遇，一个有意思但不跌宕起伏的故事。 但它对我很特别，因为它告诉我，远行本就不需要太复杂的理由。

暹粒是东南亚著名的旅游城市，也是柬埔寨主要旅游经济收入来源地。 高棉人建成了吴哥庙，经历了辉煌年代，后被暹罗（泰国）占领再归还。 如今，几个世纪过后吴哥庙变成了吴哥窟，从某种程度上讲，它还在积极为自己的祖国效力——与泰国竞争外国游客。 金素是我托酒店帮我找的 tuktuk 司机，包天收费，我去的时候是淡季，15 美元一天，非常划算。 到暹粒的第二天清晨，金素已经在酒店门口等我了。 他是个特别勤奋的小伙子，前一天我观察到，每次当我从一座吴哥庙废墟出来的时候，他都在车里看书，是一本各国语言大全，他告诉我他相信未来游客会越来越多，要抓紧时间多学一点各国语言的旅游词汇，这样自己在未来就更有竞争力了。 于是我会鼓励他在用英文介绍完信息后和我说他新学的中文，

再帮他纠正发音。

　　这一天我和金素研究好的路线总共要去六七座庙宇的废墟，在第二座庙宇里爬废墟的时候我注意到了一个扛着三脚架、背着单反相机的亚裔男孩。　我打心底里佩服他，这废墟里爬上爬下，还带着那么多家伙。　离开那座庙的时候我看见他也独自一个人跳上一辆 tuktuk，后来的一整天我在每座庙都能遇见他，很明显我和他选了相同的路线，两个人都是独自旅行，所以走景点的速度也差不多。黄昏的时候在最后一座庙前他邀请我和他一起照相，我欣然答应，然后看着他认认真真摆好三脚架，我们分别坐在一座庙门口的两根石柱前，咔嚓。　他告诉我他是韩国人，叫 Junhyun，我告诉他我是中国人，叫迈兮，我们祝福彼此旅途愉快，然后说了再见。

　　当我的 tuktuk 跟在他的 tuktuk 后面，穿过了吴哥窟景区，进入了酒店区，最后停在了同一间旅店门口，我们不禁都笑了，也实在太有缘了。　付完了当天的车费，他问我晚上有什么打算，结果我们连晚上的打算都一样：休息一下，洗个澡，去暹粒夜市，吃个晚餐再逛逛。　于是我们约好一小时后大堂见，一起搭车去夜市。

　　前一夜我已经来过一次暹粒夜市，明着看有许多餐厅酒吧、小吃摊、小商店，暗着观察也会发现不少卖大麻的贩子。　我和 Junhyun 找了一家餐厅二楼的位置坐下来，我们点了当地一个特色菜肴，鳄鱼肉涮火锅。　等上菜的他说要把手上的一张明信片写完，我便观察路上的行人。　晚饭后我们决定一起去体验一下 fish massage，就是那种把脚放进鱼缸里让一群鱼来亲吻你的按摩。　我们两人挑了个面对热闹夜市马路的摊子，并肩而坐，一边享受按摩一边聊天。

Junhyun：不好意思，刚才吃饭的时候一直忙着写那张卡片，就是有些想法突然在脑子里觉得自己一定要马上写下来，我记忆力不好，哈哈。

我：不会不会，我不介意，我知道那种突然有想法一定要马上写下来的感觉。

Junhyun：你多大啦？

我：20 岁，你呢？

Junhyun：我 24 岁。 你一个女孩子怎么会自己出来玩，胆子够大的，这是我第一次一个人出来呢。

我：我特别喜欢看不同地方的古建筑，心心念念吴哥窟已经很久了。 其实本来和一个朋友说好一起来的，结果她十几天前放我鸽子，我本来想改变计划，但后来就想，我有时间、有兴趣来这里，这两点和她来不来都没有关系啊。 出来玩也不能总看别人面子吧，那就自己去呗。 没想到一个人出来是那么有意思，过去的两天发生很多有趣的事情。 你呢？ 怎么会一个人来这里？

Junhyun：我一个人出游真心来说不是我本意，首先没有女朋友，其次我的好朋友们似乎对来柬埔寨都不感兴趣，他们说如果是去日本，菲律宾或者泰国还行，再不然去济州岛晒晒太阳也可以。 我是真的找不到人陪我来，心一横，得了我就自己去吧。都一个人跑到首尔念大学了，还怕一个人走出国吗？

我：你不是首尔人？

Junhyun：不是，是小城市丽水的人，你知道吗？

我：我知道！ 在南部，最近的大城市是釜山，2012 年那里办了世博会！ 我还去过那儿呢。

Junhyun：这你都知道，我的家乡也就是因为那场世博会才有点名气。

我：那你怎么会选择来这里呢？

Junhyun：这个故事有点怪。

他腼腆地抓抓头。

我：我最喜欢听奇怪的故事了，介不介意告诉我啊？

Junhyun：冲我们今天那么有缘，你又去过我老家，就告诉你吧。

我高中毕业就直接去服兵役，21 岁的时候一个人去首尔上大学。虽然小时候也和爸爸妈妈去过几次首尔，但是上高中后就没去过，加上两年兵役，刚到首尔的时候还真被那里的繁华还有熙熙攘攘的人群迷晕了。感觉首尔真的好大好大，仿佛永远都走不完。后来我打了份工，你猜猜我做了什么？

我：咖啡店服务员？我只能说我记得我去首尔的时候满大街小巷都是咖啡店，而大多数店员都是在兼职的大学生。

Junhyun：这的确是大多数大学生做兼职的地方，我比较怪异，我找了个兼职当邮差。很吃惊吧？我当时就想给自己找个能去首尔不同角落的工作，加上我喜欢摄影，相信邮差这份工作可以带我去很多有意思的小街小巷拍出更有人情味的作品。

我：我看出来了你对摄影很执着，这么热的天，在废墟里爬也是够累的，三脚架你扛了一天呢。

Junhyun：我选择当邮差是因为我想去看看那些首尔我不会去的角落并且用新的视角摄影，但我爱上了当邮差却是因为另一件事情。每次去工作我最兴奋的事就是看今天要派送的报纸信件里有没有明信片。我可以欣赏一面的照片，再读一读另一面的随笔或是祝福或是一些故事的碎片，然后一边骑着自行车穿越在首尔的大街小巷，一边想象寄出这张卡片的人和收信的人之间有什么样的故事。你知道吗，我那时候特别羡慕为数不多的几个地址，因为大多数递送明信片也就是去某个地址一次，然而有那么几个幸运的人总是会收到来自不同地方的明信片。 有一天我看到了一张印着吴哥窟的明信片，爱不释手，是那天我留到最后派送的，地址是个经常收到明信片的地方。 背面写着："我曾经和你一起看过的一部中国电影，还记得男主角最后来到了这里，对着树洞诉说，把自己的秘密藏在了这片废墟里。 想念你，愿你一切安好！"我自从递送了那张明信片后，吴哥窟的样子在我脑海里抹不去，虽然没看过那样一部电影，但我也想来这里说说自己的秘密。 特别想来这里，大概就是人对某一风景的一见钟情吧。

我：我知道那部电影，叫《花样年华》，对着树洞说秘密的是个很有名的中国香港演员，他叫梁朝伟！

Junhyun：看来我这次回了韩国可以搜索下这部电影。 谢谢你啦。所以我就是因为这么个理由来了这里，今天还找到了那张明信片上的风景，用自己的相机拍了一张，心里觉得特别满足！ 忽然发现我眼里那么大的首尔其实是个小世界，外面有更大的未知世界。 以前也不是没想过自己一个人出来旅行，担心自己准备不充分，怕一个人会很孤独无聊，也不想被朋友们以为我孤僻。 怎么也没想到，居然会因为一张不属于我的明信片而下了决心，然后发现一个人行走原来那么自由自在。

我：我这两天也有很特别的感受，觉得自己完全融入了这片废墟，我若是和朋友一起来，可能就不会去静下心来感受了。 一个人行走，注意力就真的彻底放在周围的草木风景和人上了。 我要不是一个人也不会注意到你啊，你也不一定会注意到我，然后我们不会聊天，我也不会听到那么一个有趣的故事。 看来我以后还要时常一个人旅行，估计你也会哦？

Junhyun：嗯！感觉发现了一片新大陆。对了，刚才吃饭的时候我急着写完的卡片就是要给那个我不认识的人，那个我经常递送明信片的地址。我猜你或许会有兴趣让我翻译给你听。

我：洗耳恭听。

Junhyun："我不知道您的名字，性别，年龄。因为每次往这里投送明信片，您的地址是上面唯一的信息。我是个曾经在这个地区派送信件的邮递员，为您递送明信片带给我很多幸福的感觉。因为远在世界另一边牵挂您的人们，让我总能看到大千世界的风景。几个月前我为您递送了一张来自暹粒的明信片，今天我走过吴哥窟，在这里写这张卡片。谢谢您。祝安好。"你说他/她收到这个会不会觉得很唐突奇怪？好像我偷窥了隐私一样？

我：我觉得不会啊，普通信件装信封可是明信片没有，所以寄出的人就要有心理准备会有包括邮递员在内的很多人看见。我一直觉得明信片和匿名情书有异曲同工的洒脱感，只有收信人的地址没有寄信人的地址，而寄信人的名字也是可留可不留的。所以有一种"覆水难收"，不必再为它负责的感觉。

Junhyun：听你这么解释我忽然好像明白为什么有些人喜欢写明信片和人提分手了。

我：这种行为我可不敢苟同。不过，你是表达感谢，我觉得一个能收到那么多明信片的人一定是个能理解你此刻这份情怀的人。

Junhyun：现在你彻底说服我了。

　　那天过后，我和 Junhyun 并没有再偶遇，离开暹粒也没有特意去告别，仿佛我们都想做一个来去洒脱的行者。几个月后他联系过我一次，告诉我他有了新的目的地，是缅甸的千塔之城——蒲甘。为什么是蒲甘呢？那是因为一个新的地址，一张新的明信片。

〈茉莉寒香〉

　　一年后，我和茉莉都放假在家，她突然在 Skype 打电话给我。

茉莉：还记得一年前你说你从柬埔寨给我寄了张明信片是因为你遇
　　到了一个矫情的韩国男人吗？
我：嗯……当然记得，可是那张明信片丢了，你不是没收到嘛？ 你
　　当时还告诉我： 一不要相信当今世界的邮政系统，随时做好准备
　　丢失你寄出去的东西；二不要相信韩国男人的各种花言巧语。
茉莉：我恐怕得向你道歉。
我：啊？ 你是不是爱上哪个韩国小伙了？ 开始后悔当年的结论了？
茉莉：不，和男人无关，和明信片有关。 话说我今天收到你的卡
　　片了。

　　茉莉把明信片在电脑屏幕前晃动，我依稀记得，这张吴哥窟的
卡片正是我一年前购买的。

茉莉：我看了下日期，飞了整整 353 天，虽然是慢了点，好歹还是靠
　　谱的。
我：我的天啊，这张明信片的旅行时间应该破纪录了吧！ 看来有的
　　时候真不能轻易下结论，时间或许会带来意外惊喜。
茉莉：所以我要把我当年说的话修正一下： 一是不要对当今世界的
　　邮政系统抱太大的希望，你寄出去的东西可能会绕地球几十圈
　　后再抵达目的地；二还是不要相信韩国男人的各种花言巧语。

故事之七 ｜ 妻不可弃

它：暹粒，柬埔寨，2012

他：O先生，柬埔寨人，25岁，酒吧老板

又是一整天的废墟漫步，太阳下山后我像前一天一样回到旅馆洗澡，换了身衣服，前往暹粒夜市。 我的司机金素说，前一天我吃的鳄鱼肉是柬埔寨最名贵的肉，我让他带我换一家餐厅尝尝不同做法的鳄鱼。 鳄鱼肉白白的，口感比较像鸡肉，但是没有鸡肉那么有弹性。 我独自坐在餐厅的室外露天区域，品味着鳄鱼肉、四处张望，目光就突然停在了隔壁餐厅的室外区。 有一桌上四个年轻男人在吃饭，三个人看上去比较像当地人，还有一个人皮肤特别白、有点像东亚人，眼珠子特别黑，穿了件白衬衫，长得挺清秀。 我心里在想，这四个人是什么关系呢？ 一个游客配三个导游？ 从别的国家来柬埔寨出差的商人？ 我时不时盯着他们那桌看，发现这个人也一直在盯着我看。

我就这样吃吃饭，看看路人，再看看隔壁餐桌上的英俊黑眼珠小哥，偶尔还对视几眼。 等我吃完了饭，他们还没走，我看到他们四个人的啤酒杯里都还剩下那么两三小口的酒。 我走了过去，站在他们桌旁，面对这个黑眼珠帅哥。

我：先生，既然我们一直在打量对方，不如交个朋友呗？ 我叫迈

兮，你呢？

　　我知道他并不惊讶，因为从我站起身朝他桌子的方向走过去的时候他就开始对着我微笑了。 他不紧不慢伸出手，握了一下我伸出的手，然后做了自我介绍。 他的名字，发音奇特，我愣是无法重复念出一遍。

O 先生：你就叫我 O 先生吧，反正第一个字母是 O。

我：这是什么语言？ 你是哪里人？

O 先生：这是高棉语，我是柬埔寨人啊。 你觉得我长得很不像吗？

我：是啊，不仅长得不像，穿衣打扮也不太像。 这里人很少有穿衬衫的，你肤色看起来也比这里人白很多，我还以为你是东亚来的游客呢。

O 先生：哈哈，这里很少有人穿衬衫是因为暹粒很多人都是旅游行业工作人员，穿轻便的衣服或者民族服装多一些吧。 至于我皮肤白嘛，我是金边人，城市里不种地的人肤色会白一些，不过我的确在柬埔寨人里面算特别白的了。

我：原来你来自金边，来这里出差还是旅游？

O 先生：我现在住在暹粒，这里也有我的餐厅，他们三个是我餐厅的厨师和服务员，今天我们是来试吃这家新开店的菜式。 你一定是来旅游的吧？

我：是的，向往吴哥窟已久，一见果然震撼。

O 先生：你有没有兴趣去我的餐厅坐坐？ 就在前面右转后第二家。

　　接着 O 先生就和他的三个员工干了杯子里的啤酒，结账离开。我与他们一起步行，穿过热闹的夜市马路，前往 O 先生的餐厅。 餐厅里有很多植物盆栽装饰，天花板上也都是藤蔓，每张桌子上都有鲜花和小蜡烛点缀。 晚餐时间刚过，餐厅里略显冷清，只有三三两两来喝饮料的人。 我找了个座位坐下来，要了杯椰子汁，O 先生四处走了一圈后走到我对面坐了下来。

O 先生：你，一个人？

我：是，你，也一个人？

O 先生：是，我一个人来这里生活三年了，这家餐厅也开了三年，家人都在金边。

我：我这次估计没有时间去金边，有一次向我的司机询问那里的情况，他拼命说我一个女孩子去金边不安全。 是不是因为那里真的有很多人口拐卖？ 我以前看过些文章，有的说东南亚最大的妇女儿童贩卖黑市在金边，也有的说是在柬埔寨和泰国的边境。

O 先生：其实主观上我也不会很推荐你一个女孩子去金边，不过那里也并没有外界所描述的那么可怕，毕竟金边还是这个国家的首都。 只是你必须知道哪里该去，哪里不该去，我觉得这点能力你还是有的，对吧？ 如果你最后决定去，一路上可以仔细观察一下，说不定会在路边看见机关枪或者小坦克。

我：什么?！

O 先生：这一路有很多村寨其实是有自己的势力范围的，有土地也有武器。 他们不会无缘无故攻击路过的人，只是防止入侵者。这应该不是在任何国家都能看到的。

我：你这么一说我还真想看呢。

O 先生：真是个有好奇心的女孩，难怪前面吃饭时候一直盯着我看。

我：拜托，是你盯着我看好不好？

这时候他手机突然亮了，应该是来了条信息，他看了一下，把手机放回桌上，我无意看见了手机屏保上是一张他和一个两三岁小女孩的合影。

我：这是你妹妹吗？

O先生：这是我的女儿。

我：女儿？ 你有女儿？ 你多大了？

O先生：25岁。

其实O先生看上去不过二十出头的样子，我一开始还以为他或许年龄比我还小，这一瞬间我是彻底惊讶的，然而更让我惊讶的是他告诉我这个小女孩只是他三个孩子中最小的一个。

我：你最大的孩子几岁了？

O先生：8岁。

我：你没成年就生儿子了？

O先生：我15岁就结婚了。

我：什么！ 这合法吗？

O先生：在我们这里很多人都差不多都这个岁数结婚。

我：原来你已经结婚十年了！

他腼腆地点点头。 接着我问他是不是可以给我看看他孩子们的照片，他欣然答应，直接把手机的相册打开递给我。

O先生：这个手机是我两个月前回金边买的，里面照片也不多，都是家里随便拍的，你只管翻着看。

差不多四五十张照片，我不一会儿就看完了，里面大多数是他的三个孩子，有一些是家里的照片，还有一些是在街上，看得出他在金边的家挺宽敞漂亮，比我在暹粒看到过的任何民宅都高级。 这些照片印证了我一开始的想法，O 先生应该是来自金边的大户人家，所以他的谈吐很优雅，英语较流利，年纪轻轻在暹粒经营一家餐厅。 然而看过这些照片后我也有一个很大的疑惑，这些照片里有一两张他的父母和朋友，却没有看到他的妻子半个身影。 我犹豫了一下，还是决定问一问，要是他不高兴了，大不了就不继续聊天了呗。

我：O 先生，我能问你个问题吗？ 为什么一张你妻子的照片都没有啊？ 上次回金边她正好不在吗？

O 先生：额……不是，她一直都在家。

　　他的神情在短短几秒钟里发生了好几次变化。 先是明显的吃惊，应该在我提醒之前他自己也没有注意到这些照片里没有他的妻子。 接着是一丝困惑，仿佛在自己脑海里寻找答案。 最后是些许无奈，还缓缓叹了口气。 于是我试探性地问了句。

我：你爱她吗？

　　他怔怔地看着我，我有点后悔自己这么唐突地问了这么一句，正准备告诉他无需理会我的时候，他居然叹了口气后开口说话了。

O 先生：我 15 岁的时候就结婚了，因为我父母说我们很合适，她会是个好妻子。 那时候我从来没有想过爱是什么。

我：那么现在呢？

O 先生：现在我不敢想，也更害怕会明白。

我：不敢想，就是想了，是不是三年前开始想的？

O 先生：你怎么知道？

我：因为三年前你一个人从金边跑来暹粒开餐厅，我猜的。

O 先生：那时候很多人都想来这里淘金，因为旅游业一年比一年好。我就是觉得日子过得一成不变，想离开那里。就决定来这里创业了，其实一开始的一年我根本就没回家。在暹粒，你可以结交来自世界各地的人。

我：还能了解世界各地的风俗、文化、价值观，更能和世界各地的姑娘约会，对吧？

O 先生：你很聪明，一猜一个准。

我：我还猜想，刚来暹粒的时候，你可不会轻易告诉别人你已经有三个孩子了吧？

他笑而不语，给自己泡了一杯茶。搅动着茶匙，目光停留在茶杯上。

O 先生：现在看来，都是过眼云烟，妻总是妻，家总是家。我父母就是这样结合的，我一直觉得他们很恩爱。他们也没有欺骗我，为我物色的妻子的确是个合格的好妻子。有的时候我会希望自己从来没来过暹粒，熬一熬，可能我和的妻子也会像我父母现在一样吧。但若是时光倒流，我还是会做一样的选择，我一点不后悔三年前来这里。

我：至少你的孩子们，未来会有自由选择的权利，对吗？

O 先生：我只希望等他们长大后，这个社会会变得和西方游客对我

所描述的社会更像一点。 其实，我真的很想感受和一个人相爱的感觉，但是每当走近怦然心动的感觉的时候，我会退缩。 因为我害怕，一旦我真的感受到了相爱的感觉，就再也不会回家了。

我：现在多久回一次家呢？

O 先生：平均五六周回一次吧。

椰子汁我早就喝完了，当发现吸管都快被我咬成梅菜干的时候，我知道该起身告别 O 先生了。

O 先生：很高兴认识你。 希望下次来暹粒还能在这里见到你。

我：我不知道我什么时候会再来暹粒。 如果来了，我一定会找找这家餐厅的，不过到那时我希望这里的老板不是你。

O 先生：为什么？

我：因为你永远不会抛弃你的妻子，所以我希望你会早点想通、放下这份执念。 如果到我下一次拜访暹粒时你还做不了决定，说真的，你就太逊了。 晚安，O 先生。

〈茉莉寒香〉

茉莉：简单说，就是你和一个帅哥看对眼了，然后你去搭讪，结果人家有老婆还有三个小孩。

我：猫村茉莉……你能不要这么胡说吗？

茉莉：关键是他真的好怂，纠结了三年还是没胆子出轨或是把自己从童婚的悲剧里拯救出来。

我：……

茉莉：你还和这么个懦夫耗了那么多时间？

我：……

茉莉：你倒是说句话啊？

我：我们毕竟不是他。 有的时候，知道的东西多了却不能改变现状，还不如不知道。

茉莉：等我 25 岁的时候，恐怕还不会去想找个什么样的人结婚。

三更半夜我在赶写社会学科的课题论文，茉莉则在厨房里忙活她的深夜炸鸡。 我告诉她我的课题是关于童婚，写这个论文的时候总想起暹粒的 O 先生。

茉莉：你说暹粒值得去吗？

我：值得去，但不适合你去。

茉莉：为什么？

我：我赌你一入关就会发火。 那里的规矩，过海关都得在护照里夹几块美金。 我一开始放了两美元，这海关居然直接举着钞票对着我来了一句："more"，够嚣张。

茉莉：你照做了？

我：入关的时候没办法，就又给了几美元。 出关的时候嘛，哈哈。我想他总不见得扣留我吧，我也是好奇海关的反应，什么钱也没放，他给我使眼色，我装傻，最后也没办法。 夸我聪明呗？

茉莉：不，给钱是你蠢，不给只是你学坏了，亲爱的。

故事之八 │ 费瓦湖水怪

它：博卡拉，尼泊尔，2008/2011
它：丽江，中国，2013
她：林婉鸳，中国人，28岁，客栈老板娘

　　盛夏，我带着包括猫村茉莉在内的一群外国同学去云南玩耍。在计划行程的时候，所有人都希望丽江成为云南之行的最后一站，只因我说到丽江是中国的艳遇天堂。我们抵达丽江的时候差不多是正午，古城里人挺多的，有不少是暑假出游的学生。找客栈的过程我一直得保持精神高度紧张，一边对照着地图上的羊肠小道，一边注意朋友们是不是都跟紧了。

茉莉：我说，你是不是迷路了但不好意思承认啊，呵呵呵呵。
我：快到了。
茉莉：我们已经在这附近打转好久了，亲爱的，别嘴硬哦。

　　猫村茉莉耳语完就开始阴阴地笑起来，我的确是找不到这个客栈，但又很确信此刻就在客栈附近，这应该是很多初次去丽江找客栈的人都有过的经历吧。一个转身，我看到一棵大树边有个姑娘在树荫下烹茶，走近后她抬头微笑："喝茶吗？不住店也能喝茶。"我

这才反应过来她斜身后方有块牌子"既有缘踱步至此，何不入婉居小歇一夜？"下面标着今晚的房价。 这就是我要找的婉居客栈啊！原来门小还被大树挡住，我才没注意到。 我们一一接过那面容清秀的女子递来的茶杯，打量起那深褐色的小木门，想象里面的小天地是何般模样。

烹茶的女子就是老板娘，她叫林婉鸳，她的自我介绍方式也有点特别："我叫林婉鸳，委婉的婉，鸳鸯的鸳，很琼瑶的名字，不过我一点也不喜欢琼瑶式的故事。"婉居的每间屋子里都精心点缀了工艺品和画，我来回在朋友们的房间里串门，发现所有房间的装饰品都来自尼泊尔，所有的照片、图画也都是尼泊尔美景。 我心里不禁好奇，这个老板娘到底有着怎样的尼泊尔情结。

我们一行人约好傍晚6点一起去吃晚饭，我在院子里等小伙伴们的时候，老板娘正坐着看书。

我：老板娘，你很喜欢尼泊尔吗？ 你这个客栈里几乎所有的装饰都
　　和尼泊尔有关呢。

林婉鸳：眼光不错，你都看出什么了？

我：我刚走进这个院子的时候，看到这幅巨大的喜马拉雅山照片，
　　还不是很确定这究竟是西藏拍摄还是尼泊尔拍摄。 走进屋子
　　里，我那间屋子墙上挂的都是其旺的大象。 来回串门，发现有
　　一个房间是加德满都猴庙主题，有一间是加德满都的泰米尔
　　区，还有一间是佛教圣地蓝毗尼。 我就好奇，你的房间又会是
　　什么尼泊尔的哪个地方呢？

老板娘走到院子拐角处的一间屋子门口，顺手打开房门，做出一个"请"的手势。

林婉鸳：那你来瞧瞧我的屋子，能不能认出这是哪里？

我：好漂亮的画，依山傍水的小村落。 这是徒步天堂——博卡拉。 这是我最喜欢的尼泊尔城市，其实之前我一直在我朋友们的房间里寻找，没想到老板娘把最好的留给自己啦。

林婉鸳：博卡拉也是我在尼泊尔最喜欢的城市。 你什么时候去的尼泊尔？

我：两年前的夏天，你呢？

林婉鸳：5年前的夏天。 你是去那里旅行的？

我：不完全是，我……

　　这时候我的伙伴们都到齐了，茉莉在院子里催促我出发。

我：老板娘，我得去吃饭了，等下吃完饭回来和你好好聊聊尼泊尔？

林婉鸳：我今天晚上有安排，要去听歌，你若是晚饭后没什么事情可以到一个叫"江湖"的地方来找我。

我：江湖？

林婉鸳：是个酒吧的名字，丽江不大，走走问问，总能找到。

我：好，那晚点见！

　　晚餐的时候，茉莉要了一碗过桥米线，她看得懂汉字，缠着我给她解释为什么这道料理名字里有"过桥"二字。 同行的一个美国小伙子则一直缠着我给他找老鼠料理，我也耳闻过"云南十八怪"里有一条叫"四个老鼠一麻袋"，但是当真不知道到哪里去找可食用的硕鼠。 当然，他们最关心的还是中国人都是如何在丽江艳遇的，决定展开一项比赛，看晚餐后谁先找到艳遇。 当我告诉大家晚餐后我要找老板娘去聊聊以前在尼泊尔的经历、不陪他们去疯的时候，

茉莉显得特别失望。

茉莉：你确定你不要亲眼见证我赢了这场比赛吗？

我：你就那么自信一定是你赢？中国不少女人对白种人男子特别来
电呢。

茉莉：是你告诉过我，我们这一代的中国男人，基本上都是看日本
AV长大的，对日本女生有种特别情结。我觉得我艳遇的概率
应该最高吧？

我呛了口汤，用纸巾擦了擦嘴，拍拍茉莉的肩膀。

我：期待你赢，祝你好运。

餐毕，告别了小伙伴们，我开始寻找这个叫"江湖"的地方。
这不是一个敞开式酒吧，在一幢小楼里，推门而入时我不禁联想到
林婉鸳自己的客栈，看来她特别中意这些含蓄的地方。酒吧不大也
不小，有点昏暗，我来来回回走了两圈没找到老板娘，便找了个靠
近门口的位置坐下来。想必是我来早了，就点杯啤酒等等她吧。
酒吧里有个小小的舞台，上面堆放了许多乐器，舞台边的座位都已
经坐满了客人，估计马上会有表演。大概坐下二十分钟后，林婉鸳
推门而入，她一眼就看到了我。

林婉鸳：不好意思，早前忘记和你约个时间，让你等了很久吗？

我：没有没有，你看我啤酒也才喝了一点点。等下好像有演出，你
是来听歌的吧？

林婉鸳：嗯，我很喜欢今天要唱歌的乐队。

我： 那我们要不要换个座位，离舞台近一点？

林婉鸳： 不用了，就坐这里吧，坐太近了，我们聊天就不方便听见彼此的声音了，你觉得呢？

　　我点点头，她便在我旁边坐下，点了一瓶叫"风花雪月"的啤酒。

林婉鸳： 给我说说吧，你是去尼泊尔做什么的呢？

我： 我跟着一个国际组织去做志愿者，之后呢我就在尼泊尔四处游荡了一些地方。博卡拉是我特别喜欢的地方，我在那里尝试了滑翔伞，特别刺激，你有没有去玩过？

林婉鸳： 我也有！你知道我是 5 年前去的，那里条件真的非常差，处处缺水，还常常停电，不知道你去的时候会不会有所改善。

我： 估计是没有吧，我就记得加德满都的机场很破，我在机场的洗手间打开水龙头，水居然是黄色的！那一瞬间我就告诉自己，接下来的日子，千万不能矫情！然后到了加德满都市中心的泰米尔区，感觉自己误入一部纪录片一般。很多在书里读到的奇观目睹才感到震撼，比如人给牛群让路，再比如一群人把小女孩当活女神供奉跪拜。对了，尼泊尔人好像都不太待见印度人，因为他们都认为自己的国家才是佛教起源地。那时候好多尼泊尔人自豪地告诉我 NEPAL 这个名字的来源是 Never End Peace and Love（爱与和平长存），而 INDIA 则代表 I Never Do It Again（我再也不会去了）。

　　说到这里，突然台上音乐响起，三个中年男人坐在舞台上，用吉他和手鼓演奏旋律，沙哑的声音开始演唱。我和老板娘静静听完一首歌，舞台下有不少人在欢呼，其中一个表演者向观众问好，说他们好久不在丽江，久违了这种演唱的感觉。

我：看来他们有自己的粉丝啊。

林婉鸳：丽江很多酒吧的歌手都是如此，有的人一辈子在唱，有的人从这里唱到外面再也没有回来，也有的人时而在这里唱，时而在外面唱。我刚来这里开旅馆的时候偶然间来这里听到他们唱歌，我挺喜欢他们的声音的，听着就像记载了许许多多的故事，他们时不时离开丽江几个月，要回来的时候总会有消息传出，我便会回到这里来听听。有时候细细品味这歌声，就能知道在离开的时间里，他们是经历了快乐还是伤感的事。

我：你来这里开旅馆有多久了？

林婉鸳：差不多两年半吧。

我：你又是怎么想到来这里开旅馆的呢？

林婉鸳：这就和尼泊尔有密不可分的关系。

舞台上的三个男人们低声吟唱，老板娘又叫了两瓶啤酒。

林婉鸳：6年前我在西安大学毕业，有个谈了3年的男朋友，我们一起在西安找了工作，平淡地过着小日子。他老家在河北，家里人总是催着他结婚，也希望他能回老家生活。而我从小在西安长大，对西安特别有感情，好在他倒是也不介意在西安生活。于是一年一眨眼就过去了，他和我谈到结婚的事情，可是我就是找不到结婚的冲动。那时候我的一个大学好闺蜜就建议我出去走走，我是佛教徒，一个人有点不敢去印度，就选择去尼泊尔了。

我：那时候你在尼泊尔待了多久呢？

林婉鸳：其实我想待两个月的，我男朋友一开始就不是特别支持，后来在他的催促下我待了一个月回去的。 我特别喜欢博卡拉，在博卡拉待了整整两个星期。 我在那儿遇到两个比我小几岁的大男孩，他们还都是艺术学院的在读生，扛着相机去拍雪山湖景。 对了，你去了博卡拉，一定也有去费瓦湖吧？

我：当然有，我有去湖上租船游湖。 你有没有听说水怪传说？ 我去的时候，听闻有不少人在费瓦湖里听到过怪声，还把那怪物想象成类似尼斯水怪的模样。

林婉鸳：这传说我倒是没听说过，不过我算是经历过真正的"水怪"。

我：哦？

林婉鸳：那两个我认识的大男孩经常喜欢找一些人烟少、游客少的地方拍摄，有一次他们邀请我一起去他们发现的费瓦湖边当地村民居住地区。 他俩已经去过一次了，准备再去拍摄一次，还和我说一定要试试去费瓦湖游泳。 于是那天我就把泳衣穿在衣服里，和他们结伴前往。 到了湖边他们两人搭起三脚架开始准备拍摄，我则准备下水游泳。 不得不佩服他们的摄影师眼光，那一片湖边没有做生意的船家，自然也没有任何游客。 我放松地游起来，享受这一片自然风光。 在我不远处有几个当地男孩也在游泳，我一开始没有留意，可是突然发现他们都靠近我游过来。 这些男孩渐渐包围了我，他们看上去都是十五六岁的样子，互相说着尼泊尔语我也听不懂，但是从他们的眼神里我感到了强烈的不安。 这时候，他们中两三个人开始在水里用脚蹭我，我当时距离岸边大概有一百米远，更糟糕的是，在我身边几十米远有一个杂草丛生的小水岛。

我：天啊！ 他们不是想要把你拉到那个小水岛上吧！ 这太危险了。

林婉鸳： 你别紧张，我没事，真的，我没事。你听我说下去，我当时是很害怕，但是我告诉自己要冷静，我知道我得和他们拖延时间，还得让岸边的两个男孩来救我。尼泊尔男孩们总共有五个人，我游向其中身材最壮，看上去年纪最大的一个。我假意向他示好，主动去蹭他，别人蹭我的时候就表现出强烈的厌恶。我赌对了，他立即出手阻止其他四人对我动手动脚，明显是希望我和他单独两个人上小水岛。他和那些其他几个男孩在水里推搡的时候，我就假装唱歌，我用中文哼唱欢快的旋律，但实际是求救的话。好在那里安静得很，岸边的两个男孩很快听见，下水朝我的方向游过来。

我： 十五六岁的男孩子和二十多岁的在身材上的差距还是很大的呢，100米游起来也不会太久。佛祖保佑啊，你得救了。

林婉鸳： 的确，这件事情太惊险了。我事后反省过自己的疏忽，我只知道尼泊尔是个相对保守的国家，但是具体有多保守我并不清楚。我那天穿的是连体泳衣，我自认为很合适，可在当地人眼里还是非常暴露的。后来我了解到，尼泊尔女人根本不会去下水游泳，对于那些男孩子们来说，看到我或许是他们第一次看到女人在水里，还是穿着暴露地出现在水里，我或多或少"挑逗"到了他们。

我： 很多时候行走在外，有些风俗还真不是看看书和攻略就能懂的。最可贵的是你临危不乱，机智过人，这一点在任何地方、任何情况下都有用。

林婉鸳： 小妹妹，谢谢你的夸奖。

我： 不客气。这个故事真是惊险！我觉得你应该把这个故事分享到网络上，可以给到很多独自行走在外的女孩们一点启发，必要时候能懂得如何自我保护。

林婉鸳：你说得有理，我给我客栈的很多客人说过，倒是没想过去网上分享。

我：那老板娘，尼泊尔和开客栈的联系是?

林婉鸳：看我一说故事，都忘了。 总之去尼泊尔是我第一次一个人出远门去国外，除了意料之中的宗教洗礼，我得到了很多意料之外的收获。 我就是突然觉得，哇，外面的世界好大啊，有那么多我从未听闻从未想象的东西，于是我特别希望能多出去走走。

　　老板娘说到这里的时候，我就想到了曾经在坎昆遇到的东海①和在吴哥遇到的 Junhyun②。 看来第一次独自远行这件事，对很多人都有非凡的意义。

我：和我住一间屋子的日本女孩曾经对我说过，"远行，就是把一个人从一张纸变成一本书的过程。"我想在那后面还要加一句，"易上瘾，需谨慎。"

林婉鸳：为了"易上瘾，需谨慎"干杯!

我：干杯!

林婉鸳：后来从尼泊尔回到西安后，我一直希望我男朋友和我一起去远行，可是我从来没有成功说服过他。 我劝他一起去旅行，他却总劝我赶紧结婚。 我逐渐意识到我们根本就不是一类人，每到有假日，我都想着去一个没去过的地方走走，而他宁愿回老家或者宅在西安的家里，也不愿意和我一起去。 后来有一天

---

① 东海：《看过世界的我，眼里不再只有你》故事中人物。

② Junhyun：《 一见钟情，那片废墟》故事中人物。

他无意发现我摊开的行李箱里有一盒避孕套，他大发雷霆地质问我往外跑的真正目的是什么。那一瞬间我突然发现，我竟然连解释的冲动都没有，因为我们已经太久没有真正的交流了。每一次远行后，我和他内心的距离都变远了，不是他的错，因为他一直在原地。我的行李箱里为什么有一盒避孕套呢？我需要告诉他我曾经在费瓦湖的险境吗？那件事让我在远行前会以防万一准备些避孕套，凡事做最坏的打算只为保护自己。我需要告诉他我在旅行中遇到的很多有意思人吗？他们教会我很多技能，比如说把避孕套套在手机或者相机外面打结后可以放到水下拍照；再比如说野外生存时可以用避孕套装净水。最终我什么都没有解释，我们分手了。

　　我在她的脸上看不到悲伤，她说自己的故事的时候平静坦然地就像在讲别人的故事一样。

林婉鸳：第一次来丽江是和那个建议我去远行的闺蜜一起，后来我便决定在这里开个旅馆。丽江这个地方有太多过客，那么留下的人就得把日子过成故事。你看那台上的人啊，他们好自由，舞台多大不是他们说了算，但是想唱给多少人听全凭他们自己做主。我和他们是一样的，人在江湖，若身不由己，我只希望心由自己。

〈茉莉寒香〉

　　深夜和林老板娘从江湖走回客栈的时候，所有店家都关门了，走一段会有一盏昏黄的路灯打在石阶上，时不时也能看到三五成群的年轻人围坐在一起，中间一定有一个人抱着一把吉他。 进屋的时候，茉莉正在床上玩手机。

我：今天晚上你都玩些什么了？ 有艳遇？

茉莉：艳遇没有，在中国也不能用 tinder①，我听说这里人都用一个叫陌陌的软件，我就下载了。 晚餐后我们一群人去了个酒吧，就大家一起玩陌陌。 你要知道，我的配对率是咱们这群人中最高的，可是上面大多数中国男人都不会说英文。

我：这边也有外国游客啊。 不过他们未必知道用陌陌。

茉莉：后来我突然看到一个长得挺可爱的法国小伙子，配对成功了！ 然后我就把他约到我们一群人在的酒吧了。

我：他一个人去的还是和他的朋友们一起？

茉莉：他一个人来的，八成也没想到我这里有好几个人。 然后我就让他坐下了，大家一起聊天。 这小子只有 19 岁，太嫩了。

我：那你是肯定没看上他。

茉莉：在手机上聊天的时候不知道他英语的真实程度，见面发现那法国口音太重了，根本听不懂。 我们回来的时候他还想跟着我回客栈。 然后我们这群好伙伴们只知道在一边看戏，哼！

我：请直接说故事高潮吧，你是怎么犀利地拒绝这法国男孩的？

茉莉：我把他叫到一面镜子前，然后让他看自己。 接着我说："你看看镜子里的你自己，再看看你陌陌上的照片，你不觉得很对不起我吗？ 再看看我的照片和你面前的我，有没有发现我很诚实？"

---

① Tinder：美国一款交友软件。

我：哈哈哈哈哈哈哈哈哈，你当真这么说了？ 他什么反应？

茉莉：他说在中国大家都修图的。

我：这法国小子估计没少在陌陌上撩中国姑娘。

茉莉：我都说那么直白了，他还不肯走，我只好彻底告诉他，有多远滚多远吧。 然后，他哭了⋯⋯

我：啥⋯⋯他以后听到丽江艳遇，估计都会有后遗症吧。

茉莉：无所谓啦，今天的确是无聊了点。 你和老板娘出去好玩吗？

我：好玩！ 老板娘给我讲了她自己有意思的故事。 其中有一个特别适合讲给你听。

茉莉：哦？

我：避孕套的多重用法，怎么样？ 激发你的好奇心了没？

茉莉：听完了我会不会后悔今天把法国男人赶跑呢？

故事之九 | 涩谷夜雨留声机

它： 东京，日本，2013
他： 安藤 Jorge，日本人 & 巴西人，27 岁，演艺进修学生 & 酒保

　　天普大学日本分校①园区里，我来回踱步张望，寻找目标。 当我看到一个面容和善、戴着眼镜、手捧英文图书的少女独自从我面前经过时，毫不犹豫地把她拦下。 这是我到东京的第二天，我的目的是找一个精通日文和英文的人帮我翻译一封 100 多字的感谢信。（你或许会问我为什么不找猫村茉莉帮忙，因为她这会儿正在没有信号的亚马逊丛林里。）如我所愿，我的目标少女符合我的期待值，不仅会英文，还乐于助人。

　　"黑木先生，您好。

　　　　或许您已经不记得我了，我是在半年前的一个雨夜，因为迷路误入了你的酒吧的女孩。谢谢您收留了我几小时，还在我离开的时候给了我这把伞。由于我们语言不通，我当时无法向您解释清楚我正要去机场离开日本。我知道您可能经常借伞给客人，未

---

　　① 天普大学日本分校：位于美国东北部城市费城的 Temple University 在东京有一个分校，采用美国学期制，英文授课。

必记得这一把了，但是我一直留着它，期盼再一次来东京的时候能还给您。终于我又回到了东京，希望这把伞会再一次在雨夜温暖人心。谢谢。

迈今 2013 年 7 月 21 日"

天普大学的英文女学霸花了十几分钟就翻译完了，面带感动地把草稿纸递给我。这天晚上，我带着一把在日本最常见的长柄透明雨伞，和一封由天普大学女学霸翻译后我亲手誊写的感谢信，前往东京涩谷。这事儿的来龙去脉，要追溯到大半年前。

〈时光穿越半年前〉

我买了在东京转机的机票回美国，这航班要在东京经停十多个小时。我这个人每每在没有去过的地方转机，只要时间允许、一定想尽办法出去转一圈。由于在东京经停的大部分时间都是夜晚，我得找一个夜里热闹的地方才行。茉莉向我推荐了东京的涩谷区，说那是一个有吃有喝有玩，不到凌晨两三点不会冷清下来的地方。

不得不说我的运气很好，刚到涩谷一家餐厅坐下，通过问 Wi-Fi 密码就搭上了坐在我旁边的两个大学生妹子。虽然交流不是很顺畅，但是她俩都一直很努力地对我说英文。餐后她们还很热心地陪着我一起在涩谷玩、逛小店、吃小吃、拍大头贴。我们就这样一直玩到子夜过后，她们必须要赶 12:30 的末班电车回宿舍。托这两个热心妹子的福，我对涩谷的情况有了个大致了解，我一个人逛来逛去直到凌晨三点的时候几乎所有的店都关门了。于是我开始寻找刚抵达涩谷时去餐馆路上看到的一家门口标明二十四小时营业的书吧。

Bolt

Karaoke
Karaoke
Welcome
!! カラオケ

強

Tokyo
2013

可是我高估了自己的记忆力，在涩谷的小巷子里钻来钻去，愣是找不到那家书吧，天公还不作美，突然下起了雨。我决定放弃寻找书吧，随便找个还在营业的店家坐下来就好。我在巷子里前后左右望，也不像有任何店家在营业的样子，突然隐隐约约发现雨声中夹杂着音乐。抱着碰运气的心态，我随着音乐声快步追去，几分钟后走到了一个小酒吧的门口，上面写着"5pm—7am"。太好了，就是你了。

推门而入，首先映入眼帘的就是一台老留声机，放眼望去，吧台里除了酒瓶都是唱片。酒吧很小，客满的时候估计也就能容纳二三十人，此刻吧台前就坐着两个男人，而吧台里则有三个男人。我在吧台前找了个位置坐下来，这三个男人里看着最正常的一个中年男人跑来和我打招呼，估计是问我要喝什么，在了解到我不是日本人后，立刻在一个身材高挑消瘦、身着黑衣黑裤的男子耳边说了几句。黑衣男子走到我面前，生硬地从嘴里扯出几句英文后，我要了瓶科罗娜。啤酒到手后没几分钟，那个看着最正常的中年男子就背着包出门了，从他打招呼的方式看得出他是下班了，而黑衣男子应该是他的老板。对了，我还没说那个吧台里的第三个男子，他花白的头发长过肩，还编成了无数辫子耷拉着，穿着一件皱巴巴的灰色衬衫，不调酒或擦桌子的时候，一直闭着眼睛跟着音乐晃动身体，完全就是个乐痴。

我身边的两个客人大概在我坐下半个小时后陆续买单走了，我看看时间，快凌晨四点了，再过不到两个小时我就该去机场了，但愿这个老板不会想提前打烊啊。就这样，我作为店里唯一的客人又待了半小时，这期间辫子老头一直置身于音乐海洋没有睁眼，而黑衣老板则默默坐在吧台里出神冥想。我突然觉得有些不好意思，他们是否只因为我而不能下班？但我既不知道该怎么表达我的疑问，也不确定是不是应该把他们从各自的音乐世界里拽回来。 就这样，我也发着呆，直到那首爵士乐结束，黑衣老板突然说了句话，辫子老头开始在几百张唱片里搜索起来。

我打破寂静，用结结巴巴的日语加上英语和手语试图和老板沟通。 他似乎读懂了我心中所想，从吧台里掏出一张酒吧的卡片，指着"5pm—7am"中的"7am"反复对我说"OKOK"。 我安心坐下，翻过这张卡片，背面是他的名片，这时候我知道，原来一身黑的老板还姓黑木。

接下来放的音乐比较轻快，辫子老头继续自我陶醉，黑木老板则试图和我用英语交流，我们用画画加写汉字的方式，两个小时里他断断续续告诉我他有个姐姐嫁给一个美国人，会说英文；他有个儿子在上幼儿园会说一点点英文；他有个员工会讲英文但是今天不上班；他的太太英文比他好一些；还有他的员工辫子老头一点儿也不会英文……

天微微亮的时候我要出发回机场了，外面的雨还没有停，黑木老板递给我一把伞。 我非常想告诉他，我只是个在东京停留十几小时的过客，根本不知归期何时，也想说我跑去车站后就不会淋雨了，让他别担心。 这时候真是后悔死了没好好跟着茉莉学习日语。我对着黑木老板做出飞翔动作，嘴里念叨着"America, America"，他或许明白了或许没有，只是哈哈大笑，硬把伞塞到我手里。

〈回到现在〉

用猫村茉莉的话来说，我是中了日本人的惯有"圈套"，拼命对外国人好，然后让外国人都对去日本的记忆尤为美好，接着就老想着回去。 这不我日思夜想，还就真在半年后有了个去东京短期学习的机会。 唯一的小遗憾就是我在东京的时候茉莉不在日本，嗯，前面提到了，她去亚马逊找动物们玩了。

这一次我的记忆力没有掉链子，晚间 7 点，我回到了这个酒吧。 不见黑木老板，也不见辫子老头。 这天吧台里有两个人，一个是半年前我到店里不久就下班的大叔，还有一个人是个长得出奇好看的男孩，我脑子里瞬间出现了无数日本混血男星的模样。 愣了好几秒，我从看到极品帅哥的震惊中回过神来，走到吧台前，想看看中年大叔是否还认得我，他回我以满脸纳闷。 当然，我和大叔的沟通障碍成功吸引了帅哥的注意，帅哥居然还会说英文！ 我把伞和信交给帅哥，告诉他这是给黑木老板的，不过他也可以把这信给完全不记得我的大叔看看。 大叔和帅哥一起看信，很明显大叔还是想不起我。

Jorge：这是半年前的事情？ 一定不是周一吧？

我：应该吧。

Jorge：那时候我只有周一来这里工作。

我：我来的那天这位大叔差不多三点多下班的，有个满头辫子的大爷和老板整夜都在。

Jorge：满头辫子的大爷不是员工，是黑木老板的朋友，隔三差五来这里听音乐，还免费帮忙。 你下周三以后来就能见到黑木老板，他这两天在大阪。 想见辫子大爷就要全凭运气了。 我等一下就帮你把这张信纸拍下来，传给黑木老板看。

我：谢谢你啦。

Jorge：不客气，要喝点什么吗？

我：来杯梅子酒加冰块。

Jorge：好的。 这次来东京做什么呢？

我：上学，不过这才是第二天，我还没去学校，也没见过任何同学。

Jorge：那我算你第一个朋友？

我：荣幸荣幸，我叫迈兮，你贵姓？

Jorge：安藤，你还是叫我 Jorge 吧。

我：你是什么国家的混血儿啊？（而我心里其实想问的是： 你长得那么帅，究竟是哪些国家的基因结合体？）

Jorge：我爸爸是巴西人，妈妈是日本人。

我：然而你却用了日语的姓氏和葡萄牙语的名字。

Jorge：我父母在我很小的时候就分开了，我跟着妈妈姓，而她应该是懒得给我起日语名字了吧。

我：啊，不好意思啊。

Jorge：没事，我那时候太小，根本不知道他们之间都发生了些什么。 我父亲也已经搬回巴西十几年了，现在都是我隔一段时间去巴西看看他和我的爷爷奶奶。 你的梅子酒，请用。

递给我梅子酒后他查看了下手机，露出一个迷人的微笑。

Jorge：黑木老板给我回信息了，他很激动，他说他记得你，让你一定还要再来一次。

我：嗯，一定。 Jorge，你说你长得那么好看，你有没有考虑过去当明星啊？

他不好意思地低头笑笑，却给了我一个意料之外的答案。

Jorge：我正在努力中。 之前身边也有人提到我或许可以去演艺圈试试，前两年正好有些迷茫，我便尝试着去参加一些广告试镜。但是这一行，比我想象还要激烈许多，我现在业余时间还在进修演艺课程。

我：你不单单长得帅，而且还是混血儿，不少混血儿明星都很受追捧呢！

Jorge：可是日本有太多太多混血儿了。

Jorge 的话几天后我才彻底明白，因为日本真的有太多混血儿了。我在东京进修的课程是英文教学的，同学里超过一半都是混血儿。他们大多都是有日本血统却不生活在日本，或是出于自愿，或是基于父母的要求来日本短暂学习生活。除了日本美国混血儿，日本法国混血儿，日本德国混血儿这些比较常见的搭配，我有幸认识了日本匈牙利混血儿，日本巴基斯坦混血儿，日本孟加拉国混血儿，日本加纳混血儿，日本捷克混血儿等不常见的混血儿们。于是在课余时间，我练就了一门人种识别技能，看到一个东亚人和外国人的混血儿就能猜出此人的另一半血统。

我的这些混血儿同学们有两个相同点：几乎所有人的妈妈都是日本人、爸爸是外国人，几乎全部都幼年经历父母离异。前者在我意料之中，因为东亚女性、特别是日本女性本来就在国际上深受各国男性青睐。而后者我请教了猫村茉莉，她是这么回答我的："日本女人有太多都盲目喜欢外国男人，当盲目喜欢外国男人的日本女人遇到了盲目喜欢日本女人的外国男人，产生了化学反应。荷尔蒙正常后，男女双方都意识到床上运动似乎已经是他们唯一的交流方式了，他们必须为自己的愚蠢画上句号。如果运气好，留下的是个颜值高的结晶那么对人类社会多少还是有点贡献的。不过，日本是个很排外的国家，混血儿在这个国家成长并不容易。"

我始终不能想象白种人和黄种人的混血儿在日本长大会受到排挤。我心想下一次去涩谷的酒吧的时候，或许可以问问 Jorge。

一周后再一次去涩谷，我心里的小算盘是可以同时见到黑木老板和 Jorge。黑木老板还是一身黑，他一眼认出我，拉着我走到店里的一面装饰墙前。原来，他把我写的感谢信贴到上面去了。我心里暖滋滋的，在吧台前坐下来。晚上 9 点，这个小酒吧正热闹，我只能趁 Jorge 不忙的时候断断续续和他聊天，我告诉他我课堂里的情况，以及认识了许许多多混血儿，他则告诉我他最近又得到了一个拍广告的机会。

我：Jorge，我的日本朋友对我说，混血儿在日本长大很容易受到排挤，是这样吗？我现在的混血儿同学们都是在国外长大的，偶尔回日本。你是在日本长大的，你能说说你的感受吗？

Jorge：其实，我也是直到高中的时候才慢慢有人开始赞扬我的外貌的。小时候，我曾经很长一段时间不知道自己是什么。在日本学校里，同学们叫我巴西人，而当我去巴西的时候，马路上的人都指着我叫我日本人。后来我慢慢理解了，我是巴西人又是日本人，既不完全是巴西人，也不完全是日本人。不过，巴西的移民远比日本多，人们更习惯于各种各样长相的人都可以是巴西人，而在日本只要你不是百分之一百的日本人，你就是外国人。我在日本的成长过程中没有受到过欺凌，最大的伤感就是很长一段时间都觉得自己和别人不一样，还会被同学们无视吧。

在东京的日子里，我每隔一周都会去一次这个隐藏在涩谷小巷里的酒吧。大叔服务员终究记住了我，黑木老板每次都会热情欢迎，Jorge 总说自己年纪越来越大，如果今年不红就不干演艺这行了，而辫子大爷我只遇到过两次，始终无法交流。 时常夜里走在涩谷，会看到很多在酒吧或居酒屋兼职的年轻人在马路上招揽客人，其中总有几个混血儿，他们会用或是生疏或是熟练的英文去招揽外国游客。 男的英俊，女的美丽，我逐渐理解为什么作为一个帅气混血儿的 Jorge 会说在日本演艺圈的竞争力很大了。 我，默默地祝他好运。

〈茉莉寒香〉

　　一年后茉莉要回日本，突然问我要这个涩谷酒吧的名字，她说她也要去拜访一次，顺便瞧瞧 Jorge 到底有多帅。 那天茉莉又约了个她在 tinder 上认识的新西兰人去见面，她对那个男人一点儿意思都没有，纯粹是好奇，因为那个男人在 tinder 资料里写自己是个 SM 爱好者，并且在日本兼职做 SM 摄影师。 茉莉愿意和他见面的理由是想当面撕毁这个男人爆棚的自信心，并且虐一虐他，谁让这个男人告诉她好多日本女生心甘情愿让他拍。 茉莉觉得见完了变态男再看看帅气的 Jorge 能帮助她调节心情。

茉莉：迈兮，我被你害惨了。

我：怎么了？

茉莉：你可知道，那个酒吧附近至少有十几家 Love Hotel。

我：啊？？？ 就是那种钟点房？

茉莉：对。 我，约了一个有 SM 癖好的男人去一个被钟点房包围的
　　　　酒吧喝酒，简直是太精彩了。 这个男人一直坚信我也想给他当

模特呢！

我：这应该和钟点房没什么关系吧？ 正常姑娘也不会主动约这么个
男人见面啊……

茉莉：他还问我这是不是给他提供拍摄灵感和新地点！

我：我想不通，为什么我从来都不知道那里有钟点房？

茉莉：这是我们国家的经典"变态文化"，这种地方都是成堆造在一
起的，而且入口都非常隐蔽，门牌也很隐晦，你刚去日本自然
是没有发现。 对了，那个酒吧里的常客应该不少是妓女。

我：啊？

茉莉：我问黑木了，他说的确是这样。 你想想看，人家酒吧为什么
早上7点关门？ 凌晨四五点都是几乎没什么生意的，早上6点
左右差不多她们下班了，正好进去喝一杯，明白吗？

我：……

茉莉：这个老板人的确很好，还说觉得你可爱。 我只是告诉你，不
管你迷路那晚在不在酒吧里，这家店都会开到早上7点。

我：听你这么说，我倒是想起来，有几次晚上去的时候，的确看到过
几个浓妆艳抹的女人，从她们和老板打招呼的样子看，的确是
熟客呢。

茉莉：看来她们开工前也喜欢去喝一杯。

我：那么你见到 Jorge 了吗？

茉莉：很遗憾，并没有。 黑木说他辞职了，大概接到了个电视剧配
角的活儿。

故事之十 ｜ 我们都是堂吉诃德

它：塞维利亚，西班牙，2013
他：桑丘，西班牙人，63岁，大学教授

　　大学里，因为去西班牙游学，我和欧罗巴有很多次特别的约会。 这里必须得提到一个人——桑丘教授。 桑丘是我大学所有西班牙语教授里唯一一个地道的西班牙人。 我觉得自己很幸运，因为我选择去西班牙游学的时候正好是他带队。 在课程开始之前，桑丘带着所有美国学生从马德里集合出发，一路向南。 那一路我们走过许多大街小巷、博物馆、集市、塞哥维亚的古罗马水渠、阿维拉的古城墙、托雷多的历史、科尔多瓦的那座举世闻名的清真寺与教堂合二为一的建筑……每到一地，桑丘总能讲个不停，我挺喜欢听他说话，因为他总是绘声绘色，气宇轩昂，不时让你感受到身为一个西班牙人骨子里的民族骄傲感，还夹杂着几分玩世不恭的幽默。 当然美国学生们很喜欢他还有个原因——他不是个假正经的教授。

　　美国的合法喝酒年龄是 21 岁，查得非常严格，西班牙是 18 岁，不过西班牙就像许多欧洲国家一样，对于饮酒年龄查得并不严格。 当时我们同行的学生满 21 岁和不满 21 岁的都有，吃饭的时候桑丘却总会点上好多葡萄酒，询问每一个学生要不要喝。 看到美国学生们都比较含蓄，桑丘开始侃侃而谈："你们别紧张，想喝就喝，这里

喝酒的合法年龄是 18 岁，你们都满了，我不会拿美国那套来要求你们。其实我们教授都知道，你们没到 21 岁也都偷偷喝酒。我觉得 18 岁都能参军，还不能喝酒实在太扯淡了，美国人啊，就是没有我们西班牙人懂得变通。更何况，葡萄酒根本不是酒，是西班牙的一种饮料而已，来来来，和我一起干杯！对了对了，你们多拍点干杯的照片，传到你们的社交网络上，这样你们在美国的朋友们就会羡慕你们啦。"后来每个学生都从桑丘身上学到一个西班牙人的道理——这世界上，没什么烦恼是惬意地喝一杯葡萄酒解决不了的，如果实在不行，那就喝一瓶。

　　塞维利亚是西班牙最南面安达卢西亚省的首府，也是开学前桑丘带我们游览的最后一个城市，晚餐后桑丘教授发表了一个小小的演讲，告诉大家美好的旅程明天就要告一段落，等我们抵达更南面的城市——格拉纳达后就要开始上课了。说完后，桑丘举杯，接下来就叫学生们自由活动了。我特别喜欢桑丘挑的饭馆，离塞维利亚大教堂很近，透过玻璃窗还能看见那教堂建筑。我看着窗外人来人往，同学们都三三两两离开，等我转过头，发现桑丘还坐在长长餐桌的另一边，一个人喝着小酒。他瞧我正看着他，向我招手，我便走到他身边坐下来。

桑丘：迈兮，你不和他们一起去迪斯科喝两杯、跳跳舞？

我：在西班牙的日子还长，能去迪斯科的机会多。我体力没美国人好，今天晚上还是休息休息，欣赏欣赏塞维利亚的夜色吧。

桑丘：这么看来你很喜欢塞维利亚啊！说说看这两天走过的地方你印象最深的是哪里？

我：必然是西班牙广场了，欧洲每个城市都有个中心广场，但我不得不说塞维利亚的广场是我走过的最美的广场了！独一无二的恢宏建筑，颜色多彩而不俗，水池喷泉也很雅致，最特别的当属每个省份的瓷砖艺术区。我想塞维利亚的西班牙广场和巴塞罗那的圣家堂是我最难忘的西班牙建筑了。

桑丘：看得出来，你是个建筑爱好者。建筑、文学、艺术，个个都是我的心头挚爱啊！塞维利亚对我来说也是个很特殊的城市。

我：能和我讲讲为什么这里对您很特殊吗？

桑丘：那你能和我喝两杯吗？

我：我的荣幸。

　　桑丘快乐地点了瓶红酒，叫了几盘 tapas 小吃。这是属于他侃侃而谈的时光。

桑丘：塞维利亚对我来说很特别有三个原因。首先我出生在安达卢西亚省的一个小镇，这里是安达卢西亚省的首府，也算得上是文化中心，并且我在这里上的大学。安达卢西亚省和西班牙其他地方很不一样，这里由于历史原因，融合了天主教、伊斯兰教等宗教文化，现在从建筑里你还能看到阿拉伯人和罗马人曾经留下的痕迹。第二个原因，就是今天晚餐前我们去参观的塞维利亚大教堂，你该知道为什么吧。

我：因为哥伦布，您特地带大家去瞻仰哥伦布的棺椁。他是人类历史上的功臣，也是整个西班牙民族的骄傲。

桑丘：是啊，哥伦布不仅仅是我们的骄傲，也是一种冒险精神的代表。至于第三个原因，也是一个西班牙男人，他叫塞万提斯，你知道吗？

我：我好像听过，但想不起来。

桑丘：那你一定听过堂吉诃德吧？塞万提斯是《堂吉诃德》的作者。

我：原来如此!《堂吉诃德》是世界名著，我虽然没有从头至尾拜读过，不过故事大概还是知道些的。 堂吉诃德和塞维利亚有什么关联呢?

桑丘：塞万提斯是在塞维利亚监狱里完成《堂吉诃德》这本书的。 这本书对整个民族有很深刻的意义，于我个人也是一本精神指导。

我：难道您父母给您取名叫桑丘也是因为这本书?

桑丘：哈哈哈，的确是。 很多西班牙人喜欢看《堂吉诃德》，会给自己的女儿取名叫杜尔西内娅，因为那是堂吉诃德想象中美丽公主的名字。 可是还真没什么人给自己孩子取名叫桑丘呢。 其实桑丘是我的中间名，小时候我特别不希望同学们知道我的中间名是桑丘，因为大家多多少少在电视里看过些《堂吉诃德》的故事片段，桑丘的形象永远是个胖胖的傻瓜。 可是后来我慢慢长大了，和很多西班牙青年一样带着些许骑士幻想去远行，经历了许多事情，也找到了自己的"杜尔西内娅"，最后发现自己越来越喜欢桑丘这个角色，也开始逐渐让人叫我的中间名了。

我：能给我讲讲您的远行故事吗? 当然还有您找到自己的"杜尔西内娅"的故事，她是您的太太吧? 如果不是我也会替您保密的。

我调皮地笑，心想桑丘教授的太太也是我们学校的教授，不知道他会不会愿意和我分享这个故事。 又一杯红酒下肚，桑丘显得格外放松，餐厅里食客越来越少，进来了更多喝酒吃 tapas 的客人。

桑丘：我在安达卢西亚省度过了童年和青年时代，大学毕业后去马德里的一个高中做老师。 两年后的暑假我和朋友们约着一起去意大利，说是去学习意大利语，其实我们都想撞撞桃花运。 三个月一眨眼过去了，我的意大利语已经说得和当地人没什么区别了，不过桃花运还没什么着落。 那天我从意大利坐火车回西班牙，要知道，那时候的火车和你现在看到的是不一样的。 有点类似于《哈利波特》电影里那种，就是走廊在一边，你要拉开一扇扇门，每个小包厢里是木质的座位，六至八个人一个包厢，面对面坐。 当时坐在我正面的是个美国姑娘，正刚大学毕业来欧洲旅行，于是我们攀谈起来，从意大利聊到西班牙。

我：哇，所以您的"杜尔西内娅"是美国人。

桑丘：后来我也不知道自己着了什么魔，她要回美国的时候我特别伤感，快开学了，我本来要升职做一个年级的教务长，却鬼使神差地辞职，一路追到美国去了。 我的朋友们都觉得我疯了，说实话我也觉得自己疯了。 她有去读研究生的打算，我就去了同一所学校，后来我们结婚了，一起拿到了博士学位，毕业后还同时被一所常青藤大学聘用去当老师。 那时候的感觉就是昨天自己还是个被爱情冲昏头脑、拿明天当赌注的少年，六七年一眨眼过去，跌跌撞撞把人生路走得还不赖。

　　桑丘说自己故事的时候，通红的脸颊挂着笑容，也不知道究竟是因为红酒还是因为他实在太快乐了。

我：那后来为什么一起到我们大学来做教授呢？

桑丘：我们夫妻两人在那所常青藤大学任教的第六年，发生了一件事情。 有一天傍晚我去办公室时候听见我同一层的另一间办公室里传来一阵哭声，我跑去查看，是我的同事一个人坐在办公桌上哭。 她显然是没有料到那个时间楼层里还有人，看到我非

常诡异。 我询问她有什么能帮上的，她拼命摇头说没事。 第二天我听到别的教授们私下讨论，原来某个教授的科研结果被剽窃了，怀疑到了和我同楼层的教授，前一天还有警察来调查，我当时正好在上课所以不知道。 人都走了，我那同层的同事应该是受不住白天的压力，一个人在办公室里哭。 这件事情调查了好一阵子，最后证明了我楼层的同事并没有剽窃，然而看得出她在整个调查过程中深受舆论压力之苦，于是她把学校告上法庭要求精神赔偿。 再后来她撤诉了，也离职了，听说学校用非常好的价钱体面地处理了这个事情，交换条件是她得离职并且不能透露学校究竟给了多少钱。

桑丘：这件事后我仔细思考了很多问题，并且和我太太探讨了这些问题。 比如说在这样一所顶尖学府，学生大多为两类，天才型和极端努力型。 每次看到那些极端努力型的学生就觉得心疼，他们已经很优秀了，却和一群看一遍书就能全考 A 的学生们一起学习。 如果在一所相对好的但不是顶尖的学府，也许他们的大学生活能更愉快。 再比如说一起共事的教授们，很多人在授课之余做科研都是竞争关系，明里暗里都会相互比较。 我的初心是想做一个快乐且负责任的教育者，能和同事们做朋友，也能和学生们在课余聊天，或者像现在你我这样喝几杯红酒。 而实现这些在世界顶级名校里似乎不太可能。 既然最初梦想并不是做顶级名校的教授，那就辞职呗。 我和太太说不如尝试去一所有人情味的小型学校试试，一试就试到了今天，再过几年我们都要考虑退休的事情了。

桑丘：噢对了，十年前那阵子我一度又想辞职，因为美国的东西实在太难吃了，咖啡也太难喝了，而且也越来越不喜欢美国的傲慢与目光短浅，一心想回西班牙。 可是你知道在美国当教授赚得比西班牙多不少。 纠结之余，我想出一个好主意，既然学校每年都有教授带学生去英国和法国游学，我为什么不能带学生来西班牙呢？ 这样一来我能时不时回家乡放风，给学生们创造一个了解西班牙的机会，还给故乡增长了 GDP，一举多得。

我：教授，您这一路走来，还真一直是个敢想敢做的人，佩服佩服。

桑丘：好在你不嫌我这个老头子喋喋不休。 说说看，在这里游学期间有什么打算？

我：打算有空闲时间多在欧洲转转。 您有什么推荐的地方吗？

桑丘：我偷偷告诉你个小秘密，这边 20% 的课是可以翘的，你好好安排安排，凑几个长周末多出去走走看看。 偶尔心血来潮，还可以周四早上打开电脑扫一遍欧洲的各种廉价航空，花几十欧元定下当天晚上最便宜的机票，放了学直奔机场给自己一个惊喜！ 慕尼黑的啤酒？ 布鲁塞尔的华夫饼？ 维也纳的音乐会？ 布拉格的夜景？ 不过要记得买好周日晚上回来的机票哦！ 年轻人就得有魄力有胆识，像堂吉诃德一样啊。 有机会你看看这本书，如果喜欢可以去孔苏埃格拉小镇瞧瞧，书里的堂吉诃德把风车当成假想敌进行战斗的地方就在那里。

我：您还没告诉我，为什么长大了以后开始喜欢桑丘这个中间名。

桑丘：年轻时候以为自己看懂了小说，堂吉诃德的故事虽然看似可笑但是有一种值得尊敬的真意在其中——为了坚持最初梦想而奋不顾身的精神。 随着岁月的流逝，才发现桑丘身上的可贵之处。 堂吉诃德代表了理想，桑丘则代表了现实。 桑丘有很多缺点，也有机智聪明之处，他通过跟着堂吉诃德四处游历增长了见识提高了能力，比起堂吉诃德，桑丘务实许多。 我想我父母把桑丘放在我名字里，就是希望我心怀梦想却也要脚踏实地。 要有梦想，但不能眼高手低。 话说回来，其实桑丘更像西班牙人，比如说他非常幽默，再比如说他特别贪吃，你看我现在啤酒肚大起来是不是要越来越像桑丘了，哈哈哈哈。

我：听了您的精彩人生，我实在是太想把《堂吉诃德》从头念一遍了。

桑丘：对了，我听说《堂吉诃德》在亚洲也很有人气呢，中国有排练中文版的《堂吉诃德》话剧吧？我还知道在日本有用"堂吉诃德"命名的大型连锁商店呢。

塞维利亚的一条条小巷蜿蜒狭窄像迷宫，橙黄色的路灯晃在古老的建筑墙上，也映在石子路上。我独自漫步回酒店，慢慢回味桑丘教授的故事，这位教授的精神比我还好，这会儿应该已经到了另一家酒吧去交新朋友了。对了，忘了告诉你，安达卢西亚的小巷，音乐飘扬，不是小提琴，也不是吉他，相得益彰的是手风琴。

后来我也买了次周四清晨的廉价机票去捷克，回来后兴致勃勃地告诉桑丘，我搭上了一班从布拉格开往布尔诺的火车，居然也是辆像《哈利·波特》电影里那样的老火车。不过我不像桑丘当年那么好运，对面坐了个头发花白的老太太。桑丘咯咯笑说，捷克小伙子没有西班牙的好，你不亏，你不亏。

还有一次在机场看见几个坐在背包上，边喝红牛边等红眼航班的西班牙年轻人。当机场广播响起登机提醒时，他们欢呼："走啦，堂吉诃德们要去占领下一个城池了！"嗯，我终究读了《堂吉诃德》的原著，每次看到骑士雕像都热血沸腾。

〈茉莉寒香〉

回到美国后，在我的影响下，茉莉也成了桑丘教授的粉丝，一直巴结我哪次桑丘请学生们喝红酒时候带着她一起去。 我在西班牙游学的时候，猫村茉莉也没闲着，她去了巴西做课题研究。 小伙伴们知道这个消息的时候都调侃茉莉打算要玩弄多少巴西汉子。 茉莉冷哼，回了一句："我对拉丁美洲男人不感兴趣。"她真正的目的地是亚马逊森林，除了一起做研究的教授和学生们，她几乎都在和各种动物打交道。

大半年后我们见面，难得茉莉滔滔不绝讲了几个小时的话，主角们都是一群我没听说过的动物名称。 我发现她从巴西回来后喝酒的风格变了，以前和人聊天她都喜欢来点啤酒，而现在是一小口接一小口喝着朗姆酒。

茉莉：哪天你要是去了巴西，得尝尝卡莎萨，我记得你很喜欢甘蔗，这是甘蔗酿的酒。 你知道吗，我挺怀念那种感觉，一天忙完，喝几口烈酒，坐在森林里发呆，没有一点嘈杂的人类声音。

她还给我看了一张照片，照片里面她拎着一条蛇，茉莉说那天她和一起做研究的小伙伴们发现这条正在休息的蛇，她就一手抓住七寸，另一手抓住蛇的下半身，甩了几下拎着到处跑，吓唬那些怕蛇的同学。 事后教授看见了这张照片，魂都吓掉半条，警告茉莉以后不能做这样的事情，因为那是条剧毒的蛇，幸好没人被咬，否则要酿成大祸。 我听着都吓出冷汗，茉莉却很不以为然。

我：你胆子也太大了吧，万一那蛇咬你，我现在都看不到你了吧？
茉莉：我这不是好好的嘛。
我：我是说万一，怎么有你这种人去主动招惹毒蛇？
茉莉：如果我被咬了，那就是命，如果我被咬还中毒死了，那就是我命中那天该死。 现在我好好的，就是命中注定我能平安无事玩蛇。 再说我就是挺喜欢玩蛇的。 人都有一死，相比被人害死我更宁愿被动物弄死。 因为动物害你是天性，天性哪有人心可怕。

我： 你的歪门邪理真是无穷无尽。 对了，桑丘教授告诉我日本有一个连锁商店叫堂吉诃德，你去过吗，里面卖什么？ 最近我在看《堂吉诃德》这本书，下次我去日本的时候要去找一家堂吉诃德店转转。

茉莉： 如果你凌晨三四点喝得烂醉，早班电车还没开，又无处歇脚，堂吉诃德超市是个可以去打发时间的地方，反正它二十四小时营业。 你可以找几个沙发凳子打盹，或者就逛到天亮吧，指不定买了一堆没有什么用处的东西。 那店什么稀奇古怪的东西都卖，我还真就说不出来这店专卖什么。 我觉得取名"堂吉诃德"和这本书在日本影响力有多大应该没什么关系，大概就是一家什么都卖的店需要找个疯子的名字来取名吧，正好堂吉诃德是个疯子。

我： 猫村茉莉，我得重新考虑下次桑丘教授请喝红酒是不是要带着你了。

茉莉： 呵呵，你知道，我通常都在我最爱的人面前最诚实。 我会告诉你敬爱的桑丘教授，堂吉诃德是我们日本人学习的榜样。

故事十一 | 一辈子的赌

它：格拉纳达，西班牙，2013
她：卢西亚，西班牙人，24岁，建筑系研究生

格拉纳达是个特别适合喜欢多元文化的人学习生活的地方。 西班牙曾经受到古罗马文化和伊斯兰文化的洗礼，格拉纳达地处西班牙最南部安达卢西亚省的南边，建筑控们可以看到天主教堂，也能看看清真寺。 相比于欧洲其他国家，西班牙人对待移民态度更加友善些，不少法国赶走的非洲移民都逗留在西班牙。 格拉纳达又因为地理位置靠近非洲，吸引了摩洛哥人定居。 哦对了，这个城市还有个名字——石榴城，格拉纳达就是西班牙语里石榴的意思。

我喜欢傍晚在格拉纳达的小巷游荡，很多移民都开店卖各式各样的小东西。 走进中东人集居地，围巾地毯商人们基本来自伊拉克、伊朗等地。 走着走着建筑变了格调，周围人开始变得黝黑瘦小，那是吉普赛人集居地，忽然你听见吉他声音响起，转角看见个小伙在小巷深处弹琴，他身后的姑娘在木质台阶上练习弗朗明哥舞步。 有一天太阳快下山的时候我驻足在一个摩洛哥老汉的皮制品店，他和我侃侃而谈自己的年轻岁月，如何坐黑船偷渡来到西班牙，我赞他是英雄，他高兴地递给我那只我一进店就看中的标价35欧元的手工皮包，说："姑娘，25欧元，你拿走吧。"后来我又闯进

了印度人的老窝，三五成群的老汉们抽着水烟，看着夕阳中的城堡飘飘欲仙。 我被那烟气熏得有点困，进了家咖啡馆点了杯咖啡，老板笑嘻嘻端来咖啡对我说："姑娘，咱们西班牙人没钱可以少吃面包、不吃肉，但是绝不能没有咖啡和红酒。"嗯，这是一个有意思有情调的地方。

西班牙有个奇怪的风俗，叫 Siesta，这个词没有确切翻译，因为这是只有西班牙人才有的午后项目，简单说就是下午一两点左右，上学的放学，上班的下班，大家回家吃午餐，然后睡一觉，等到四五点再回去上班上学。 一开始，别提我有多高兴了，可是后来我发现午睡这件事，当你不能天天做的时候你会特别爱它，而当它成为日常生活，有时候就会嫌弃它多余了。 每天 siesta 的时候走在马路上，除了餐饮店，几乎所有商店学校和公司都歇业。 在那些没有睡意的秋季午后，我时常会去一家咖啡馆，只因为店里有我特别喜欢的巧克力油条①。 我和卢西亚就是在那家咖啡馆里认识的，在相同的时间和地点连续看到对方三四次后，我们相视一笑，自然地交了个朋友。

卢西亚是个穿衣服特别有品位的姑娘，她穿的每一件单品颜色都很单一，然后搭配一条花哨的围巾。 通常人会根据自己的衣服选配围巾，而卢西亚则是为了围巾选衣服，好在西班牙有的是设计新颖风格多样的围巾。 她虽然在格拉纳达长大，但由于母亲是阿根廷移民，家里也没有 siesta 习惯。 于是乎，有的时候她也喜欢下午去咖啡馆里看看书，写写作业。 除了愉快地聊天、一起吃巧克力油条外，我们也会互相纠正英语和西班牙语的口音，隔三差五也一起约

---

① 巧克力油条：西班牙名点心 churros con chocolate，把长条面粉油炸后蘸着厚厚的巧克力酱食用。西班牙不同地区的油条的形状和粗细也不相同。

着去逛街、吃饭、看弗朗明哥表演。

在欧洲生活过的人都会知道，一般店家下午6点左右就都关门大吉了，但是在西班牙，晚上9点的马路还是很热闹的。晚餐一般10点左右开饭，吃完就快11点了，这时你有两个选择：选项一是洗洗睡了，把你刚才吃下肚子里的西班牙火腿海鲜饭等转换成脂肪。选项二是出门把美食带给你的卡路里消耗掉。怎么消耗？去跳舞！

卢西亚喜欢周末晚餐后把朋友们都先叫到一种叫 chupiteria 的神奇地方，因为夜店通常子夜才开门。你如果想花很少的钱喝可口的酒，还能瞬间交很多新朋友陪你一起嗨一个夜晚，这是你最好的选择。Chupiteria 里的 shot 基本上均价1~2欧元，吧台里除了琳琅满目的酒瓶，还有上百种选择的酒单，不用10欧元，就够你爽了。

这是一个周三的夜晚，我没料到卢西亚居然会突然召集一群朋友去 chupiteria，晚上11点我赶到的时候大伙儿都清醒得很，只有卢西亚已经微醉。

卢西亚：迈兮，宝贝儿，你来啦！

看到我推门进去，她大声叫着我名字冲过来，一个熊抱加两声响亮的贴面吻。旁边的闺蜜驾着她的胳膊在我耳边嘀咕着："今晚卢西亚是不醉不归的节奏了，我打算两点回去。迈兮，明天你有早课吗？没的话你陪陪她？"我点点头。

我：卢西亚，怎么会想到今天出来喝酒？
卢西亚：你陪我喝一个 shot 我就告诉你，来来来。

其实我挺喜欢西班牙的夜生活的，并不是酒有多好喝，音乐有多好听，灯光舞美有多绚丽，而是西班牙人的热情。他们从不吝啬，不吝啬给陌生人一个拥抱，一个吻，一个 free shot。我去过的很多城市，夜店里有很多寂寞空虚的人，不得不在那里消磨时光，而在西班牙，你更多看到的是想释放青春与能量，尽情享受音乐和狂欢，与友共舞的人。西班牙人的夜店，通常是天亮了才关门的。

凌晨 5 点走在马路上，耳边仿佛还是喧闹音乐的回响，卢西亚还在路上翩翩起舞，小巷里踢踏踢踏的回音是她的高跟鞋敲打石子路的声音。

卢西亚：亲爱的，我饿了。咱们去吃 kebab^①?

我：是你总告诉我半夜三更出门跳舞是为了甩掉卡路里，你确定你要吃？

卢西亚：今天喝多了，大脑不理智，加上心情不好，必须得吃！这香味已经诱惑得我快崩溃了！你说我等会儿选牛肉的还是羊肉的？

我：为什么心情不好呢？

卢西亚：和我妈吵架了。哥们，来个牛肉 kebab，谢谢。迈兮你要什么？

我：我还在犹豫到底吃不吃。算了，我就当吃早餐了。我要个羊肉的。

卢西亚：这就对了，今天我请客。你知道我明年就要毕业了，我想去阿根廷工作，可是每次一提这个事情我妈就喜欢扯开话题，

---

① Kebab：土耳其饼包肉，通常夹着蔬菜和酱料。在欧洲是少见的随时能买到的食物。

我若是不想回避，就会和她吵架。 昨天下午又谈崩了，心里真是郁闷，出来发泄一下就好多了。

Kebab 店的肉都是现成烤好的，只需要从烤架上削下来卷饼里就可以了。 不一会儿我们俩就拿到了食物，卢西亚麻利地买单，接着我们就要往不同方向走了。

卢西亚： 亲爱的，明天下午咖啡馆见面再详谈，我先回家眯一会，其实今天我9点有课，嘻嘻。

我： 估计只能睡2小时了吧？ 你也真是够拼的……

一天后的下午，siesta 的时间，老地方咖啡馆。 我先到，照老规矩坐下来点了份巧克力油条。 不一会儿卢西亚也推门进来，她穿了件卡其色长袖毛衣，深蓝色的紧身牛仔裤，重点当然是围巾，以紫色为主调颜色复杂的波西米亚风长巾，用一种我一眼看上去无法分辨的方法系在肩头，仔细看也无法知道她到底有没有打结。 对了，卢西亚一直是利落的短发，因为她觉得长发会影响围巾在她身上的效果。 她把重重的书包往凳子上一扔，在我对面坐下，两只浅棕色的眼珠子盯着我打转。

卢西亚： 今天有个好消息！ 我的设计稿在系里得奖了!

我： 天哪! 恭喜你，画了几个月也是值了! 好消息一扫昨日阴霾啊。

卢西亚： 唉，别提了，我还在苦恼怎么和我妈沟通。

我： 喝酒那天你说你想去阿根廷工作，你妈妈不同意，还没讲完呢。

卢西亚： 说来话长，你知道这些年欧洲经济危机，西班牙经济不景气，就业困难，我大学毕业的时候根本找不到工作，于是继续读研究生。 其实我本来的计划是工作几年后再继续深造的。现在的情况就是个恶性循环，越来越多人找不到工作于是去读书，毕业了找不到工作，就再去读一个学位。 由于当学生期间政府能给一些待遇优惠，很多人就尽量把自己当学生的周期拉长。 这两年我也有几个朋友去南美洲了，除了土生土长的西班牙人，我还有个朋友全家是智利移民，他是我本科同学，去圣地亚哥了。 我特别羡慕他，他设计的房子已经在建设中，而这边的我们却连工作都找不到。 于是我尝试和阿根廷的表兄弟们通过网络联系，听说那里现在正在火速发展，也有很多机会，他们还说我在西班牙建筑学校有硕士学位去阿根廷找工作一点不难。

我： 也是，我也知道这几年好多南美洲的发展中国家都在火速建设发展经济，你还会说西班牙语，专业优势绝对有用武之地。 最近有和家人回那里探亲吗？

卢西亚： 我们全家一起回去过两次，第一次是我上小学的时候，还有一次是 5 年前。 儿时那次对城市印象不深刻了，但是 5 年前最深刻的感觉就是布宜诺斯艾利斯是个有朝气、充满机会的地方。

我： 你妈妈不希望你去那边是不想和你分开太远吧？

卢西亚： 一开始我也是这么认为的，但仔细思考了很久，发现问题没有那么简单。 二十多年前和我父母一批从阿根廷、南美洲一些其他国家来西班牙的移民，大多是为了能过上更好的生活，毕竟那个时候南美洲的国家远远不如欧洲发达。 小学那次回家，我妈妈忙着见亲戚朋友，给大家带礼物，很多人也都很好奇我们在西班牙的生活，露出对我们的羡慕。 然而 5 年前回

Granada
2013

去的时候，明显发现好多亲朋好友家的条件都好了不少。 怎么说呢，现在回想，我总觉得我妈妈虽然看上去挺开心，但内心还是有点失落的，离开家的时间越久一定越思念，而相对的物质生活差距却越来越小。 我想她反对我回去，最大的原因是她不想去怀疑自己当年背井离乡来到这里的决定。

我：原来如此，你妈妈也挺不容易，一个人带着你来到这里，就是赌上了自己在阿根廷所拥有的一切，并且在当时也算是一个好的决定吧。 只是她也不会想到这些年南美洲的发展，更不会料想到欧洲的经济危机。

卢西亚：我的想法其实特别纯粹，西班牙的现状就是日益增高的失业率，而我是学建筑的，我就是想去一个地方，能有更多机会把我的图纸变为真实场景。 除此之外还有个小心思，也想多了解阿根廷，毕竟我是个阿根廷人，在成为西班牙人以前就是了。

我：其实你很爱你妈妈，打个包走人是很容易的，但你希望她理解你并支持你离开你们现在的家，回到她过去的家。 她或许也觉得这次经济危机的终结遥遥无期，担心你一旦去了，就会在阿根廷定居。

卢西亚：未来的事情我真的不知道，也无法预计，也许我在阿根廷只是短暂停留，也许我会定居，也许我定居了却突然又有不得不离开的理由，有时候我觉得就是那种未知性召唤着我，一定要去阿根廷。

我：看来那是你心里早就认定要走的路了，下一次和妈妈谈判准备说什么？

卢西亚：我打算直接告诉她，"和当年的你一样，我打算赌上青春和勇气，也许到头来一场空，但我一定会无悔地去尽最大努力实现我的梦想"。

一直到我离开西班牙，卢西亚都没有说服她的妈妈，半年后她毕业了，终究还是去了阿根廷，那个原本已经变成了陌路的故乡，很快会再一次成为她新的家。

〈茉莉寒香〉

茉莉：你说西班牙人懒？ 我觉得希腊人更懒。 有些欧洲国家的人就是好日子过久了，好吃懒做，该受受苦了。

我：希腊人也像西班牙人一样？ 不吃面包不吃肉也要喝咖啡和红酒？

大学的最后一年，周末不忙的时候我和茉莉喜欢叫些朋友来公寓小聚。 这是个周五下午，茉莉一边听我讲故事，一边把仔细切好的水果和奶酪，放进盘子里。

茉莉：说来也奇怪，比起很多亚洲国家，我们日本人倒是不太喜欢移民到海外去，夏威夷除外。 不过现在也很少有人移民去夏威夷，但那里一直是最受日本人欢迎的旅游目的地。

我：咱们中国人移民就多了，过去多为改善基本生活。 其实我也会想，如果美国的经济危机和现在的西班牙、希腊差不多，许许多多的中国移民会有什么样的心理变化？ 他们的后代会有什么选择。

茉莉：我觉得这得看这个中国家庭移民到美国有多久，如果经历了三四代人，应该就不会有那么强的祖籍归属感了吧，心理上一定认定了自己就是美国人。 卢西亚毕竟是第一代西班牙人，才会有较为强烈的欲望回到阿根廷。

我： 你说得有道理，离开故乡的时间久了，后代的爱国情怀和对故乡的归属感都会减弱。

茉莉： 我觉得爱国情怀是样没有绝对意义、只有相对意义的东西。地球只是宇宙中很小的一个星球，我们知道的东西太少了。也许有一天我们会被比我们发达几千几万倍的别的星球或别的生命体发现。到那个时候就没有人说什么爱国情怀了，而是爱地球情怀。

我： 我突然明白你为什么那么喜欢《星球大战》系列电影了，原来这部电影影响了你的世界观。

茉莉： 不，我从小喜欢上《星球大战》只是因为我觉得男主角很性感，不过现在他已经不是我喜欢的类型了。另外，人类一点也不爱护我们的地球，如果真有星球大战的一天，我觉得人类也不配道貌岸然地高呼"爱地球情怀"。我会第一个被恶心到。

故事十二 | 离开，只为归来后更爱你

它: 里昂，法国，2014

他: 阿 Q，23 岁，法国人，酒店前台

它: 圣塞巴斯蒂安，西班牙，2014

他: 蘑菇头，20 岁，西班牙人，大学生

　　为了交通方便，我订的酒店就在火车站不远。 从法国东部途经里昂回西班牙，临时得空决定在里昂多待两天。 从火车站拖着行李箱走了十多分钟便找到了酒店，前台工作人员阿 Q 是个个子特别高的男孩。 办理入住手续的过程顺利得让我感到意外，因为这是个小型的商务酒店，我根本没有料到前台工作人员的英语竟会说得如此流利。

　　放下行李后，我回到大堂，等待正在前来和我碰面的老友。 酒店前台里有三个工作人员，阿 Q 承包了所有的英语对话和电话。 看着他纤瘦高挑的身影在前台忙碌，我时常会有错觉他的脑袋要撞到屋顶了，不禁哧哧笑出声来。

阿 Q: 小姐，在笑我吗？

我: 哦，没有没有。

阿 Q: 有什么能帮你的吗？ 或者需不需要一些里昂的景点推荐？

我：我没什么需要，只是在等朋友。 不过如果你有什么非旅行书上的不容错过的景点，欢迎推荐。

阿Q：你会骑自行车吗？

我：不会……

阿Q：那就有点糟糕了。

我：为什么？

阿Q：虽说再过不了多久我就下班了，但是你要去见朋友，恐怕也没工夫让我教你骑自行车。

我：我……我为什么一定要学骑自行车？

阿Q：因为整个欧洲，也许没有一个地方，比里昂更适合骑自行车了。 当夕阳的余晖洒在古老的建筑群上，你骑着自行车一路向西追逐，才能体会里昂特有的美。

我：你是法国人？

阿Q：是，土生土长的里昂人。 我的英语流利得吓到你了？

我：这么听来，明显我不是第一个问的。 不单单是流利，简直一点儿法国人的口音都听不出来。 你在别的国家居住过吗？ 比如德国？ 或者英国？

阿Q：那倒没有，不过我经常去欧洲各地旅行，累了就回来休息休息，打打工，休息好了就再去。

我：所以我可以理解成你是在旅行的路上学会了英语？

阿Q：学校里也是学过的。

我：恕我直言，我对法国学校的英语教学可不敢恭维，你是我这一路遇到的法国人里英语讲得最好的。 我听说现在很多学校都不要求义务学英语了，是不是？

阿Q：我已经好多年没上学了，呵呵。 高中毕业后就开始过起流浪者的生活了，算算都快五年了。

我：你所说的流浪，大致是个什么样的？

阿Q：骑自行车，只要能骑的地方都靠骑自行车去，当然有些地方我必须坐火车，也有的时候我体力不够了，就在公路上试图拦下一辆顺风车。

我：你都去了那些地方？

阿Q：除了英国、西班牙和葡萄牙，我已经跑遍了整个欧洲所有的国家了。 英国物价比较高，我想这份活儿厌倦了，我应该会先去西班牙和葡萄牙。 等到去过英国以后，我得琢磨下接下来去哪块大陆了。

我：那你算个欧洲通了，你最喜欢哪个国家？

阿Q：斯洛文尼亚。 我觉得除了里昂，那是第二适合骑自行车的地方。 当然还有个很重要的原因，那里的姑娘们真的很美。

我：看来我哪天如果去斯洛文尼亚，得先把自行车学会。

阿Q：你是中国人对吧？ 我听说在你的国家自行车是一种普遍的交通工具，马路都专门为自行车留了专用道，你怎么不会骑呢？

我：自行车是普遍交通工具是事实，可那也不代表每个人都要会骑啊，就像在法国也不是人人都会开车，对不对？ 你这是偏见，走了那么多国家，不应该哟。 哈哈。

阿Q：啊哈哈，对不起，对不起，是我错了。

我：我开玩笑的。 我想问问你，作为一个精通英语又行走过几乎整个欧洲的法国人，回到法国后对家乡的看法有没有什么改变？

阿Q：这是个好问题，却又让我不免担心你是不是在法国有什么不愉快的经历。

我：比如因为不会说法语被商店营业员翻白眼，再比如因为不会说法语被出租车司机赶下车。

阿Q：好吧，我得承认，走的地方越多就越是发现我们法国人的自我感觉太良好。 我始终为我的民族感到骄傲，可是每个民族其实都与众不同有值得让人学习的地方。 还有就是，法国的年轻一代英语水平真的挺逊的，弘扬法语不应该是件和学英语相悖的事情。

我： 你真是个客观的法国人啊。

阿Q： 嘿，我还没说完。 走的地方多了，还有一个感受，我越发觉得里昂是欧洲最棒的城市。 不单单因为这里适合骑自行车，这里有历史，有艺术感，充满了浪漫气息，一年一度还有世界上最美的灯光秀。 神奇的是，每一次我离开，回来的时候都能发现我过去从未体验过的这个城市的美好。

阿Q说着说着，陷入了自我陶醉，我若是个导演一定会请他当里昂城市宣传片的男主角。 我也很心动，很想知道他说那种骑着自行车走遍这个城市每一个角落的感觉。 后来我的朋友带我四处转里昂的时候，我不时出神，想象那一条条石子街上的尽头都有个追风少年的身影。

从法国里昂到西班牙的北部城市圣塞巴斯蒂安没有直通的火车，我坐了连夜的长途巴士。 好在当时不是旅游旺季，酒店都不客满，热情的西班牙前台工作人员免费让我提早入住。 补眠后睁眼已过中午，我梳洗一番吃了个午餐，然后到圣塞巴斯蒂安最著名的一座桥——玛丽亚克里斯蒂娜桥和蘑菇头碰面。

蘑菇头在上学的时候绰号就叫蘑菇头，因为他的棕色的头发又卷又蓬，远远看过去就像一颗大蘑菇。 上高中的时候，他曾经去美国做过一年交换学生，恰巧英语课上和我同班。 课堂默写时我给他抄过几次答案，有一回我答不出，瞎猜了一个答案，没想到他脑子也不动照抄上去。 事后我们两个人被老师叫去谈话，质问我们如此

Lyon
2014

荒谬的答案两个人怎么会一样，抄的人得罚，被抄的人没有看管好自己的考卷也该罚。蘑菇头立即"自首"："老师是我抄迈兮的，你别批评她了，她从来都不知道我在抄她功课。我的水平比较高，眼睛能斜视，她根本不知道我在偷看。"那年17岁的我甚是感动，从此和蘑菇头建立起了"革命友情"。蘑菇头告诉我，他们西班牙人都是很讲义气的，为朋友担黑锅从来都在所不惜。一年时光很快过去，学年末蘑菇头要回西班牙的时候大伙儿都特别舍不得他。一一拥抱后，带着校足球队员们的依依不舍和女同学们的眼角泪花，蘑菇头挥一挥手，回家了。

上了大学后，蘑菇头可没有消停，先是去香港当了交换学生，后来又去了巴黎。这会儿他刚刚结束巴黎的学期，回到西班牙。三年多没见面了，我期待着他向我展示这个他曾经无数次描述给我听的故乡。蘑菇头开着一辆小甲壳虫车出现在约定会面的地点，下车迅速给我一个热情的西班牙式拥抱加贴面吻，立马催我上车。

我总觉得，一个城市有水就有灵气，近海又更添了一份仙气。蘑菇头带着我在这个充满仙气的城市从天亮转到天黑，上山坡下海滩。西班牙人普遍吃饭时间晚，等到傍晚八点我已经饿抽了。蘑菇头把车往家里一停，我们步行穿过熙熙攘攘的人群到了古城区（Parte Vieja）。

我：在你们国家生活的这段时间，我的总结就是西班牙人都是"吸血鬼的亲戚"。白天睡觉懒洋洋，天一黑就精神。这一会儿擦肩而过的人比我们今天白天遇到的都要多。

蘑菇头：可是吸血鬼喝血，我们可不喝。

我：你们是嗜红酒如命，基督教义里不是说红酒是上帝的血吗？你们和吸血鬼比有过之而无不及。现在是不是要带我喝血去了？

我们先吃点东西吧，我饿死了。

蘑菇头：你可知道，今天最精彩的部分才刚刚开始。 圣塞巴斯蒂安不单是巴斯克地区的美食之都，更是整个欧洲排得上名号的美食天堂。

我：那我们今天吃什么？

蘑菇头：Pintxo（巴斯克语读作"拼秋"）。

蘑菇头给我解释了下 Pintxo，我怎么听觉得他说的就是 Tapas，甚至在网上搜索这个单词的解释，都写着"Pintxo 是巴斯克地区对 Tapas 的称法"。 Tapas，是西班牙最著名的饮食文化，我最爱它惊喜感十足的特点。 简单说就是点上一杯啤酒红酒或者饮料配上几小碟小吃，一顿饭可以吃上几家店。 有趣的是你完全不知道店家会给你上什么，同样的店每天都可能不同，根据厨子心情。 西班牙人的幽默情趣还体现在给这些小吃起的名字上，比如说一盘炸土豆上面浇上辣椒酱是最常见的 Tapas，西班牙人给它取名叫"patatas bravas"，译为勇敢的土豆，顿时能让人臆想成一盘刚刚从战场上血淋淋退役的土豆。 在西班牙，美的不单是食，更是生活态度。

蘑菇头听我罗列着我所品尝过的 Tapas，竖起食指在我面前摇了摇。 他说西班牙的 Tapas 文化南北截然不同，南部大多是一碟一碟上的，但是北部则是一小块一小块品尝。 不同店家会在台子上排满了小食任你自己挑，同样一顿饭你可以换上几家店，一般都站着吃，直到大伙都差不多七八分饱的时候，选上最后一家店一起坐下来吃最后一道。 更重要的是，因为圣塞巴斯蒂安靠海，所以海鲜是这里的常用原料。

蘑菇头： 总之这里的 Tapas 水准更高，所以名字不一样，跟我读，Pintxo。

老城区里密密麻麻的 Pintxo 店，好在蘑菇头熟门熟路，我就跟着他蟹肉鱼肉虾肉配着啤酒和白葡萄酒轮番吃。蘑菇头说欧洲经济危机爆发后很多政府都上调奢侈品税，酒税自然包含其内，但在西班牙葡萄酒还是出奇的便宜，因为西班牙人说，葡萄酒哪是酒，那只是食物的一种而已。七八分饱的时候，蘑菇头带着我到一家店坐下，吃我们的最后几道菜，喝最后一杯酒。

蘑菇头： 你喜欢圣塞巴斯蒂安吗？我以前可没骗你吧，这里超级美。

我： 这世界上有多少城市因为有一片美丽的海滩就扬名世界，而你的城市居然有三片！

蘑菇头： 可惜现在不是夏天，不然我就不只是带你看看几片沙滩那么简单了。你可以游泳，玩冲浪，参加我的朋友们的海边派对。

我： 我能想象你应该每个夏天都是住在沙滩上的。

蘑菇头： 哈哈，你说对了。

我： 我就有一个问题。你说这里这么美，东西还那么好吃，十七岁的你是哪根筋搭错了，要跑到美国鸟不生蛋的乡下寄宿学校去当交换生？

蘑菇头： 额……不瞒你说，刚开始做交换生的几个月我也觉得我脑子被车撞了。不过后来我想到了我决定去美国的初衷，就调整好了心情。我的初衷就是想出去看看不一样的世界啊，而家永远是家，是我所归属的地方。那年我从美国回家的时候，虽然

San Sebastian 2014

觉得自己错过了很多和发小们玩耍的时光，但是我一点也不后悔一年前的决定。我意外地发现，我比一年前更爱这座城市了。你离开中国去上学应该也有这个感受吧？我虽然没去过上海，不过你知道我去年去香港做交换学生了，香港车水马龙如此繁华，上海应该也不逊色吧？你不也是放弃了那里的生活好多年跑去了美国鸟不生蛋的乡下？

我： 只能说，远行这回事，真的能上瘾。

蘑菇头： 就说这里的沙滩吧，我从小在贝壳海滩①边长大，突然知道我的城市有三片海滩，小时候我和朋友们总喜欢争论哪片海滩最美。后来离开了家乡看到了别的地方的海滩忍不住就会和家乡的海滩比较。慢慢地，去的地方越来越多，就越发觉得自己幸运，原来世界上能比贝壳海滩更美的沙滩并不多，有那么多游客不远千里来看一眼我家跟前的这片海。哈哈，现在我走在外面，生怕人家不知道我是圣塞巴斯蒂安人，介绍自己一定要提到海滩。

我： 每一次离开，回来的时候都能发现过去从未体验过的故乡的美好。

蘑菇头： 你这句总结堪称完美。

我： 这不是我的话，是我来这里前，遇到的一个里昂男孩说的。对了，你刚从巴黎回来，喜欢那里吗？

蘑菇头： 巴黎非常棒，巴黎人就不敢恭维了。法国佬都是傲慢的家伙。

我： 哈哈哈，我以为他们只因为我不会说法语所以对我傲慢呢，你会说法语他们都这样？

---

① 贝壳海滩：La Concha，圣塞巴斯蒂安最有名的海滩。

蘑菇头： 西班牙和法国边境那些城市里的人基本上都精通两国语言，可是当他们在一起交流的时候，几乎从来都是西班牙人说法语，而不是法国人说西班牙语。说得好听点是我们西班牙人不拘小节，说得难听点呢，就是他们法国人自视高人一等。

我： 我在法国的时候很多次在商店，公共售票处都被冷眼以对，只因为我不会说法语，好像不会说法语是一种罪一样，这种感觉从来没在其他国家发生过。有几次真的被那种傲慢态度气到了，只好安慰自己，没关系，我心比你大，暂且容你傲慢。

蘑菇头： 欧洲很多国家的人民都和我一样，爱法国，不爱法国人。对于欧洲人来说，法国的存在感有点类似于美国在这个世界的存在感。自我感觉高人一等，爱对别人的事情指手划脚。

我： 你对美国和法国这两个你生活过的国家的评价都不怎样，那么中国的香港呢？

蘑菇头： 香港很好，但是还是没有圣塞巴斯蒂安好。

我： 为什么呢？

蘑菇头： 因为那里缺少点人情味儿。

我： 在这个世界上，又有多少地方能比西班牙更有人情味儿呢。

蘑菇头： 这一点，我也是离开过后才慢慢体会到的。

我： 我到西班牙后还发现了一件有意思的事情。这里的课堂上作弊好容易啊！

蘑菇头： 哈哈哈哈哈，你观察很入微，干杯！

〈茉莉寒香〉

刚认识猫村茉莉的时候，她总是告诉我她不喜欢生活在日本，因为她犀利直白的说话方式和日本的主流文化格格不入。 不论是男尊女卑还是长尊幼卑，在猫村茉莉眼里都是胡扯，她只相信强者尊弱者卑。 我想在很多人印象里，日本女人都说话声音柔和语气维诺，但当我见识过猫村茉莉对陌生日本人打招呼的方式后，彻底明白这一切都是假象啊！

茉莉：你如果想笑就笑出来，我允许你嘲笑我一会儿，但是你必须马上忘记今天看的一切，听见没有？

　　周末黄昏，纽约街头，我和猫村茉莉约在第五大道某商务楼门口见面。 她今天到纽约是为了帮她父亲一个忙，父亲的一个工作伙伴到纽约参加一个会议，不懂英文，让茉莉去翻译一下。 我到约定地点的时候，猫村茉莉正在给那位日本老先生鞠躬道别，老先生关照了几句话，茉莉拼命地点头，面带微笑，语气轻柔，完全不是我认识的那个她。

我：我还是等那位老先生走远了再笑出声来吧，不然戳穿了你的真面目我可没好果子吃。 看来你装装样子，还挺像个传统日本女人的。 以前我还担心你这张嘴回日本都是怎么过日子的，看来是我多虑了啊。

茉莉：闭嘴。

我：都离开家那么多年了，除了家人和朋友，你就不想念日本吗？

茉莉：没有。

我：我知道你不喜欢那里的社交规则，但是故乡总是故乡啊，这个世界上没有远在他方的人会不怀念故乡的。

茉莉：你好烦。

我：茉莉，你再想想呗。

茉莉：没有。

我：不可能没有啊，想一想，那些特别纯粹的东西，和政治，风俗，文化，社交这些没有关系，总有让你怀念的吧？

茉莉：你还真是执着。

我：我以前在中国的时候也常常会对国内的某些方面不满，可是离家的次数越来越多，走得越来越远，就发现自己越来越爱我的故乡了。 茉莉，其实绝大多数人都是有这份情怀的。

茉莉：好吧，我投降。 有时候，我偶尔会想念，喧嚣都市之外的日本田园，风和日丽下的那份宁静。

故事十三 | 十月醉城勿欺人

它： 慕尼黑，德国，2013
我： 迈兮，中国人，21岁，大学生
它： 宾夕法尼亚，美国，2014
我： 迈兮，中国人，22岁，大学生

"……我真的很难过，他们都没有询问我一次，就认定我一定无法承担费用。其实我打工的钱完全够支付……我知道因为我是个黑人，所以他们就认为我一定拿着助学金，这就是他们歧视我的理由。"

台上的女孩已经哭哭啼啼10分钟了，我百无聊赖地坐在台下观赏这出"闹剧"已经一个小时了。这是我大学最后一年，因为自己快毕业了，想尽可能多参加校园活动，所以心血来潮去了一个短假拓展活动。这个拓展活动把学生们带到一个没有网络信号的地方住个三四天，围绕一些所谓"敏感禁忌"校园问题进行活动和讨论。第一天，主题是种族歧视，经过一天的活动，晚间独白是这个主题的收尾，任何人都可以走上台分享自己的经历、感受和想法。

整整一个小时，我听到的都是抱怨。就像现在台上的黑人女孩，她说曾经上过一节课，期末组织的一个小聚会没有人邀请她，因为同学们都断定她会因为无法支付聚餐费用而拒绝参加。看着这

姑娘抽泣，不知道为什么，我一点也不同情她。 整整一个学期拒绝了无数次人均消费 10 美元左右的小聚餐，别人认为她不会去 40 美金左右的年终大聚会也很正常。 我甚至觉得不邀请她可能还是同学们顾及她的面子，不至于把这个事情扯到种族歧视上去啊！

终于她哭完了，还把台下好几个人给"感动"哭了。 我"忍无可忍"，举起了手。 是时候了，我也需要一场独白。

我：大家晚上好，我叫迈兮，今年大四。 本来我是不想上台的，因为我并没有什么特别悲伤的经历需要一吐为快，而在刚刚过去的一小时里，我听了在座几位诉说的亲身经历的种族歧视，我感到非常气愤和失望。 使我失望的不是那些你们认为歧视了你们的人，而正是对你们！ 我觉得我有必要给大家分享一下我的一段经历，接着再看看你们怎么想吧。

大概一年前的现在，我在欧洲做交换生，还没有去欧洲的时候，我就有了在十月去一次慕尼黑的打算，因为在我很小的时候就听我父亲谈到过一年一度的德国啤酒节。 当我坐着红眼航班抵达慕尼黑的时候，特别特别兴奋，整个城市的人都为了这个节日穿上了传统的巴伐利亚服饰。 当时来接我的是我的一个中国老友，她是在慕尼黑的留学生。 整个慕尼黑城都飘着啤酒味，满大街的人都手握啤酒瓶。 我们两个女孩简单吃了饭，就前往了真正的啤酒节嘉年华，品尝啤酒小吃，和陌生人聊天。

天渐渐黑的时候，我的伙伴建议我去嘉年华里的游乐场区，因为那里有我们两人都喜欢的过山车。 过山车的工作人员一批一批把游客放进去，当铁链正好拦在我和我的伙伴面前的时候，我们俩都好开心。 这就意味着，下一批能最先入场挑座位的是我们。 我们

PAULA
PAULANR FE
ERSE

337

Munich
2013

兴奋地用中文讨论着等一下要坐第一排，旁边的女工作人员时不时白了我们几眼。很快，轮到我们了，可当我们正要在第一排的位置坐下来的时候，那个工作人员阻止了我们，反复说了几遍"no, no"，我和朋友都以为第一排的座位可能有故障，便想去坐第二排，但那时候第二排到第四排都坐了游客，于是我们坐在了第五排。可让我们没有想到的是，这时这位工作人员和最后入场的两位游客说起了德语，并让他们坐在了第一排座位上。

那一瞬间我很错愕，我试图给自己一个除了种族歧视以外的理由来解释我的遭遇。但我前前后后看了两遍，事实就是，除了我和我的朋友以外，剩下的所有游客都是白人。我用英文质问那个工作人员她为什么要这么做，她傲慢无礼地白了我一眼。接着，过山车发动了。我和我的朋友带着愤怒和不满，直冲云霄。这应该是我这辈子最糟糕的一次过山车体验。

当过山车停下来的时候，我和我的伙伴互相对视一眼。她是我多年的朋友，她了解我的性格，遇到不公平待遇，我从不保持沉默，她坚定地朝我点点头。我走到那个工作人员面前，直视她的双眼："女士，我希望你给我一个合理的解释，为什么排在队伍最前面的我和我的朋友不能坐在过山车的第一排，你却要把座位给后来进来的两个人？"她轻蔑地把头转过去，继续抽烟。我又重复了两遍，让她给我一个解释，她见我不走，居然说了一句"I don't speak English."（我不会说英语），接着试图把我和我的朋友推出那个区域。下一班过山车即将发送，那个地方也的确不适合我们推推攘攘。走出去前，我告诉她，这件事情没有那么简单就过去，如果你现在不给我一个解释，你会后悔的。

离开了过山车，我问我朋友是不是介意晚一点吃晚餐，因为我想为我们两个人讨一个公道，她表示支持。于是首先，我找到了一个嘉年华里的保安，向他询问如果游客受到了冒犯该去哪里，他把我和朋友带到了啤酒节警察办事处。我把事情经过对警察说了一遍，告诉他我们受到的冒犯叫做种族歧视，警察听后想了想，把我们引到了啤酒节管理处的某一间办公室，说等下会有专人来负责。

几分钟后，一个中年男子走了进来，身后跟着个老头。中年男子穿着衬衫打着领带，脖子上挂的工作牌显示他是个安全负责人，从姓氏拼写看得出他是个地道德国人。

"女士们，我首先需要向你们声明一件事情，每年啤酒节，德国的人手都不够，很多工作人员都不是德国人，大多数工作人员都是罗马尼亚人，你们刚才经历的事件也可能是这个原因。"

"谢谢你的信息。看得出先生你很爱国，但这和我并没有什么关系，我只知道我在德国的啤酒节受到了不正当的对待。"

"我对你们的遭遇感到遗憾，但是我想说的是，每年啤酒节都会发生许多乱七八糟的事情，毕竟到这个时间点，人人身体里酒精含量都不低。你应该感到庆幸这时候并没有人偷走了你的钱包、相机或是什么其他贵重物品，每年还会发生一些咸猪手事件……"

"不好意思先生，我必须打断你，请问你到底想说什么？偷窃和性骚扰与我刚才经历的事情并没有关系。谢谢你告诉我，过山车的工作人员是罗马尼亚人，不是德国人。我一直以来都相信德国人举世闻名的严谨公正态度在此刻处理这件事情上是不会让我失望的，不是吗？"

他尴尬地笑了笑，却还是继续扯话题。

"您介意我问您是什么国家人吗？很少看到东亚地游客英语说得那么好，呵呵。"

"我是中国人，未来你会看到更多英语说得和我一样好、甚至比我还好的中国人。 所以，请问这件事情你要怎么处理？"

"女士，人们来啤酒节是为了开心，我刚才也说了，每年都会发生一些不愉快的事情。 我的意思是，何不调整一下心情继续享受呢？ 这里是我们啤酒节的纪念巧克力，送给你们。"

"我让警察把我带到这里来不是为了拿两盒巧克力的，如果你没有解决这个问题的能力和方案，那么我给你一个。 我，需要那个过山车的工作人员向我和我的朋友道歉！"

他怔怔地看了我几秒钟，我能读得到他眼底的吃惊和不耐烦。接着，他转头看向那个和他一同走进来的老头。 老头走过来，笑呵呵地与我和我的同伴握手，原来他才是这间办公室的大 boss。

"说实话，这是我们第一次遇到亚洲游客来投诉这类问题。"

"这我相信，但也请您相信，我和我的朋友也绝对不是仅有的受到这类遭遇的游客。 有很多人可能因为语言不通，时间紧迫，或者其他原因无法来投诉。"

"女士们，请允许我再一次为你们在德国啤酒节的遭遇表示遗憾。 巧克力还是请你们收下，暂且听我说两句。 嘉年华里的很多娱乐设施是德国人私人承包的，承包老板们自己请工作人员，因为德国的人力资源昂贵，的确很多人都请了东欧一些国家的临时工，他们没有受到我们总部的培训，这的确是一个问题。 我可以陪同你们回那个过山车，找到这个设施的承包老板，让他给你们免费多玩几次过山车，好吗？"

这时候，一直沉默的我的伙伴突然开口："不，我只要她道歉。"我闻声看向她，我俩四目相对，我朝她点点头。

"老先生，感谢您的解释，巧克力我们收下了。 麻烦您陪我们走一次了，不过我们不需要免费再坐过山车，我们只要做错事的人为她的行为道歉。"

这位老先生陪我们找到了过山车的承包人，一个当时已经喝得满脸通红，说不利索英文的德国人。 老先生和他交涉了一下，这个承包人把罗马尼亚女员工找了出来。 最后的结局是这个女员工走了过来，向我和我的伙伴颔首，道歉，然后转身点了支烟。

从嘉年华往外走的路上，这位老先生问我了我一个问题。

"其实你看得出她眼里的不屑，她并不情愿对你们道歉，只是她的老板逼着她这么做的。"

"我知道。"

"我很佩服你做这件事的坚持，但是我并不认为你的行为可以改变她，她还是个种族歧视者，不是吗？"

"您说得一点儿也没错。 我并不认为我用自己作为一个游客的权益去逼她道歉能改变她的想法。 她是个种族歧视者，原因有很多种可能性，或许是生长环境的耳濡目染，也或许是她作为一个外来移民受不了德国人的歧视而产生的报复心理。 我做这件事若能改变她些许想法，那是附加分。 我真正的目的是，让她下一次有冲动对亚洲人做出种族歧视行为的时候，会犹豫。 她会犹豫对方也许不巧是个和我一样的人，不会忍气吞声，接着她会因此挨骂，被迫道歉，甚至丢了工作。 您试想一下，若是像我一样的人多了，也许终究改变不了她的想法，但却可以彻底遏制她的行为。"

"看来一开始是我们会错意了，我们没有主张让她道歉，就是因为我们不觉得能让她心悦诚服地道歉。 然而你在意的其实不是结果，而是过程。"

"这世界上本就有很多事，做了并不一定有结果，可那并不代表做这件事的过程没有意义啊。 快到嘉年华门口了，您不用送我们了，我们心里的那口气早就已经舒了，现在要去品尝德国美食——猪蹄配酸菜土豆泥啦。"

我一口气讲完了故事，看得出台下的人都听得入神，现在就是我要泼冷水的时候了。

我：谢谢大家听我讲完这个故事。 遇到种族歧视问题时，我认为首先需要考虑的是自己身处环境是否安全。 比如故事中的我，是在一个发达国家的一线城市的嘉年华上，环境安全和社会文明程度都是无须顾虑的因素，那么我就要为自己伸张正义。 如果我身处费城满是碎玻璃的楼房和小混混的某条马路，一个人冲出来对我竖中指说一句"fuck china"之类的话，我自然不会冲上去和他讲理。 刚才听在座的各位讲述自己在大学校园里遇到的种族歧视，我感到很无语也很无奈。 首先我觉得你们很多人过分敏感了，在一个绝大部分的学生都是来自精英阶层白人家庭的学校拿着助学金是一种无形压力，我理解。 然而如果你们真的觉得自己被歧视了，为什么不站出来表达不满呢？ 人遇到让自己不快乐的事情，无非两个方法，努力改变或者调整接受。 你们既没有去改变的勇气，也没有自我调整的能力，只会事后抱怨，这不是活该痛苦吗？ 我讲完了，希望对大家有启发，谢谢。

〈茉莉寒香〉

茉莉：明明是一样的刷子一样的洗涤剂，为什么每次轮到我洗厕所都比你们洗的时候干净一百倍？

　　从拓展活动回来，走进公寓，茉莉正在清洁厕所。 我喋喋不休地告诉茉莉拓展活动的情况，以及我一年前在德国的故事。 她擦完马桶抽水完毕，站起身，皱着眉头看着我，冷不丁来了这么一句话。

我：额，因为你要求比较高，会花在洗厕所上的时间和力气都比我们多。 好吧，因为你是日本人，比住在这个公寓里的其他人都爱干净多了……

她满意地点点头。 这才愿意把注意力转回我的话题。

茉莉：我记得我去德国的时候啊，最喜欢看马路上的警察了，一个个都一米九的高个子，身材挺拔，英俊迷人得很。 你说，好好的慕尼黑啤酒节，你不去找德国帅哥搭讪，却和个老头子开展深度对话。 我有时候真的无法理解你的脑回路。

我：猫村茉莉……

茉莉：啊哟哟，对不起，对不起，我开个小玩笑嘛。 我不明白你怎么会突发奇想去参加那样一个拓展活动。 除了种族歧视，他们还探讨哪些敏感话题？

我：性取向歧视，女权问题，校园性暴力，还有贫富阶级差别。

茉莉：你都是怎么看待剩下的这些问题的？

我：都是些好话题，但是我特别讨厌那些讨论。 因为遇到上述问题的人都像我说到的种族歧视一样，不去直面问题，而是拼命抱怨。 我相信活动的初衷是为了讨论，而不是做心理疏通，他们真的应该去看心理医生。 由于我并没有特殊性取向，不是女权运动者，没经历过校园性暴力，家境也不差，所以只能在种族歧视问题上给他们唱唱反调，毕竟我不是白人嘛。 希望他们听明白了，抱怨是最无能的行为。

茉莉：其实，家庭出身和阶级都是相对固化的。 当人与人之间的不同呈现出有高有低的局面，歧视之类的问题就产生了。 一个人要适应自己不属于的圈子会很困难，时间久了，这种无形的压力会让人扭曲的。

我：茉莉，我至今回想都有点不相信我说了"你们即没有去改变的勇气，也没有自我调整的能力，只会事后抱怨，这不是活该痛苦吗？"这句话。 台下不少人被我骂傻了，瞪大了眼睛，瘆得慌。

茉莉：但我想也一定有人鼓掌吧？

我：嗯。

茉莉：也许和我做朋友久了，不知不觉被我带坏了，会开始说那些单刀直入的真话了。

故事十四 ｜ 魔鬼的辩护者

它：爱丁堡，英国，2014
他：未知，澳大利亚人，25 岁，调酒师

伦敦希思罗机场海关。他花了大概一分钟检查我的护照，两分钟简单问问我的目的和行程，盖了入境章，却不给我护照，笃定地打量起我来：

"你今天出机场后，怎么去爱丁堡？"

"我坐火车去，先生，从伦敦去爱丁堡的火车票提前就定好了。"

"亲爱的，你得这么念，'爱丁堡'，像这样，再来一遍？"我照做了若干遍，大致上他是希望我把尾音念得更浑厚一点。这位海关老头非常耐心，一边纠正我的发音，一边翻着我的护照。

"我说你怎么说起话来像美国人，原来是从美国飞过来，估计在那儿待了很久吧。来，再念一遍，'爱丁堡'，像我这样。"

"Edinburgh……"

"嗯嗯，好多了好多了。祝你旅途愉快，亲爱的。"终于把护照还给我了。我琢磨着英国人到底是喜欢给外国人纠正发音呢，还是特别讨厌美式口音。

于是我开始慢慢习惯，马路上是找不到 trash 筒（美式英语里表

Edinburgh
2014.

示垃圾桶）的，得找 litter（英式英语里表示垃圾桶），underground（英式英语里表示地铁）代替了 metro（美式英语里表示地铁），football 终于是字面的意思，不再需要用 soccer 代表足球，rubber 也单纯指橡皮而不是避孕套……，顿时回到了小学时候学习的牛津英文课本，原来这些年美国把我最初学习英文的痕迹都洗干净了。

也许是因为我迫不及待想看看当时刚刚公投脱英失败不久后的苏格兰人民，也许是因为那条能追溯到 17 世纪鬼故事的玛丽金小道，也许是因为罗琳在这座城市创作了哈利波特，我迫切地想去爱丁堡。从爱丁堡火车站出来，就是那条把新城和旧城分隔开来的王子街，当时是晚秋，圣诞集市刚刚在街边搭了起来。我拖着行李箱走过，明明眼前是熙熙攘攘的人群，却有一种安静的热闹感觉。后来这种感觉伴随了我在爱丁堡的每一天。

在爱丁堡的第三天，已经非常熟悉这个城市的地形了。午后我参观了爱丁堡城堡，在那小坡上看完日落，一路沿着皇家英里大道离开。我特别喜欢这条宽敞的皇家英里大道边那些迷你小道，每条小道都有自己的秘密，也许你会发现推开一扇小门后是一个设计精美的大旅馆，也许你会找到好多家精品店，或是一个独一无二的画廊，也许有个才华横溢的小提琴家在拐角处等你……你若选一条小道一路向北走，便能从爱丁堡最古老的地方抵达新城。吃完了晚饭，我便决定选几条没走过的新小道去探秘。很随机地看到了你，这条叫作"advocates close"的小道。

走下这条小道的时候正是夕阳的橙黄逐渐消失干净、而月光才开始活泼的时候。走着走着，我看见前面的一小片石路上反射着暖暖的光……那不是月光，于是我朝小道两边张望，看见了玻璃门上写着两个字，原来在叫 advocates 的小道上有个叫"devil's advocates"的小酒吧，魔鬼的辩护者？

ADVOCATES BAR

advocato

devil's
advocate

Edinburgh
2014

我在吧台边坐下来，一连看着调酒师做完三杯鸡尾酒，他有棕褐色的头发，到耳根，散乱得很整齐，小麦色的皮肤，深绿色的眼睛，白衬衫，西装背带裤。他人好看，调酒动作娴熟，在那小酒吧暖暖的暗黄色灯光映衬下，就仿佛是个艺术品。我看着他调酒，慢慢开始放空，直到他开口说话把我给拽回来。

他：小姐，请问您需要什么？

我：我是游客，来杯你觉得一个过路人不该错过的特色吧。对了，千万不要给我一杯纯威士忌。

他：哈哈，这里只卖鸡尾酒和啤酒，能告诉我你选哪种，喜欢什么口感吗？

我：那就来杯鸡尾酒，口感不用太甜，微酸也是不错的。

他点头，微笑，又低头忙碌起来，开始为我制作饮料。

他：所以，你是很讨厌喝纯威士忌吗？

我：额……过去倒没有，从昨天开始有点抵触。

他：为什么？

我：昨天晚上了我去了 White Elephant Café①，之后走回旅馆的路上随意找了个小餐馆进去，当时只有老板一个人在吧台边，他告诉我马上打烊了，就等最后一桌吃完了饭正在喝酒聊天的客人们结账。我告诉他我不吃东西，就想来杯喝的，外面有点下雨，加上我有点冷，坐一会儿工夫就走。他爽快让我坐下来，

① White Elephant Café：位于爱丁堡的一家咖啡馆，因 J.K.罗琳在那里创作《哈利·波特》系列而出名。

不一会儿端来了一个装满了威士忌的玻璃杯。 我正纳闷，他告诉我这是他店里唯一的饮料。 这一小口，我简直觉得是一把火从我的舌头烧过整条食管，最后在胃里爆炸，再来一小口，呛了我好一阵子。 这老板看着我放肆地笑起来，他说我是乱入了老男人俱乐部，去这餐馆里喝酒吃饭的都是老家伙。 我回头看了眼房间另一角吃饭喝酒的——四个穿着讲究、头发花白的老头，人手一杯威士忌，桌上十几个空玻璃杯。

他： 我猜你一定喝不完那杯酒，希望你会喜欢今天我这杯。 调好了，马上倒进杯子里。

我： 没错，我实在喝不下口，于是听那老板吐槽了好一阵子，全当作浪费他好酒的赔罪了。 话说也是有意思，他只有 32 岁却接手了那个都是老男人去的餐厅。 前阵子独立公投的时候他可不爽了，因为大多数支持苏格兰独立的都是年轻人，所以每天看到那些老男人们到餐馆里喝酒庆祝苏格兰留在英国他就气不打一处来。 然后他还轻声轻语地告诉我，总有一天还会有第二次独立公投，等那些老家伙们都去见上帝了苏格兰就能独立了。 他有句话我记忆深刻："只要活着，活得比敌人久，就有希望。" 哇，你调的这杯酒好漂亮!

　　玻璃高脚杯里是淡黄色的液体，上面漂着几片薄荷叶。 我喝了一小口，的确是微酸，口感清爽。 我朝调酒师竖了个大拇指，他还是微笑，点头，然后接过服务员送来的单子，开始制作别的客人的鸡尾酒。

我： 所以独立公投你投票了吗? 我好奇那老板说的是不是事实，年轻人都支持独立?

他：这个问题我没想过，因为我没有投票权。

我：你不是苏格兰人？

他：我像吗？ 我不像吗？

他顿了顿，换了种口音。

他：看来我的确在这里待久了，是时候换个地方了，连家乡的口音都快忘了。

我：你难道是澳大利亚人？

他：是吗？ 不是吗？ 其实你听力不错。

我：可是你不像澳大利亚人啊！ 看了你那么久，你的气场还是很符合这里的苏格兰人。

他：澳大利亚人该有什么气场？

我：那种太阳晒多了、浑身自带金光的气场。

他：哈哈哈哈，看来是英国的鬼天气毁了我。

我：你来这里多久了？

他：差不多十个月了，打算再过五个月离开这里去秘鲁，其实我在想，或许我应该把离开的时间提前一下，不过这酒吧老板未必喜欢这个主意。

我：你在这里上学吗？ 怎么会决定从澳大利亚来这里的？

他：我今年25岁了，没上过大学估计也不会上了吧。 高中毕业的时候我不是很清楚要不要上大学，就先去技术学校学习了两个技能，一个是调酒，另一个是木工。 后来我跑去珀斯当调酒师，没什么特别原因，大家都说那是澳大利亚收入最高的地方。 我在那里爱上了个新西兰姑娘，于是半年后我和她一起去了新西兰，我在新西兰当调酒师。 接着我们分手了，我在新西兰各处玩了一圈，又认识了个来学英文的日本姑娘，然后她说她爱上我了，她的语言课程结束后我就打了个包和她去了日本，没多久发现语言沟通是我们之间很大的障碍，分手后我在日本玩了一圈，之后在东京当了一阵子调酒师，旅行签证过期前我回了澳大利亚。 一年多前我在墨尔本当调酒师，认识了来旅行的苏格兰姑娘，她是爱丁堡大学的学生，于是我就来到这里了。

我：然后你们分手了，你遇到了个秘鲁姑娘，坠入爱河了，所以你要去秘鲁了吗？

他：前半段对了。 然而并没有什么秘鲁姑娘，我只是突然有一天在这个酒吧里遇到一个秘鲁老男人，就坐在你右手边这个位子上，就像我俩这样聊天，他和我说到很多秘鲁的事情，我突然很想去那里。 说不定这次等我到了秘鲁就会遇到新的爱人。

我：也是，一直是爱人帮你选目的地，不好玩了，这次该换作目的地帮你选爱人了。

他：我还是挺喜欢你这个说法的。

　　他挑了挑眉毛，把新做好的三杯酒放进一个托盘，一个服务生把酒端走。 并没有新的点单，他便双手插在胸前，若有所思。

我：怎么会来这家店工作？

他：我和我的苏格兰前任分手的那天，一个人在皇家英里大道上乱逛，莫名其妙走进这条小道，一路上想着我的人生。 旅行，酒精，爱情，数来数去好像也就是这三样东西。 这三样东西把我的人生弄得毫无章法，却又好像有规律，真是三个能让人上瘾的魔鬼。 就在这个时候我看到了这家店，魔鬼的辩护者，你不觉得就是为我而存在的吗？

我： 人家都说调酒师当久了，就会听闻许多有趣的故事，而你本身就是个无与伦比的传奇。 你打算去秘鲁就快去吧，剩下五个月的时间，万一不小心爱上了个姑娘，可能目的地就不是秘鲁了。

他： 若真如此，也是命运的安排，我认了。

    他露出一个自嘲式的微笑。 我低头发现鸡尾酒杯快空了。

我： 走之前有最后个问题要问你。 这酒的配方能告诉我吗？

他： 这酒的配方是秘密。

我： 噢？

他： 每当遇到信任我的客人愿意尝试不在酒单上的酒，作为回报这款酒我只会调一次。 这才配得上量身定制。 换个问题问我？

我： 好吧，你彻底说服我了。 不过我的确还有个问题。 我注意到每次鸡尾酒装杯后你都会用橙皮擦一擦玻璃高脚，这是为什么？吸水汽吗？

他： 把你杯子里的酒喝完。

我： 什么？

他： 快，把你杯子里的酒喝完。

    我不明白他为什么答非所问，但还是照做，把杯子里剩下的一点点酒喝了。 接着他指着我刚刚放下酒杯的右手。

他： 现在，闻一闻。

    我把右手放到鼻子前，嗅到了来自指尖的一阵淡淡的清香，恍然大悟抬头与他对视，这一次他咧嘴笑，露出了整整十二颗牙齿。

Edinburgh
2019

他：我的生活看似一团糟，不过我对我所挚爱的东西总是执着追求
　　完美，哪怕是一个小小的细节。 酒精，旅行，和爱情是魔鬼，
　　也是好东西……

我：也许很多人不会发现这个小小的细节。

他：惊喜总是留给关注生活细节的人。

　　然后他冲我眨了下眼睛，还是咧着嘴笑，我相信他一定是从那
一刻我的表情里捕捉到了感动。 我并没有问他究竟是在鸡尾酒学校
里还是在某个他驻足过的小酒吧里学了这招，重要的是发现这个小
细节的惊喜，让我快乐到了心窝里。

他：你就不问问我叫什么名字?

　　我结完账要起身离开的时候他问了我这一句，恢复了一开始的
微笑。 是啊，居然头一次，故事都讲完了，我还没问讲故事的人的
名字。

我：名字是代号，帮助我们分辨并记住萍水相逢的人。 而我，恐怕
　　很难忘记你，所以名字就免了吧。

　　再见了，魔鬼的辩护者。

〈茉莉寒香〉

　　美国东北部的冬天很漫长，最久的时候可以从 11 月持续到第二

年的3月。 在大学的最后一个冬天，我和茉莉的寓友里有个姑娘特别喜欢做一种饮料，把苹果西打汁加热后混入朗姆酒。 这种饮料很快取代了热巧克力，成为我们的最爱。 从漫天飞雪里回到宿舍，必定要一杯苹果西打汁加朗姆酒下肚。 暖暖的身体裹着毛毯窝在沙发里，微醺的脑袋思考着第二天要交的论文——女大学生们的寒冬日常。

我会想到魔鬼的辩护者里的故事，是因为苹果西打汁加朗姆酒的颜色和那调酒师为我制作的神秘饮料一模一样。 讲完故事的时候，我的一个寓友开始发表自己对那调酒师的爱慕欣赏之情，另一个寓友则很想弄明白我那天喝的鸡尾酒的口感是否也和苹果西打汁加朗姆酒相似。 猫村茉莉一直很安静，我默默期待着她一会儿会说出怎样的犀利话来。 这不，喝完了杯子里的酒，她踱步到灶台续杯的时候，开口了。

茉莉：有时候，我真希望能告诉我祖国的女性们，先学好外语再出去结识男人！

我：啊？ 你的思维怎么跳跃到那里去的？

茉莉：我怎么思维跳跃了？ 不是你说的嘛，调酒师在新西兰遇到一个学英语的日本人，然后那姑娘爱上他了，他就跟着去了日本，直到后来发现无法沟通而分手。

我：哦哦哦，茉莉你可真是关心细节。

茉莉：记不记得我曾经和你说过，日本就是因为这样的女人多了，所以才会有无数在单亲家庭长大的混血儿？

我：记得，记得。

茉莉：算了算了，这些都不是重点。 重点是，你们都觉得这个调酒师很迷人是不是？ 设想一下，如果他不是25岁，是45岁，或者 55 岁，甚至秃顶肥胖，你们还会这么觉得吗？ 25 岁的他是把人生过成旅行、酒精和爱情，若换成中年男人那就是个处处留情、居无定所的蠢蛋了。 这个故事美，很重要的因素是他 25 岁，我相信也有不少四五十岁还过着这样日子的男人，只不过你去酒吧应该不会主动找他们聊天。 浪漫的不是这个男人，而是 25 岁！

猫村茉莉这段话说完，屋子里的姑娘们都安静了，她的话往一群沉醉在浪漫美梦的人头上倒了一桶冰。 姑娘们有的面露不服气，可又都无言反驳。 渐渐茉莉也意识到了这阵尴尬，清了清嗓子，打破了安静。

茉莉：不好意思各位，今天我有点冲，大概喝多了。 其实我很喜欢那个故事，特别是他身上那股执着劲儿，希望他只是把人生的一段过成旅行、酒精和爱情。
我：我直到今天才意识到，原来你喜欢稳重靠谱的男人……
茉莉：呵呵，因为这样的性格和我比较互补。

故事十五 | 月光逐银环

它：麦德林，哥伦比亚，2014

他：齐绮，哥伦比亚人，25岁，休整年

它：伦敦，英国，2014

他：倪霓，英国人，40岁，管风琴演奏家

从爱丁堡开往伦敦的火车，四个半小时，我从瞌睡中睁开眼睛，拿出手机查看时间，发现有个熟睡时的未接来电。这时候手机又响了，同一个号码，我按下接听按钮。

"亲爱的，你到哪里了？"

"快到伦敦了吧，对不起，刚才睡太熟了。等下怎么见？"

"宝贝我这会忙着呢，你到了就坐地铁到哈罗德百货逛逛，我8点在那里等你，kiss kiss，拜拜。"

两小时后，我特意在去会面地点前跑到洗手间整理我的头发和因为酣睡而弄花了的妆，拿着去参加重要场合的标准对着镜子打量自己很久。因为在他面前，形象容不得半点马虎。8点前2分钟我拖着我的行李箱等在了约定商场的某精品店门口，左顾右盼。已经有半年没见齐绮了，社交网站照片上的他在秋日蓄起了胡须，我一直觉得那胡须毁了他小鲜肉的形象……

"亲爱的！"一个厚实的拥抱把我从怀旧遐想中拉回，还有硬胡渣戳我额头，如我预计，他开始从头到脚打量我。

齐绮：你看起来很好，围巾漂亮，外套不错，靴子俏皮，如果颜色淡
　　　点就更好了……我说亲爱的，这些日子在爱丁堡玩得还开心吗？

　　就像每个拉丁美男人，他的头发永远是被发胶完美打造，身上
飘着香水味。

我：不错，爱丁堡很漂亮，英国人好喜欢纠正我英文发音啊，哈哈。
　　他们好像很讨厌美国口音。
齐绮：古板的英国佬都这样。　亲爱的，走，我们上楼去，等下倪霓
　　　来了我们就去吃好东西。　丫头，你记住了，见到倪霓千万别提
　　　夏天我们俩都玩了些什么。　不不不，不要提夏天就好，你只许
　　　说我们夏天认识。　倪霓是非常传统的英格兰人，而你知道整个
　　　夏天我活得放荡不羁……
我：原来你只有夏天放荡啊，我以为你一直是。

　　齐绮狠狠地白了我一眼。

我：齐绮，我认真问你句，你和倪霓一切都好？
齐绮：是的，亲爱的，回到英国后我们和好如初了。

〈六个月前，麦德林〉

　　第一次见到齐绮是一个初夏的星期一下午，那天是哥伦比亚的

170

法定休息日，我闲着无聊去参加一个野餐派对。 这是一个为在哥伦比亚第二大城市——麦德林的外国年轻人开的野餐活动，百分之九十左右的参与者都是美国人或者英国人。 我打量着人群，看到不远处有个亚洲男孩子，正在说他来自中国香港。 我心想有点意思，这好像是我第一次在哥伦比亚的社交场合发现我不是唯一一个亚洲面孔。

"亚洲小姐，你站在这白人堆里干嘛呢？"这便是齐绮对我说的第一句话。 我抬头瞪他，道："拉丁美男人，你又穿得个好似英国佬的样子在这白人堆里干嘛？"齐绮长得非常漂亮，我遇到过的很多拉丁美洲人都长着深邃的眼睛和又长又翘的睫毛，肤色总是恰到好处的古铜色。 哥伦比亚是出美男美女的地方，唯一缺陷就是那里人个子普遍不高，于是齐绮超过 180 cm 的个头在那里算是非常显眼，不过他瞬间抓住我眼球的是那一身与哥伦比亚时尚格格不入的英伦风着装。

招待野餐的主人上了一道有特色的小食——arepa，那是一种用大米做的烤饼，哥伦比亚人对它的依赖好比中国人对米饭，一般来说没味道，配着菜吃。 那天的 arepa 上放了层奶酪，瞬间刺激了我的味蕾。 每次我快要吃完的时候，齐绮就不知从哪里冒出来，扭着小腰，给我端来几块刚出炉的奶酪加 arepa。 记得我一共吃了9块；那天我除了齐绮没有交任何新的朋友，因为每当我刚有时间和人闲聊时齐绮便端来了新的烤饼。 后来齐绮告诉我他也不知道为什么，从看到我第一眼就总想着讨好我。

因为几句调侃和几张烤饼，我和齐绮成了朋友。 他是个不太地道的哥伦比亚人，人生有一半是在英国度过，对麦德林的了解还没当时初来乍到一个月的我多；他却又是个很典型的哥伦比亚人，热情爱交际，喜好可归纳为把酒当水喝、把跳舞当走路方式。 齐绮身上总是有某种神秘感，所有人仿佛都在议论他却没有人真正了解他。 当初夏渐渐变成盛夏，躁动的朋友圈里对齐绮的议论越来越多，他们说齐绮是同性恋，在欧洲有两个男朋友。

有人说，每个女孩都不仅要有几个靠谱的闺蜜，还要有几个可遇不可求的 gay 蜜。 他若风流倜傥，你便拉他上街惹一众姑娘羡慕嫉妒恨，他若心思细密，你便和他同窝一个沙发讲心事讲到天亮。

一天下班齐绮突然约我晚饭后出去，在一家酒店顶楼叫"妒忌"的酒吧。 我到的时候齐绮正和两个男人坐在一起喝着金汤力。看到我时他兴奋地招手，介绍了他的朋友，为我调了一杯金汤力后把我拉到一边的玻璃棚。 映入眼帘的是麦德林的夜景，眯起眼睛看这座在山谷里的城市夜景常常让我联想到远在地球那一头家乡的一个城市——重庆。

齐绮： 亲爱的，你知道吗？ 这是我在麦德林最喜欢的地方，我就是喜欢边喝酒边看夜景。

我： 齐绮我觉得你应该把这句话换一种说法，你是喜欢做任何事情都有酒精做调味品。

齐绮： 亲爱的，你太坏了。 今天我们玩个游戏好不好，就是今晚你扮演我的女朋友，我扮演你的男朋友好不好？

我： 齐绮，一直想问你，大家都说你在欧洲有两个男朋友……

我很想确认一下他是不是个 gay，刚扯到这个话题他便打断了我。

齐绮： 亲爱的，知道我为什么那么喜欢你吗？ 因为别人喜欢在背后讨论我，而你自己跑来问我。 我喜欢男人这是真的，我以为你早就看出来了呢！ 从我第一天看到你就感觉到你不歧视同性恋。 回答你刚才的问题，你可知道男朋友和情人的概念是不一样的？ 正确说，我在这个世界各地有许多许多的情人才对！

他开始朝我眨眼睛，迷人至极。

我：这样啊……齐绮……那……

齐绮：嘘，亲爱的，这个问题下次再说。 这么美的夜晚，这么浪漫的场合，我们不找人接吻是不是太可惜了？

我：你可以考虑下和你一起来的那两位男士，齐绮。

这时我回头，却看到那两个和齐绮一起来的男人正坐在沙发上忘情接吻。

我：刚才的话当我没说，齐绮，看来今天你吻不成了。

只见他狡猾地看着我，眼珠子贼溜溜地打转，然后冷不丁地吻了一下我的嘴唇，正确地说是舔了一下。

齐绮：亲爱的，你应该没和男同志接过吻吧？ 人生就是不停在自己没做过事情的清单上把那些事情一件件划去。 比如今天，我不介意为了让你此生有个难忘的第一次和男同志接吻的回忆而牺牲下我自己。 喔呵呵呵呵。 你为什么眼睛瞪得比天上的月亮还大？ 是不是因为我太英俊了？ 嘿嘿嘿嘿嘿，不过在那之前你得帮我个忙。

我：什么？

齐绮：你快去阻止我那两个在接吻的朋友，这两个英国佬根本不明白哥伦比亚可没有英国对待同性恋那么态度开放，这么吻下去会被赶出酒吧的。

我：齐绮……我才刚认识他们不到半小时，这么做不太好吧？ 你干嘛不自己去那边喊停？ 好歹他们是你朋友。

齐绮：亲爱的，首先他们算不上我的朋友，我是今天白天在 tinder 上搭上他们的。 其次，如果我去阻止他们，他们俩都会觉得我嫉妒心作祟，以为是我想和他们接吻啊！ 啊哟哟，你知道长得像我这么帅气就是这点不方便。

我：……

　　那天晚上我从我没做过事情清单里划去了好几项，一切从被齐绮偷吻后去劝阻两个吻得忘情的男人开始。 我硬着头皮走过去，戳了其中一个男同志肩膀一下，小声说道："那个……两位先生……齐绮和我说哥伦比亚不比英国……你们两个男人在公共场合吻下去可能会被赶出去……"我话音刚落，身后便传来齐绮的奸笑，还把他嘴里的酒精喷在了我的手臂上。

　　子夜的时候，齐绮让我帮忙给他的两个不会说西班牙语的朋友叫出租车。 他自己不适合去做这件事情，因为他太英俊容易被那两人拖上出租车。 等他们上车了，我转身却见齐绮慵懒地半倚在一辆蓝色的兰博基尼车旁边和两个男人聊着天。

齐绮：亲爱的，他们正要开车去一个叫 estrella^① 的地方，星星的意思啊，这么美的夜晚去一个叫星星的地方好浪漫，一起走吧！

---

　　① Estrella：麦德林市郊地名，字面意思为"星星"。

我：齐绮，estrella 好像是地铁最末尾一站，那是好远的市郊吧？ 他俩谁啊？ 你刚搭上的?

齐绮一蹦一跳凑到我耳边，还不时对着兰博基尼车边的两个男人飞吻。

齐绮：亲爱的，我也不知道他们是谁，但是这辆车我好喜欢，你不觉得这么美的夜晚，坐进这辆和天空一般闪耀的车里去一个叫星星的地方实在是太浪漫了吗？ 我知道酒精正在我身体里调皮地捉弄我，但是趁着我现在年轻，我只想去放逐自己。 等天亮的时候我可以告诉你我的故事，现在你愿意在这个奇妙的夜晚陪我去放逐吗?

后来我才知道真正属于那个夜晚的故事是从我跳上那辆车开始的。 那场盛夏夜晚的放逐里，有漫天飘散的香槟泡沫，有妖艳性感的脱衣舞女郎，……后来齐绮终于累了，席地而坐晒着月光，那月光有一瞬在他指尖一闪一亮……

在麦德林工作的日子，我喜欢每天下午喝一杯黑咖啡，慢慢品味来自 Andes 山脉纯正新鲜咖啡豆的味道，驱散午餐后的困意，并且想想心事。 那时，齐绮就是我最喜欢想的心事。 年轻人，共同经历过一些疯狂的事情后，便会生成那么种奇妙的友谊。齐绮常常想出新点子找我打发闲暇，比如去跳蚤市场吃水果，比如他会拿着摄像机跟着我拍"纪录片"还取名叫"当一个亚洲小姐嫁给了哥伦比亚男人并生下一支足球队——前传"……他还喜欢打赌，他说我一定会和哥伦比亚人结婚，婚礼上的"伴娘"一定是他。

Madellin
2014

一天下午齐绮约我吃饭，说是他的爸爸妈妈来麦德林看他，身为他在麦德林最好朋友的我必须出席。 这是一顿极其丰盛的午餐，但是气场尴尬无比，因为齐绮的父母对我实在太热情。 后来我问齐绮上一次带着个姑娘和爸妈吃饭是什么时候，他笑嘻嘻看着我说："亲爱的，大概五年多前吧，我还没有出柜的时候。"

那个午后的咖啡特别苦，齐绮嘴角微笑里的心痛更苦。 他说，他特别不喜欢回到哥伦比亚，因为在大洋另一端的英国，人们能完全接受只喜欢男人的他，而在家乡，即使坦白后父母也不能理解，还执着相信有一天齐绮会放弃男人喜欢女人。 齐绮说，他本该为自己的家庭骄傲，因为爷爷曾经是掌握兵权的将军，可惜身为"军三代"的他喜欢男人，那便是丑闻。 齐绮说，如果一个人恨自己的家乡，那么家乡便不是家乡，他在寻找的只是能接纳他的地方。

齐绮勾着我的肩膀和我用英文诉说着他的心事的时候，他的父母就坐在我们对面，却听不懂我们说什么。 有时候，真相一直都在，离我们最近又最远的地方。

齐绮：亲爱的，我在伦敦结过婚，他叫倪霓，可是我的婚姻出状况了，于是我们打算分开一段时间。 回到家乡，我不能和家人提及他的名字，我会默默疗伤，夏天结束的时候我还会回到伦敦。 到那时候我该把最好的自己留给谁呢？

〈六个月后的现在，伦敦〉

伦敦的第一餐，齐绮带着我去了一家他和倪霓都很喜欢的餐厅，倪霓已经在等位。 我们走到餐厅的吧台区，三三两两等位的客人中，有一个穿着深蓝色西装的男人，独自坐着晃着手中玻璃杯里的白葡萄酒，他转过身对我淡淡地微笑，点头。 倪霓，原来他比齐绮还英俊。

这个世界上有很多事情是出人意料般不公平的。 我曾经在曼谷的一家咖啡厅和闺蜜喝着奶茶、啃着爆米花，窃窃私语混血服务员小哥实在太帅气。 离开那家咖啡厅时，却见那小哥在小巷里和一个大叔手牵手离去，留下我们满脸错愕。 再看看此刻眼前坐在我对面的男子，没有瑕疵的配色，绅士的打扮，帅气的面孔，优雅的微笑。 这些都是你看得到的，还有很多是你看不到的，比如他出身名门，比如他从剑桥大学毕业，比如他会七种乐器，比如他会唱专业美声，比如他通晓历史政治，再比如他已婚，他爱的是我身边这个小他 15 岁、玩世不恭的齐绮。

倪霓和齐绮总会让我联想到一个英国同性恋作家——威廉·萨默塞特·毛姆。 他晚年时说："四分之三的我喜欢的是同性，四分之一的我喜欢的是异性。 可惜在我大半的人生里我都试图向人们证明四分之三的我喜欢的是异性。"毛姆风度翩翩，才华横溢，40 岁那年抛弃了他美丽的妻子可爱的孩子，因为他爱上了个"小贱人"——一个 22 岁的男孩。 他们中间夹着伦理、流言蜚语、十八年的光阴，还有小贱人时不时的偷情。 可是毛姆离不开他，视他为写作的灵感。 这种爱最后变成了疯狂的行为，他为了让情人继承遗产而通过法律途径收养他，使自己和亲生女儿关系破裂。

无数人想不明白毛姆的爱，我也想不通倪霓的爱，我曾经在脑海中勾画过无数遍倪霓的样子，而真实的他比我想象中的完美太多。 也许绅士注定都爱"小贱人"？

我喜欢和倪霓聊天，因为他成熟睿智，他说的很多话都值得我推敲很久。我问他为什么会和齐绮结婚，他说，因为默契。聚会上，他们会同时想出去吹吹风、抽几口烟，却又都不想抽完一支，而两个人正好总能分享完一支烟，这便是默契。

在伦敦的日子里，白天我游走景点约见朋友，晚上睡觉前总会和倪霓聊天。他是个优雅的英格兰人，喜欢泡茶，然后与我聊中国、印度和英国茶叶的不同。他也是个古板的英格兰人，每天都准点睡觉。这天他精神很好，边看电视边喝茶，一边的我在写明信片，有一句没一句和他聊天。

倪霓：在中国，你们怎么看待同性恋的？

我：开放程度绝对不能和英国比，不过社会在进步，至少我的同龄人大多都能在朋友圈里出柜，但告诉父母还是有压力。至于我们父母这一代，那就很少有公开的了，估计不少都是结婚生子多年后才发现自己喜欢同性，挺可怜的。

倪霓：我赞同你的观点，社会会给孩子一种误导，就是男人只能和女人在一起，对于天生喜欢同性的孩子们，成长、认知自己、接受自己的过程被扼杀，而等他们意识到后痛苦不堪。我很庆幸我出生在英国，我从小就知道男人可以和女人在一起，也可以和男人在一起，女人也可以喜欢女人，而有的人既喜欢男人也喜欢女人也没错。我从五岁起便认知了自己。而齐绮是在二十多岁才真正认知并接受自己的。

我：倪霓，我有个问题，你不信教但在成长过程中多少也受基督教影响吧？基督教反对同性恋又给你成长制造冲突吗？

倪霓：让我告诉你两个小故事。我爸爸一辈子都是虔诚的教徒，他接受我、爱我，但是我心里一直觉得，有一个同性恋儿子对他来说一定是很难熬的事实。 我父亲临终前，神父要见他让他做最后的祷告，你猜我父亲说什么？ 他在我耳边说："你出去告诉那神父，让他给我闭嘴，有多远滚多远！ 他为什么不先去见上帝！"第二个故事，你今天去逛的西敏寺，我以前经常被邀请去为重要宗教活动弹管风琴。 我根本不信上帝，但是他们付给我很好的酬劳，所以我为他们演奏，当我穿上正装、弹出上帝的歌谣，在人们眼里我就是神圣的，可是我心里根本没有上帝，很可笑不是吗？

我： 这真的很有趣，这世界上有的人大难临头生死攸关，宗教成了救命稻草；却也有人一辈子虔诚守教，临终前却觉得信仰是个大笑话。 我以前也参加过学校的唱诗班，但是我也不信上帝。我穿着端庄的裙子站在礼堂里歌颂上帝，只是为了多拿个学分而已。 在虔诚的教徒眼里，我唱那些神曲时刻也是无比神圣的吧。 人们看到相同的东西，产生不同的遐想，最后编排一个自己最愿意相信的真相。

倪霓： 明明是人类创造了宗教，偏偏相信是上帝创造了我们，在我看来，可笑至极。 亲爱的，是我该睡觉的时间了，你可别等齐绮，他今天心情不好，一定又是不醉不归，我老了，不像他那般有能挥霍的青春。 明天见，晚安。

写完明信片放下笔的时候夜已深，齐绮还没有回家。

"If you hate gay people, blame straight people, because they are the ones who keep making gay babies."倪霓说，"如果你讨厌同性恋，那么你应该去怪那些不是同性恋的人们，因为是他们创造出了同性恋的生命。"

伦敦的最后一夜我特意早早回去收拾行李，想睡足了觉赶早班飞机。 两天前在海德公园的 Winter Wonderland① 我不停地赢一种扔小球的游戏，这会儿把赢得的奖品打上大大的蝴蝶结留给齐绮。人生中总有意外惊喜，给我们创造出美妙的感觉，但是有些美好是不能带走的，好比这只巨型的雪人玩具就不能陪我上飞机。

过去两天我只能在早晨看到齐绮，晚上他总是酒醉而归，倪霓说多年以来齐绮一直改不掉用酒精麻痹自己的习惯。 我问他为何不阻止齐绮，他说，我也年轻过，我是他的伴侣，不是他的父亲。

我听见敲门的声音，打开房门，看见齐绮跌跌撞撞走进客厅，重重把自己摔在沙发上，他不停喃喃自语，眼角泛着泪花。 我本想推醒他和他说再见，却不知怎么的站在原地不动。 窗外的月光静静洒在齐绮身上，伦敦的月光和麦德林的一样，仿佛特别迷恋齐绮指间的银环。 倪霓告诉过我那白金戒指是他们的结婚对戒，但每次齐绮离开伦敦回哥伦比亚，都要把戒指脱下来藏好。 我望着他，思绪飘到了那个盛夏的夜晚，那场放逐之后，那个坐在月光下的齐绮，那一闪一亮的指间光。 亲爱的齐绮，你的愿望一定是有一天，能在你的家乡，让这枚象征爱情的指环，沐浴日光。 我为齐绮盖上一条毛毯，伦敦的最后一夜，注定难眠。

天微亮，倪霓已经起床，要送我去机场。 倪霓说平时他喜欢坐公共交通上班，节假日开车放松，他喜欢开车，也希望我会喜欢他的车。 看到倪霓座驾的一瞬间我愣住了，这不就是盛夏夜晚齐绮拉着我跳上的那辆被他称为颜色如同星空的兰博基尼吗？

原来每一个选择都有一个原因，每一份浪漫都沉淀了一个故事。 在盛夏放逐自己的齐绮，最想念的一直是倪霓。

倪霓绅士般地为我开车门，调节座位，摆放行李。 他问我 2015

① Winter Wonderland：每年 12 月在伦敦海德公园里的圣诞嘉年华。

年的心愿是什么，我开始贪心地数着我的愿望，然后问他有什么心愿。

倪霓：亲爱的，我希望齐绮的家人能接受我，他们不必对我如同我的家人对待齐绮，只希望齐绮能在家人面前轻松提到我的名字，你说有可能吗？

　　我望着车窗外，天上还挂着月亮，远方渐渐出现日光，我会为你们祈祷。
　　早安伦敦，再见齐绮。

〈茉莉寒香〉

茉莉：倪霓从小就知道自己喜欢男人，而齐绮是长大了才发现的？
我：是这样。齐绮说那是他高中时候参加一个派对，他喝多了，不小心吻了个男人，然后突然发现那感觉比和姑娘接吻爽太多了，后来就一发不可收拾，只想和男人约会了。他还告诉我，有不少男同志都是在这类契机下发现自己真正性取向的。
茉莉：有点意思，这么看来青少年都应该醉次酒，吻一次同性，这样更多人能早早发现自己性取向，然后出柜。
我：从来不知道你对同性恋运动那么上心。
茉莉：你错了，我只是觉得这世界上同性恋多了是好事。早就和你说过，这地球快要不能忍受那么多人了。同性恋多了可以有效控制人类繁殖下一代。
我：可是现在很多同性恋接受精子卵子捐献，还是能有孩子的。齐绮和倪霓就有和我提到过也许以后他们会要孩子。

茉莉：我希望那个时候你不要傻乎乎去给他们捐献你的卵子。

我：茉莉，即使我不捐献，你也阻止不了他们要孩子，他们可以找到别人捐献的。

茉莉又瞄了两眼我给她看的我和齐绮还有倪霓的合影，冷冷地笑了笑。

茉莉：他们长得那么好看，我觉得可以繁殖后代，只不过应该找个超模或者选美皇后要卵子才不浪费那么好的基因。 呵呵。

我：猫村茉莉，你欠揍！

故事十六 ｜ 夜夜逃亡

它：麦德林，哥伦比亚，2014
她：Jackie，美国人，21 岁，大学生

我清楚记得有那么一秒钟我的屁股腾空了，我坐在出租车后排，地点是四季如春的麦德林都市马路，没有下雨，但他愣是把车开出了漂移的效果……

在麦德林公共交通是比较方便的，不过夜间人们都会打出租车，因为公共交通关闭的时间比较早。当地朋友们都建议我用 app 打车，这样的话司机知道有记录就会"行为检点"。其实整体上社会治安还是不错的，我在麦德林居住的两个月里打了无数次出租车，一共遇到过两次"行为不检点"，这两次还都是我在马路上随意叫的出租车。

一次"行为不检点"是去朋友家的路上，那司机一路搭讪，我装听不懂，最后我要付钱下车的时候他要我把电话号码给他，否则不给结账。我当时还真有冲动就直接下车走人了，不过我演的是听不懂西班牙语的戏，于是耐心等了两分钟，等司机看到从目的地出来接我的朋友是男性时，立马老实了，收了钱乖乖闭嘴闪人。这国家的男人，自信心爆棚，不会从女性是不是反感你的角度去决定搭讪与否，而是从这个女性身边有没有站着个男人的直观状态来决

定，真是无奈。

还有一次"行为不检点"就是这个夜晚了，这位司机从我一上车就在讲电话。我本打算回家的，告诉了他我公寓地址，他答应了一声，继续讲电话，并且用风一样的速度启动了车。"噢，我的爱人，你听我说，我心里一直想着你，我即将来到你身边……"他就是用这么一种半诗歌体的句子讲着电话，慢慢还唱了起来，唱几句再用诗歌体讲话。这车自从我坐上去就没停下来过，风一般驰骋，绿灯行，红灯加速行，拐弯从不减速，并且都能拐出直角感。我在屁股腾空一次后，立马给自己系上后排安全带。接着我意识到了这车里有股大麻的味道，而这位仁兄指不定还嗑了更猛的药。"那个，师傅，我改变主意了，到 Parque Lleras 放我下来吧。"我知道我得赶快下车，但是嗑了药的人最不喜欢别人扫兴了，我若叫他立即停车，他还未必停呢！ Parque Lleras 离我当时在的位置近，是喊停车最好的选择。

"姑娘，如此美妙的周五夜晚，去那里当然是比回家更好的选择，我们这就去！ 噢，我的爱人，你听我说，我心里一直想着你……"他又对着电话唱起来了。 到目的地付车费的时候我问他，电话那头是谁，他告诉我是他太太，还说他们非常相爱，每天工作时候都会通电话，因为太太担心他的安全。 我对此还真不知如何评价。"谢谢了先生，这儿好多人要坐车呢，你不愁没生意"。"我太太不让我在这里载客，因为她觉得载喝醉的人不安全。 晚安，小姐，"转头对着电话再次唱起："噢，我的爱人，你听我说，我心里一直想着你……"于是乎他又风一般把车开走了，我估计也就醉汉能淡定地坐他的车吧？

Parque Lleras 是位于麦德林最繁华也是外国人最多的 Poblado 地段的酒吧区。 Parque 在西班牙语里是公园的意思，这里也有个非常小的公园，周边全部是酒吧。 人们一般也都约在这个小公园见朋友，然后人到齐了一起去狂欢。 对这地方我熟门熟路也是拜齐绮①所赐，谁让他几乎每晚都泡在这里。

本来想下车后重新叫辆正常的出租车回家，正巧看到迷你小公园里一个棕发白肤的姑娘坐在石头台阶上冲着一个印度人长相的男人大喊："我没醉，也没兴趣和任何人喝酒，我就是想坐在这里自己哭一会儿，你能不能给我点清静！"这男人出乎我意料说话是英伦口音："我只是不忍心看到这么可爱的姑娘一个人伤心，我们可以一起去喝一杯，你如果累了我们可以一起回我酒店说说你的心事。"只见那姑娘深深吸了口气，瞪着他，道："喝酒，不可能！ 调情，没戏！一夜情，你做梦去吧！ 清楚了吗？ 我不是个喝醉的无家可归女人，我就是想自己坐这里哭会儿，滚滚滚！"简单干脆，符合美国妞的气质。

这姑娘看着清醒得很，倒是这个男人至少有七八分醉。 我走上前去，对那男人说："嘻嘻，我有兴趣和你去你酒店聊聊心事，不带她带我好不好啊？"这男子呆滞地看了我几秒，拼命点头，我问他酒店的名字，然后打了一辆出租车，温柔地对他说我要先和司机确认下是否知道这个酒店怎么走。 和司机耳语几句后，我回头告诉这男人，实在是太棒了，这个司机认路，你赶快上车吧。 等他上了车我就立马把门摔上，出租车飞驰而去。 他是没有可能喊停车的，因为我已经悄声对那司机说了："麻烦你一定要把我朋友送到 Santa Fe 酒店啊，他实在太醉了，半路可别听他瞎胡扯要下车，一会儿除了车费他还会付给你小费。"我也就是心血来潮，想到以前好几次在 Parque Lleras 看齐绮如何处理那些想找他一夜情，他却没有兴趣的

---

① 齐绮：《月光逐银环》故事中人物。

186

男人们。 看来这个法子真是屡试不爽。

　　回头，只见那姑娘边抹眼泪边咯咯地笑，然后冲着我喊："Hey girl, you are cool!（女孩，你真太酷了！）"

我：虽然不知道你难过的原因，但是还是想提醒一句，这可不是个能安静哭泣不被打扰的地方，不过我理解人有情绪就得释放出来。 我在你旁边坐会，你管你哭，这些醉汉看到你身边有个伴也就不会都跑来搭讪了。

Jackie：我叫 Jackie，刚才多谢你帮我摆脱了那个烦人的家伙。

我：不客气，都是女孩，独自出门在外，应该的。 我叫迈兮。 你是美国哪里人？

Jackie：我来自俄克拉荷马，趁着假期在这里进修西班牙语。 刚才在附近酒吧参加一个生日聚会，遇到了让我非常沮丧的事情，本想在这里梳理下情绪，忍不住哭了出来。 你呢？ 怎么会一个人来这里，是正要去参加派对吗？

我：不不不，我本是打算回家的，莫名其妙上了辆神奇的出租车，这司机嗑了药开车，还一直给太太打电话唱情歌，车速快得能吓死我半条小命，实在是个充满了冒险精神和浪漫情怀的小老头。 也就是车正好开到附近，我找个借口下车，给自己压压惊。 我现在也没什么事，你若愿意我可以听你讲讲你的伤心事，反正我们也是陌生人，说不定我还能提点有用的建议呢。

Jackie：三个多星期前吧，学校正好有个音乐剧，我想提高西班牙语水平就买了票准备去看。 那天下午放学后我就一直待在学校旁的咖啡馆里上网打发时间。 也就是那个时候安德烈走进了那家咖啡馆，在我斜对面的桌子坐下来。 我当时也不知道他是等人还是和我一样打发时间，点了杯咖啡在看书。 他不是特别帅的那种拉丁美洲人，但是就是有种特别吸引我的气质，看着就是个睿智可靠的男人。 我就是忍不住一直盯着他看，后来我发现他好像也在打量我，但只要我一抬头他就看书。 我犹豫要不要去打个招呼，还是没迈出这一步。 音乐剧差不多要开始了，我便依依不舍离开了那儿。 结果我居然在剧场看到了他，原来他和我一样在等同一出剧，我们的座位居然也是同一排，当中隔了四五个人。 当时我们大眼瞪小眼，然后就笑了。 音乐剧结束后，他邀请我和他一起吃晚餐。

Jackie： 接着我在这里的生活改变了，因为安德烈经常会邀请我去参加各种各样的活动，他的同学聚会、烧烤、泡吧、跳莎莎舞，我认识了好多他的朋友，在这里一点也不孤单。 当然最快乐的是和他约会，他带我去了这个城市许多有意思的地方，他告诉我周日早晨这里最宽敞的马路不通车，是给市民跑步的，于是我们会相约一起跑步。 每当他晚上空的时候，便会用摩托车载着我穿过这个城市的大街小巷。 有的时候人们注意到我会喊"gringa, gringa"①，他会加快油门，然后我们就一阵疯笑。

我： 坐在摩托车上穿越麦德林的夜晚，你说得我都嫉妒你了。

Jackie： 今天是他堂弟生日，我和他们一群朋友过来庆祝。 我平时和安德烈还有他的朋友们在一起的时候，都是讲英文的，因为他们基本上都念过大学，英语基础不错，也想和我多说来提高英文口语能力。 我白天上课都讲西班牙语，偶尔和他们在一起说说英语也觉得不错。 所以，他们其实并不知道我西班牙语水平有多好，一些安德烈的朋友可能以为我根本不会西班牙文。 今天在聚会上，我在和别人聊天，突然听到身后一个人和安德

---

① Gringa：拉丁美洲人对白人的统称，略带歧视含义。

烈的堂弟的对话。

"你说，安德烈的女朋友知道 Jackie 的事情吗？"

"不知道吧。"

"幸好那姑娘在卡利，不然怎么可能藏得住。 安德烈这小子怎么想的？ 背着交往了六年都订婚的女朋友泡妞，不过这姑娘还真挺正点的。 你小子倒也好，两边都得保守秘密吧？"

"嘘……你给我轻点。"

"不是说她听不懂的嘛……"

我背对着他们，一动不动，等到他们走开了，我实在憋不住，就跑出来了。 我真的好生气，他骗我！ 他的堂弟、朋友、同学们居然全部都一起骗我！

Jackie 说完后，又忍不住哭了起来，我轻轻地拍了拍她的背，递给她几张纸巾。 想到茉莉曾经和我说过，安慰人的时候最好不要说"我能体会你的感受"之类的话，如果对方悲愤至极可能会更痛苦，因为你毕竟不是亲身经历的人。 我只是在转着脑子，想说些什么能让 Jackie 好受一点。

我：Jackie，愿不愿意听我说几句？ 我觉得这件事情糟糕透了，但是却有两点是比较不错的。

Jackie：嗯？ 是什么呢？

我：首先第一点，我觉得认识他，和他交往，对你来说是很划算的。 你在这个国家时间有限，能体会的东西也很有限。 因为安德烈，你认识很多当地人，参加了很多有趣的活动，你来这里学习之外的时间过得充实丰富呢，不是吗？ 第二点，他虽然骗你，还鼓动了亲人、同学、朋友们一起骗你，是不是反证了他真的很喜欢你？ 他如果不喜欢你，怎么会带你认识他身边那么多人、还要关照他们保守秘密呢？ 只单独和你约会岂不是更保险吗？ 也许他觉得，你在这里的时间有限，他就想和你开心地度过这段时间。 试想一下，如果一开始知道他有个订婚了的女朋友，你还会和他约会吗？

Jackie：不会。

我：那么和他约会你快乐吗？

Jackie：非常快乐。

我：如果一开始你知道了真相，你就不会有经历过的这份快乐了。 所以让你重新选一次的话，你会选择现在的情形还是知道真相呢？

Jackie：我想我会选择我所经历的一切，但是希望自己永远不知道真相吧。 你说得很对，我应该往好处想。

我：我也只是个局外人而已，并不知道他和他未婚妻之间经历过什么或者正在经历什么，但是我觉得，如果是纯粹在欺骗玩弄你，他完全可以用更省事的方式。

Jackie：听你这么说，我舒坦多了，那你说我接下来该怎么做呢？

我：去摊牌或者调整心情后装傻到你离开，这个决定完全在于你自己。 你也不必马上做决定呀，或许睡一觉心情能开朗些。

Jackie：也是，这个决定今天就不做了，今天我需要好好发泄一下。

我：看来你是绝对不会回刚才的派对了。 你想怎么发泄？

Jackie：就在刚才我脑子蹦出一个念头。 以前安德烈经常带我坐着摩托车兜风，可是他总是不带我去麦德林 13 区，说因为那里是贫民区，很乱，我是白人太引人注意了。 可是我觉得，骑着摩托车把头盔戴着根本不会有什么大问题。 我其实一直特别想去那里看看，今天就做一件他不让我做的事情！

当 Jackie 说要发泄一下的时候，我还以为她会去别的夜店买醉通宵或是去找一夜情。听到她这么一说，我是颇感意外，也有一丝欣赏。

我：那你得先找个人骑车载你呢。这么晚了，找到的估计都是喝了酒的了，不靠谱。

Jackie：其实我会骑摩托，我在俄克拉荷马就经常骑，不过既然你说这个点找车不容易，我也不知道是不是可行了。

我：Jackie，如果你会骑摩托，我有办法帮你弄辆车。

Jackie：哦？

我：不过你得答应我个条件，等会儿去麦德林 13 区，让我坐你后面一起爽一把呗？

Jackie：这没问题，我的车技我有信心！

十多分钟后，当我和一个西装笔挺、推着摩托车的哥伦比亚男人出现在 Jackie 面前的时候，她的眼镜瞪得溜圆。

Jackie：你是怎么搞到摩托车的？

我：你看，这小公园里总有几个穿着西装、拿着公文包的男人走来走去。他们都是走私的，这些人一般都骑着摩托来，停在附近，万一有警察来他们就能迅速消失。刚才你瞧见的男人，我塞了 20 000 比索给他（在 2014 年约等于 10 美元），让他把摩托车借我一会儿，保证他今晚下班前还给他。你放心，警察几乎从来不来这里，而他一般凌晨三四点才走，现在还不到子夜，我们有的是时间！我又让他帮我问他的朋友借了个头盔，我们把头遮住，到了 13 区就不会有人看出我们是外国人啦！

Jackie： 你实在是太机灵了！

我： 接下来就看你的了，Jackie！ 我期待着夜的冒险！

后来的那场夜的冒险充满了"逃亡"的感觉，Jackie 驾驶着摩托离开了那个让她伤透了心的派对。 麦德林 13 区的确很破败，让我们不禁感叹同一座城市的贫富差距怎么会那么大，从带着泳池的高级公寓到用铁片拼搭的棚子才不过半个多小时的距离。 Jackie 也非常谨慎地控制车速，当她发现有人走近我们就会加快车速，没人的时候稍稍放慢车速我们能仔细观察。 近三个小时后我们迎风呼喊往回走，把摩托车还给了走私者。

Jackie： 你知道吗，以前和安德烈常常晚上去兜风，但都没有今天的
　　　　感觉刺激。

我： 有种逃亡的感觉，在 13 区的时候，心一直扑通扑通跳呢。

Jackie： 是啊，这个夜晚很难忘，谢谢你。

我： 是我该谢谢你，车技真心赞，现在我想把今天你对我说的第一
　　　句话回赠给你。 hey girl, you are cool!

〈茉莉寒香〉

我在麦德林迷恋上了一种饮料，甘蔗汁加柠檬汁。 虽然知道路边的饮料很不卫生，但还是忍不住买了好多次，每次解馋的后果都是腹泻。 回美国后，我试着在一个 girls' night①，给我的女朋友们

---

① Girls' night：一种西方国家只有女生参加的小型聚会，女孩们会聚在一起吃喝聊天，有时也会一起做指甲，面膜，手工等。

做这个饮料，一边喝饮料一边讲故事。 她们似乎都对这个饮料很满意，可是我始终觉得不完美，因为现成的甘蔗汁口感毕竟和鲜榨的不同。

这个故事和这款饮料一样，很受女孩子们欢迎，很多人问我最后 Jackie 选择摊牌还是装傻？ 然而我并不知道，虽然离开麦德林之前还见过 Jackie 一面（因为她很想认识一下齐绮），但是我也没有问她。

我： 后来一次见 Jackie 时看起来气色不错，开心就最重要啦，那天聚会有不少人，我也没问她。

茉莉： 你们啊，太蠢！ 这还问，用屁股想都知道这个 Jackie 肯定选择装傻。

茉莉一边切水果一边翻白眼，突然冒出这么句话，瞬间大家注意力都在她身上了。

茉莉： 时间，通常只会让人更冷静。 Jackie 如果要摊牌当天就会做，就算听到真相后没有马上冲过去给安德烈一个耳光，也至少会出去哭了一气后回去摊牌吧？ 她没去是因为她潜意识里根本就不想去，因为摊牌了，她就不可能再和安德烈开心地约会了，甚至可能以糟糕地方式收尾。 人类啊，都是贪婪的，反正这男人早晚都不是她的，认清事实了，能享用多久就尽情享用呗！ 当然，我们的迈兮小姐安慰人的本事也是日益见长，经她这么安慰，加上之后骑摩托车兜风，Jackie 的怨气早消了吧。

姑娘们听了茉莉的话，一个个若有所思地点点头，茉莉得意地看了看我，我也向她作揖。 深夜女孩们都离开我们的公寓后后，我和茉莉开始收拾清洗杯具。

茉莉：迈兮，我是你最好的朋友吧？

我：嗯？ 怎么突然问这个？

茉莉：远在南半球，安慰陌生人的时候都能想到我说过的话。 真让我有一丝感动呢。

故事十七 | 七升啤酒换一个故事

它：波哥大，哥伦比亚，2014
他：蜚蜚，19 岁，哥伦比亚人，休学中

好事多磨，每次旅行中发生意想不到插曲时，我都这么安慰自己。 所以当从麦德林飞往波哥大的航班被无故取消时候，我也这么安慰自己。 很多人形容波哥大的夜晚和白天是两个故事，为了安全起见，夜晚人们除了私家车和出租车都不会用其他方式去自己想去的地方。 虽说蜚蜚要来接机，我不会落单，但还是不希望天太黑的时候抵达波哥大。

已经三年不见的蜚蜚，曾经是我很照顾的学弟。 刚到美国的时候，他很害羞，不爱讲话。 那时候我作为接待新生的学长学姐之一，带着他和几个其他新生参观校园，总会特别留意他。 一方面因为他有一双能轻易激起别人母爱的眼睛，另一方面嘛，我那时候刚开始学习西班牙文，没事就和他瞎掰活。 每当他对自己的英文不自信时，我就鼓励他："没事，你要多说话，你看你英文比我西班牙文好多了。 说得再差，苦的是听的人，而不是说的人啊。"然后他就会咯咯笑。

我毕业后，有一天收到老友的简讯："你知道吗，蜚蜚从学校消失了，不见了，没人知道他去了哪里，发生了什么。"我不知道，我

只记得上一次他简讯我时写的是:"姐姐,我想戒了它,再也不想抽了,你说好吗?"我一直以为"它"是香烟或者大麻,于是我说:"好啊,想好了那就都戒了吧。"

蚩蚩,没和任何人告别的你去哪里了呢?

蚩蚩失踪了一个月,整个校园里都是他的传言,有人说他逃学了,有人说他重病,有人说他私奔了。直到某天一个陌生的号码发了张照片到我手机里,照片上有一只洁白的羊羔拴在木桩上,背后是青山蓝天白云。下面有一句文字:"姐姐,我抛开了一切回家了,别担心,现在我和它生活在一起。"我知道那是蚩蚩,只有他在每段英文简讯前会用西班牙语叫我姐姐(Hermana)。在那之后,他没有回复我任何信息,整整三年,他从我还有所有我们共同认识人的生活中消失了。

三年后的此刻,我站在机场,正要搭上这班前往波哥大的航班,去蚩蚩的故乡。在决定去哥伦比亚前我写过一封信给蚩蚩,失联多年我根本没指望他会回复,没想到他隔天回复了我,他说:"姐姐,在美国的时候我告诉了许多人我的故乡是美好的,他们却只关心我是不是有优质便宜的大麻,这些年只有你相信我,请一定要来,你会明白哥伦比亚是这个世界上最快乐的地方,这个世界有太多太多偏见了。"

抵达波哥大,坐上蚩蚩那辆被复杂改装过的小红车。

蚩蚩:姐姐,好久不见,我要是开太快你告诉我哦,深夜我常开着它去赛车。它为我赚了不少零花钱。

抵达旅店我放下行李,蚩蚩停好车,他说要带我走去个好地方,一个叫 Bogota Beer Company 的酒吧。

蜚蜚：姐姐，这是波哥大有名的自酿啤酒店，我们玩个游戏，一升啤酒一个故事好不好？ 看看今夜久别重逢的我们能喝多少升。

我：为什么不呢？

　　六升啤酒一眨眼间消失了，我们一人讲了三个故事。 我张望着波哥大夜里的街道，并不像我想象的那般"危机四伏"。

蜚蜚：姐姐，这接下来估计是最后一升了，轮到我，不如你问我一个你最想听的故事吧，今天好快乐，有问必答。

我：那么告诉我，三年前那场失踪背后的一切好吗？

蜚蜚：我出生在哥伦比亚，可我从来没有吸食过大麻。 然而，当每个刚认识的美国人听说我来自哥伦比亚，都会问我："伙计，你手上有什么上乘货色？"而那时的我根本连抽烟是什么滋味都不知道。 后来我发现他们抽大麻，等我回家后，才意识到原来家乡也有，还更便宜。 我尝试了更多种不同的东西，直到沾了可卡因，我发现我被彻底吞噬了。 记得那次我突然对你说我不想再抽它吗？ 我真的尝试了，可是我的身体受不了，于是选择离开。 我厌恶美国，美国佬都是混账，如果他们停止吸食大麻，我的故乡也不会背上"毒乡"的骂名。

我：所以你当时是想一下子把自己用的毒品全部戒掉？

蜚蜚：是的，我很愚蠢吧？ 那时候什么都不懂，身体自然也是一下子承受不了，很长时间里我的食欲都极差，也没心情上课，更是觉得所有人都在议论我。 那是场逃亡，我迫不及待地拖着崩溃的身体逃离流言蜚语，逃离偏见。 可结果这场逃离给了我宁静却没有给我救赎。 回到家，即使我父母切断了我的一切经济来源，我还是无法控制自己的行为，我会像疯子一样把家里的东西拿出去卖，然后去买更多的可卡因。 直到被父母赶出家门我才意识到，离开了家的我，没有了钱、车、公寓，便不再是那个人见人爱的公子哥。 友情，我真的拥有过吗？

我：那么后来是什么给了你救赎呢？ 现在的你看起来很健康啊！

蛋蛋：当我看清了堕落的自己、糜烂的朋友圈子、和无望的人生后，我决定听从父母的安排，去戒毒所，更何况我也无处可去了。 在那里我见到了很多人，他们大多都比我大很多岁，每个人沧桑或是抑郁的脸上都写着故事，我们彼此间交谈不多，按着时间表吃饭、活动、睡觉。 直到有一天我看到了一张年轻美丽的面孔，她叫阿德里安娜，她和我一样19岁，她来自墨西哥，她说她不是来戒毒瘾的而是来戒"人瘾"，她给了我最大的救赎。

我：戒"人瘾"？

蛋蛋：一次偶然机会听到阿德里安娜和管理员讲话，那不是哥伦比亚口音，于是我好奇地问她为什么被送来这里。 我尝试与她讲话，后来我们逐渐成了最好的朋友，毕竟是同龄人。 在戒毒所里，有的人歇斯底里，有的人神经异常，有的人暴怒，有的人嚎哭，还有的人一言不发但是让人觉得可怕。 她总是安静坐在角落，时常一个人看着窗外发呆。 我会找她说我的故事，她总是安静地听，一言不发。 有一天我和她说起我小时候被绑架过，我妈妈花了不少钱把我赎回来，她突然对我微笑，然后问我想不想知道她的故事。

蛋蛋：阿德里安娜在墨西哥吸过大麻，也尝试过些其他的东西但没有上瘾，她是被她爸爸藏在波哥大的戒毒所的。 她父亲是墨西哥的一个警察长，为人刚正不阿，半辈子都在追毒贩，从小就是她心中最敬仰的人。 后来，18岁那年的夏日，她在墨西哥城的夜店狂欢，前一秒舌尖还是玛格丽塔的香甜，后一秒便在一

Bagala
2014.

个陌生的房间醒来。那个房间很暗，但不脏，门和窗都被锁了，她说她有预感她被绑架了，可是究竟是谁呢？后来门开了，出现在她面前的是一个二十多岁的男子，穿着黑色夹克，深棕色微卷的头发，性感的胡渣渣，脸颊轮廓分明，腰上插了把手枪，让她联想到儿时看的那些美国西部牛仔电影里的男主角。他说："你是阿德里安娜吧？你一定好奇我是谁，我是弗兰克，你爸爸一直想抓的人，他如此精明抓了我太多兄弟，却保护不了自己女儿。不过你比我想象的漂亮很多，从抓到你到现在我只能把你静静地放在这里。"然后他笑了，给自己点了支烟。

我：蜚蜚，这样的故事开场，我想我猜到发生什么了。

蜚蜚：阿德里安娜爱上他了，她也不知道究竟是谁先爱上了谁。她告诉我说，每个女孩都会做一个爱上坏男人的梦，而她却是把梦做成了现实。弗兰克没有按照事先所想拿她交换兄弟或是把她抛尸野外，他甚至放假消息说有一场交易，目的只是为了看似普通地放了阿德里安娜。于是阿德里安娜在混乱中被她父亲的手下"救出"，可是他们一直保持联系。"我出生在正统的家庭，我的人生洁白无污。从第一眼看到弗兰克我就知道我的人生将可以变得多彩，他说他的人生是鲜血风干后的暗红色，带着腥臭，可是我却迫不及待希望那暗红色侵蚀我。而每次当我偷偷溜出家门和他见面，我都会觉得我真真实实活着，哪怕他只是拉着我奔跑都能让我深深沉醉。弗兰克从来不给我毒品，我主动地偷偷试了，我只希望我们的距离能近一点。"她对我说这些话的时候我简直不能相信她和我一样才 19 岁。

蜚蜚：阿德里安娜多次把她父亲出门执行任务的讯息透露给弗兰克，因为她知道如果深夜父亲接到一通电话就得马上出门，多半是紧急追捕任务。 但她也一再关照弗兰克不要伤害她父亲。
直到有一天，在她透露消息给弗兰克后，凌晨爸爸颓废地回
家，喝了很多酒，坐在沙发上。"阿德里安娜，胡安叔叔今天被
打中胸膛了，我在医院待了三小时，他没挺过来，最近一切都
是那么不顺利，每次任务都无疾而终……"那是从她还是孩童
时期就抱着她、带她骑摩托车的胡安叔叔，那是当爸爸年轻还
是一名普通军人时他最好的朋友。 阿德里安娜疯了一样冲出门
去，她想要质问弗兰克，可当她看到弗兰克流血的肩膀，满腔
的愤恨变成了绝望。

蜚蜚：回家后阿德里安娜向父亲坦白了，她无法承受内心的愧疚和
压抑感。 她说爸爸的眼中有泪水，有绝望，有心痛，他一言未
发喝光了一整瓶龙舌兰。 几天后，她被送到了波哥大的戒毒
所，直到离开墨西哥，爸爸没对她说一句话，而她也没有机会
和弗兰克说再见。

蜚蜚：姐姐你知道吗？ 我当然恨自己身处戒毒所，可是那天我意识
到了一件事情： 我的人生不允许我自暴自弃。 当我离开戒毒
所，一切都将是一个阳光灿烂的开始，爱我的父母，剩下不多
却关心我的朋友，我可以回到温馨的家，宁静的校园，还有我
那小绵羊住的农庄。 只要撑过了，战胜自己，人生依旧可以精
彩。 可阿德里安娜呢？ 她或许也不知道自己想不想离开吧，如
果她能离开，那么她或许已经失去了她生命中最重要的两个男人
中的一个。

我：于是你振作了，战胜了心魔，得到了救赎。

蜚蜚：是的，我没有资格放任我的人生，因为我拥有的其实很多。
我感谢阿德里安娜，虽然从离开戒毒所后就再也没有联系了，但
我也一直希望她能得到她的救赎，她才 19 岁，她是那么美丽……

Bagola
2014.

我：我想有的人出现在我们生命里，意义在于给迷路的我们点一盏
灯。 阿德里安娜为你点了盏灯，相信我，有一个人会为她点一
盏灯的。 看到现在的你，真好！

很多时候，故事，才是最好的下酒菜。

〈茉莉寒香〉

我和茉莉讲起这个故事的时候我们在墨西哥城的热闹酒吧
区——zona rosa，刚刚结束了在古巴的毕业旅行，经停墨西哥几天
后回美国。 我们吃着 taco 喝着 corona 啤酒，后来茉莉突然提议让
我讲一个惊心动魄一点的故事，因为她实在受不了我身后一对墨西
哥情侣的亲热模样。

茉莉：迈兮，我需要你给我讲个故事分散我的注意力，实在不想看
他们卿卿我我。

于是我想到了阿德里安娜，也不知道她被弗兰克的人抓走的那
个夜晚是不是在这个 zona rosa 附近喝酒。 好在这个故事够精彩，
当我讲完的时候茉莉似乎已经忘了我身后的那对情侣了。

茉莉：很不错的故事，迈兮，我喜欢。 你认为蜚蜚得到救赎的关键
是什么？
我：关键点在于他在最颓废迷茫的时候在戒毒所遇到了阿德里安
娜啊！

茉莉：不，我不这么认为。 关键点是阿德里安娜是个美女。 能给我形容下她是哪个类型的美女吗？ 蜚蜚有给你看过她照片吗？

我：你说的什么跟什么啊？ 我没看过她照片，蜚蜚和我说过她很漂亮，应该是冷艳型的。

茉莉：你想想，如果阿德里安娜不是美女，弗兰克留着她干什么？ 按照正常黑帮剧本，她应该会被先奸后杀，或者抛尸野外之类的。 哪还有什么时间让她斯德哥尔摩综合征发作和弗兰克相爱？ 而她到了波哥大戒毒所的时候，如果不是年轻貌美，蜚蜚也不会注意到她、主动和她搭讪吧？

我：……

茉莉：所以这个故事的关键就是阿德里安娜是美女。 不是美女，就不会活着被她爹送到波哥大戒毒所。 不是美女，你的蜚蜚弟弟也没什么救赎可言。 就像我一直试图说服你的观点，这是一个外貌协会独行的世界，在哪里都是这个道理。

我：我说，你怎么那么有本事说一些让人感觉吃瘪想揍你，但又无法出言反驳的话呢？

茉莉：呵呵，亲爱的，我只是实话实说，讨厌的人就因为这点恨得我牙痒痒，但你不得不承认喜欢我的人就因为这点更爱我，你就是最好的例子，不是吗？

故事十八 | 停止的时钟终会走，
远去的人儿终会归

它：哈瓦那，古巴，2015

他：何塞，古巴人，57 岁，民宿老板

　　大学的最后一年刚开始的时候，茉莉提出来一定要和我在毕业前挑一个假期一起去旅行。茉莉说，我们第一次见面是在纽约飞机场的国际航站楼，毕业前必须来一次需要坐飞机的旅行。关于目的地我们讨论了近半年，茉莉一直和我抱怨美国同学们选的旅行地点都好无趣，基本上都是坎昆（墨西哥）、迈阿密（美国）和蓬塔卡纳（多米尼克），我们得去个酷的，没有人去的地方。我和她打趣说，不然咱们去朝鲜吧，美国人不能去也不敢去。茉莉说，你是中国人你能去，朝鲜人能欢迎我这个日本人吗？不过若是能找到个地方我们俩能去，美国人却轻易去不了就太赞了。于是我灵光一闪，想到了古巴。

　　说来可笑，美国人整天抨击中国没有网络自由，在计划去古巴的日子里，我发现几乎所有买飞往古巴机票和许多预定古巴酒店的网站都被美国政府屏蔽了，所以我们只能购买美国往返墨西哥的机票。茉莉兴致勃勃改了电脑 IP 地址 N 次，搜集各种资料，最后我通过墨西哥网站搞定了墨西哥往返古巴的机票，她则通过瑞士网站

搞定了哈瓦那民宿的预定。 为求回美国顺利，到古巴时我还恳求海关小哥不要在我护照上盖章。

茉莉说古巴对于她是一个值得去、这辈子或许只会去这一次的地方，但于我却不会介意再去。 因为在哈瓦那街头，我总觉得时间是可以停止的，想象一下老照片中 20 世纪 70 年代的中国，把人都换成皮肤黝黑的古巴人。 它不是一个没有发展过的第三世界国家，你能看到发展的痕迹，只是一瞬间，仿佛它的统治者说，就到这里，暂停！ 我甚至能捕捉到它曾经辉煌的时刻，像是能容纳近万人却破败的体育场，或是外观恢宏却内部陈旧的殖民时代建筑。 然而稀缺的电话，如同奢侈品般的网络，无时无刻不提醒着我，它已经被世界遗弃很久了。

茉莉选择的瑞士网站，专门帮旅客寻找合适的古巴民宿。 哈瓦那的酒店全部都集中在那些旅游区，物价几乎和美国一样。 然而如果你走出这些区域到古巴人民生活的地段，物价便相差近二十倍。 所以在古巴，从事旅游相关行业的都是有钱人，如果要开旅馆或是做出租司机还得要政府特批。 我和茉莉的房东是一对年近六十的古巴夫妻，他们在距离哈瓦那游客集中区域大约步行半小时的地方有一幢小小的两层楼的房子，四间卧室，一间自住，三间出租。

我们在近黄昏的时候抵达了民宿，房东先生简单介绍了房子的布局以及注意事项，我和茉莉简单收拾了一下后，走到二楼大大的晒台上，看见房东先生正一边倚着栏杆望着马路，一边抽着雪茄。我和茉莉也走上前去趴在栏杆上四面张望，哈瓦那旧城的房子基本上都是两三层，带个小阳台或者大露台，而马路都是窄窄的，你站在自家阳台上一定能看见对面窗户里发生的事情。 这会儿我发现同样的马路，走在上面和换个视角俯视，简直太不同了。 我左右张望，是数不清的小阳台，肉眼能看到的就有近二十人在自家阳台窗

Havana
2015.

台或是露台上。 男人们大多像我的房东先生一样叼着一支雪茄，而女人们基本上就是在发呆。

这时候我听到一阵车辊辘的声音远远传来，所有正在抽着雪茄或发呆的男男女女把头探出，往声音传来的一端张望，然后默默注视着这辆装运鸡蛋的三轮车一点点驶过自家门前，再目送它驶向马路另一端。 等到三轮车慢慢消失在我们视线中，所有看客们都把头缩了回去。 过了一会儿，几个熊孩子打打闹闹跑进这条小马路，所有看客们的脑袋又活络了起来。 直到一个孩子因为被石头砸到而哇哇大哭时，我们斜对面阳台上的老妇人皱了皱眉，她的目光对上了我们右边房子天台上另一个老妇人，两人同时撇撇嘴，露出一脸嫌弃。 这时候茉莉突然凑到我耳边嘀咕："看来前面我俩傻不拉叽地在这条路上找门牌号的时候，楼上一条马路的人都在盯着我们看。怎么感觉像被人偷窥了一样后背发凉呢？ 你说这里人都那么无聊吗？ 大白天就以看马路上的人为消遣？"

还没等我接茉莉的话，只听到身后有拖鞋的"嗒啦嗒啦"声，房东太太疾步向我俩走来。 这位太太的形象和气场总让我联想到周星驰电影《功夫》里的包租婆。 其实古巴女人大多都很精瘦，像她这样的胖款是少数，通过后来几日的观察我也明白了她白白胖胖的原因有两条。 一是我早就了解到的，在古巴从事旅游关联行业的人，在当地算是富裕阶层；二是房东先生是个"妻管严"，什么活儿都帮老婆干。 太太此刻正在抱怨网络太难用，她不明白为什么邮件发不出去。 房东先生问我和茉莉能不能帮他太太去瞧瞧。 每次房东太太点击发送给儿子的邮件都会卡机，然后再黑屏或者开始自动重启。 茉莉试了几次后也彻底崩溃放弃了。 主要问题就是电脑很旧很旧，网络很慢很慢。

"何塞，你说会不会是美国佬故意不让我们联系儿子？"房东太太愤怒地问丈夫。"亲爱的，别急，咱们晚点儿再试试，你都已经收到米盖尔的邮件了不是吗？ 既然他和劳拉一切都挺好的，那你就别担心了。"语毕，房东先生谢过了我和茉莉，我俩便打算天黑前出去吃一顿像样的晚餐。

出去寻找餐厅的路上，很多古巴人都盯着我和茉莉看，并且问我们从哪里来。 起初我并不觉得奇怪，因为在墨西哥、哥伦比亚这些拉丁美国家就多次遇到过这个情况，当地人鲜少见亚洲人难免好奇。 然而让我和茉莉没有想到的是每当人们听说我是中国人、她是日本人后都会满脸诧异，然后反复确认："你真的是中国人？""她真的是日本人？""你们为什么在一起？""你们怎么可能是朋友？"晚餐时茉莉嚼着炸香蕉开始总结："这里人的思想状态应该还停留在第二次世界大战结束后，看他们开的古董车，估计有电视、有电脑、有网络的都是有钱人了。 网速如此慢，难怪他们只能看马路上的人来打发时间了。 我打赌他们不晓得世界上有看网剧这回事！"

晚上茉莉先睡了，我坐在露台上看书，房东先生还是在他的老位置上倚着栏杆抽雪茄，突然我很好奇，这月色朦胧下会有多少人还站立在阳台窗台露台上？ 我走到他身边向四周张望，哈瓦那不是个灯火通明的城市，视线远不如白天。

何塞：你觉得哈瓦那怎么样？

房东先生突然问道，我转头，他却并没有看着我，眼神似乎也没有聚焦任何地方，吞云吐雾。

我：我觉得很有意思，今天很多人都问我和我的朋友来自哪里？ 仿佛都很奇怪一个中国人和一个日本人一起结伴旅行。 先生，在你们的印象里日本和中国现在还是两个敌对的国家、水火不容吗?

何塞: 其实我刚开始看到你们也有点惊讶呢, 不过后来我想, 也许遥远的亚洲并不像我想象的一样, 这个世界上应该还有很多我不知道的事情, 每每来新的旅客我都能了解些新鲜事。 对了, 叫我何塞就好了。

我: 有没有游客告诉过你在这个世界几乎所有的地方, 雪茄都是昂贵的奢侈烟草? 我还从来没有经历过到大街上走一圈就看到那么多人抽雪茄呢。 他们一定羡慕死生活在这里的人有价廉物美的雪茄。

　　当我看到我的房东先生雪茄不离手, 马路上的小贩叼着雪茄摆摊, 货运工人从肩头放下重重的麻袋抽两口雪茄休息片刻的时候, 就不禁联想到那些在社交场合喜欢傲慢地甩一句"对不起, 我只抽雪茄"的"绅士"们。 若是他们来了古巴, 会不会如同和自家保姆撞衫般难受? 找感觉这回事吧, 认真地品是气场, 矫情地作就是虚伪了。

何塞: 你对我们的雪茄那么感兴趣, 明天和你的朋友一起去 Viñales 看看吧, 这个小镇所在的地区是特殊的石灰岩地形, 也是古巴的一个雪茄生产地。 在那里你可以观赏雪茄的手工制作过程。 对了, 哈瓦那有个中国城, 非常美, 你可以去看看, 里面的服务员都是古巴人, 不过厨子都是中国来的。 晚安, 明早见。

我: 晚安, 何塞。

　　第二天我和茉莉去了何塞推荐的 Viñales 小镇, 回到哈瓦那后直接去了中国城吃晚餐。 茉莉对雪茄并不感兴趣, 不过听到何塞前一晚告诉我哈瓦那有中国城后她就很激动。 茉莉并不喜欢古巴的食物，迫不及待来点中餐。

　　哈瓦那的中国城彻底刷新了我的三观，与其说是中国城不如说是中国街。 不，更确切说应该是中国小巷。 整条小巷有十来家餐馆，巷子口的"中国城"牌匾还是手写的。 我能理解为什么何塞说中国城很美，因为整条小巷很干净整洁，每家餐厅都有红色装饰，巷子里也挂了许多红灯笼。 和欧美国家的中国城不同，走在巷子里听到的中文并不是流畅的，因为大多数服务员都是古巴人。 看得出来他们在中国城工作都很开心，小伙子们一个个穿着中式服饰显得很精神，笑容饱满。 连茉莉也不禁感叹，古巴的中国城看起来很适合给上点档次的人宴请。

　　晚饭后我和茉莉回民宿短暂休息，然后去了一家哈瓦那著名的Floridita 酒吧，深夜再次回到民宿时，何塞照样在露台上抽雪茄。

何塞：看来几杯酒并不能让你的朋友消气啊。

　　何塞望着茉莉进屋睡觉，轻轻叹息。（下一篇故事会仔细说说茉莉的愤怒）

我：没有，希望她睡一觉起来会爽快点。 何塞，谢谢你昨天的推荐，我很喜欢 Viñales，哈瓦那的中国城挺出乎我意料的，菜式很地道，的确是中国厨子做的。

　　何塞点点头，这时我发现对面的阳台上有个老汉正坐在一把铁椅子上抽雪茄，他和何塞相视微笑，看来有些夜晚何塞并不是一人抽雪茄的。

我：何塞，你太太的邮件发出去了吗？

何塞：该死的，到现在还是没发出去。 今天白天我儿子给我妻子打
电话了，说了两三分钟吧。 这小子从小都在我们身边，这是他
第一次出远门，还是去美国，我妻子多少是担心的。

我：去美国？？？ 这怎么去？

何塞：是啊，就在你们来的前两天，他和他妻子劳拉一起去的。 他
们俩刚结婚两个月，要趁着年轻去美国拼搏一翻。 我亲戚给我
介绍了个跑船的，给他 1 600 美金就可以帮你去美国，先坐大一
点的船，然后换成小艇去迈阿密，到了那里有别的古巴人会接
应他们。

原来是这么偷渡的。 古巴和美国没有建交，自然是没有航班船
只互通的。 我以前听闻，如果古巴人有本事去美国，美国都给他们
发绿卡，当政治难民处理吧。 何塞也向我说明，儿子和媳妇只要偷
渡到了美国就安全，但要在美国拿绿卡需要待满一年。 也就是说，
一年之内儿子和儿媳妇不能回古巴。 何塞告诉我，由于他年轻时候
在政府工作，所以能搞到旅游行业的许可证，于是自己与太太经营
民宿，儿子偷渡出国前是个出租车司机，两者都是高收入行业。
1 600美金的偷渡费用对于一般古巴家庭是天文数字，但何塞一家办
到就没有那么困难。 准备好了盘缠和两份 1 600 美金的偷渡费用，
何塞和妻子便在我和茉莉抵达哈瓦那的两天前的夜晚，在码头送走
了儿子和媳妇。

我：你不喜欢古巴吗？

何塞：我爱古巴。

我：那你为什么要送你儿子去美国？

何塞：我儿子去美国打工，等到他和妻子赚够了钱就会回到古巴来
　　　的。 在那里打几年工够回来舒舒服服生活很久呢。 只要撑过
　　　这一年以后他们能来回自如，钱不够了就再去美国赚。

我：那万一他们不打算回来了呢?

何塞：这怎么可能? 美国人那么坏，哪里有我们古巴人善良淳朴!
　　　在这里上学看病都不要钱，人人平等。 资本主义怎么可能比得
　　　过我们的共产主义? 丫头啊，我听说中国现在发展得可好了，
　　　都是共产主义的力量和共产党的功劳啊，有一天古巴也会像中
　　　国一样的，我有信心。

　　那一瞬间我真的怀疑时光倒流了，我回到了那个我还没有出生
的年代，听着一个老革命，讲过去的故事。 不对不对，我身边这个
抽雪茄的是古巴老汉，他说着一口西班牙语。

何塞：我儿子终究会回来的，古巴人民永远不会忘记革命!

　　何塞喃喃自语，我在他眼里看到了坚定的信念。 当他提到革
命，我脑海里浮现的是白天看到的各种墙面上的涂鸦，上面总会出
现两个大胡子男人，一个叫卡斯特罗，另一个叫切·格瓦拉，还有
无数的革命标语。

何塞：革命万岁!

　　何塞突然用稍微响一点的声音说出这句口号，把我的思绪拉了
回来。 对面阳台的老汉显然是听到了这句，吐出一口烟，也回应一
句"革命万岁"，然后两人会心一笑。

Havana
2015

我也没想到离开古巴后几个月，美国决定与古巴重新建交，后来还通了几个直飞航班。因为怕护照上有古巴签证会影响到以后出入美国，当时我还叫茉莉也和古巴海关说一下不要盖章。然而她嫌弃那海关看她的眼神色眯眯的，不想多啰唆便没提这碴儿。于是现在我会羡慕茉莉的护照上有两个我没有的戳印。我偶尔会想这种重新建交会是短暂的外交策略还是长期目标。也不知道何塞的儿子儿媳拿绿卡是否顺利，何塞会不会后悔没等个一年半载再让儿子去美国打工，就只需要买机票而不是支付偷渡费用了。转念又一想，从古至今不都是这么一回事吗？有权力的人主宰了世界政治局势变化，最平凡的老百姓只能随波逐流，乱世浮沉。

古巴，如果有一天，我不希望任何人找到自己，只想静心想一些事情，或者想穿越回过去，一定会想到你。只是下次与你相遇，你可还会是海明威眼里那个"美丽而不幸的长岛"？

〈茉莉寒香〉

2016 年 11 月 25 日，古巴最高领导人菲德尔·卡斯特罗逝世，享年 90 岁。那几天，茉莉正巧在迈阿密，给我打来一通网络即时电话。

茉莉：最近迈阿密的古巴人中，有一些为了卡斯特罗离世而聚集在一起哭泣，还有些则没那么悲伤。

迈阿密因为地理位置靠近古巴，有超过一百万古巴移民、政治难民和偷渡客。抵达迈阿密的不同时间和原因也促成了他们的不同政治立场。

我：那些早年为了生活质量偷渡到迈阿密的人各种类型都有吧。在
美国居住时间长短对这些古巴人的政治立场也有影响的。我挺
意外的，你居然现在对这类政治事件感兴趣了。

茉莉：我对这类政治事件不感兴趣，我只是比较好奇，这些天何塞
的儿子会是什么态度。

茉莉的一句话把我的思绪拉回了那些个与何塞站在露台上畅谈
的夜晚，我很确信，这几日他一定为卡斯特罗的离世悲痛欲绝。可
是他的儿子在迈阿密生活一年多以后，还真的会想回到古巴吗？停
止的时钟终究会缓慢地开始走动，而远去的人儿终究是否会回
家呢？

茉莉：送亲近的人去自己都不了解的地方，终究是件风险指数很高
的事情。

故事十九 ｜ 前半生警察，后半生流氓

它：哈瓦那，古巴，2015
她：猫村茉莉，日本人，22岁，大学生
我：迈兮，中国人，22岁，大学生
他：大卫，瑞士人，27岁，行者
他：大卫，加拿大人，未知，退休警察

  我和茉莉刚刚抵达哈瓦那的下午，吃完晚饭回到民宿之后，茉莉睡觉之前，我们见到了另外一个租客——大卫。 前一篇提到，这间民宿有三间屋子，我和茉莉抵达的时候何塞告诉我们一间屋子空着，还有一间屋子的房客是个加拿大的老男人，已经住了三个星期了。 大卫身材高大，头发花白，有明显的啤酒肚，穿了件花花绿绿的短袖衬衫，带着一副小方块状眼镜。

  我和茉莉上楼的时候大卫坐在客厅里，看着像是在等人，看到我们，他笑嘻嘻跑来打招呼。 他先寒暄了一下，告诉我们他是加拿大人，刚退休，以前是个警察，专门来哈瓦那度假一个月，单身，离婚前有个儿子，两年前大学毕业。 说着说着还从口袋里掏出皮夹子，给我和茉莉看他退休前的警察证件和一张与儿子的合影。 我夸了夸他那张警察证上的照片很神气，告诉他儿子和他长得还挺相像。 大卫也问了问我和茉莉的一些情况，整个对话茉莉一声不吭，

都是我在回答，我倒也没多想，因为茉莉一般不喜欢和主动找她套近乎的人说话。

加拿大大卫： 你们两个年轻漂亮的亚洲姑娘放假一起来古巴，男朋友不嫉妒吗？ 噢，我还没问，你们有男朋友吗？

我刚想回答大卫我和茉莉没有男朋友，没想到茉莉抢着回答了。

茉莉： 要说平时我们都是四个人一起出门的，不过这次我们俩想单独出来玩就没带他们。 唉，我还真有些后悔，实在太想念我男朋友了。

茉莉掏出手机，快速翻出一张玉木宏①的照片，给大卫看。

茉莉： 你看他这么英俊性感，我真担心别的姑娘勾引他。

她又转头冲我笑了笑。

茉莉： 我的好朋友迈兮的男朋友是一个有八块腹肌的校游泳运动员，虽然才大二，不过她一向只喜欢比她年纪小的男人。 怎么样，我男朋友是不是很年轻很英俊？

大卫又看了眼玉木宏的照片，把手机还给茉莉，干笑两声。

---

① 玉木宏：日本知名男演员，生于 1980 年。

加拿大大卫：是很英俊。 我突然想起来有事情要问问房东，祝你们玩得开心，有什么疑问也可以随时问我啊，毕竟我来这里也三周了。

茉莉：我朋友迈兮会说西班牙语，有问题我都直接让她请教当地人，不劳烦先生你操心了。

茉莉说完还配上一个她经典的不露齿微笑。

加拿大大卫：呵呵，这位小姑娘懂西班牙语啊，我都不太懂，看来我得找你们帮忙，回头见啊！

语毕，大卫尴尬地又笑了笑，踱着小步走了。 回到屋里，关上门，茉莉已经在床上躺成了个"大"字。

我：猫村茉莉，这大爷怎么惹到你了？ 玉木宏还是你男朋友了？ 我怎么就只喜欢年纪小的男孩子？

茉莉：这个老男人，就送他一个词——恶心！

我：知道你一向讨厌主动找你套近乎的人，可平时你一般都无视，今天怎么还噼里啪啦一气吹牛？

茉莉坐起身来，两眼直直看着我，扑哧一笑。

茉莉：你说不奇怪吗？ 他一个退休警察来度假，随身带着警察证做什么？ 就算是出门时候没留意放在口袋里或是包里带出来，有必要一见到我们就展示吗？

我：是有点奇怪，不过你知道，有些人对自己的职业充满自豪感，喜欢到处说生怕别人不知道。

茉莉：不不不，如果他是为自己曾经是个警察感到骄傲，告诉我们就可以了，没有必要给我们看过期证件。 他的行为更多是想要向我们证明他是个警察，或者说，证明他是个好人。 我的推断就是他其实并不是个好人，而且八成没事就把这个证件取出来给这里的古巴人看。

我一时语塞，虽说觉得茉莉的结论太果断，但好像也有几分道理。

茉莉：当然这不是我不想搭理他的主要原因，我俩上楼时候我就注意到他了，一直色眯眯盯着我们，两只眼睛直打转，后来应该是我们走近了，他听到我们说英文，就知道可以搭讪了。 古巴这地方没网络，也没太多娱乐，他又不年轻英俊吸引人，还不会说西班牙语，你说他不去沙滩干嘛来这里度假呢？ 还能待在哈瓦那整整三周！ 反正我是想不通，叫我说，这老头绝非善类，我骗他说我们有男朋友还只喜欢年轻的小伙子就是为了防止他之后几天没事来烦我们，杜绝一切麻烦找上门来的可能！

就在这时突然传来一阵敲门声。

加拿大大卫：迈兮和茉莉，我是大卫，抱歉打扰了，有点事情想请迈兮小姐帮个忙。

只见茉莉脸上先是一秒错愕，立即变成了满脸鄙夷，低声骂了句"他妈的"。 我向她示意我要开门了，她翻着白眼点头。

加拿大大卫：迈兮小姐，想请你帮个忙。是这样的，我前面一直在等一个朋友，她叫朵拉，已经过了约定时间半个多小时了她还不来。我有她家电话，但是这会儿接电话的人不是她本人，我又不会说西班牙语，能帮我打通电话吗？

茉莉：我热心的好姐妹会帮你的，我累了，先洗澡准备睡觉了。

　　茉莉抱着浴巾冲出房门，拍拍我的肩膀，完全不想多看大卫一眼。我跟着大卫走到客厅帮他打电话，电话那头是个中年妇女接听的，我告诉她我和一个叫大卫的加拿大人在一起，他在等朵拉，对方非常不耐烦地说她是朵拉的母亲，但是并不知道大卫是谁。我翻译了那边的内容，大卫急了，关照我要告诉那妇人他是一个叫丹尼尔的男人的朋友，是丹尼尔介绍他和朵拉认识的。奇怪的是当我告诉了那妇人大卫是丹尼尔的朋友后，那妇人的态度一下子变得特别客气，她说朵拉不在家，她也不知道她去哪了，问我要了大卫的电话，说朵拉一回家就让她给大卫打电话。大卫若有所思地谢过了我，随后回房休息了。

　　第二天一清早不到七点，我和茉莉坐在露台上吃早餐。

茉莉：昨天晚上这加拿大老色狼烦了你多久？我睡觉了你还没回屋呢。

我：没有很久，就是让我帮他打个电话找个朋友，那朋友不巧没在家，挂了电话他就回房休息了。后来我是在天台上和何塞聊天，这不聊到了雪茄，他推荐了我们今天去 Viñales 小镇，所以我早早把你叫醒了。

茉莉：朋友？他不会说西班牙语，连电话也要你帮他打，怎么会交到这里的朋友？

我：或许这个朋友会说英文吧。

　　突然咯吱一声，露台斜对面大卫的房间的门慢慢被推开，而从里面走出来的不是大卫，是一个裹着一条浴巾的女人。只见她轻轻关上房门，缓缓朝我和茉莉的方向走过来。随着她越走越近，我和茉莉越来越错愕。这是一个面容稚嫩的古巴少女！她走到我和茉莉面前，用比较僵硬的英语问道："请问，冲凉的地方在哪里？"我用西班牙语回答她指了个方向，她略显惊讶。"你是朵拉？"我问。她点头并满脸疑惑地看着我。"昨天大卫好像在等你，还让我打电话找你，你妈妈接电话的。"我继续说到。

　　"是的，本来应该早些来这里的，我跑去和朋友玩了，回家后妈妈骂我了，所以我又来了。"朵拉低着头说完这些话，朝冲淋房一路小跑去。我愣愣地目送着她跑远，走神了，直到茉莉的声音打破了数秒的安静。

茉莉：亲爱的，把昨天晚上他找你帮忙的详细情况和我说说，再翻译下刚才你和这姑娘的对话。

　　我一口气喝光了玻璃杯里的木瓜汁，压压惊，把事情详细讲了一遍。

茉莉：迈兮，你昨天几点和何塞道晚安？
我：大概凌晨一点。
茉莉：也就是说这姑娘至少是凌晨一点以后来这里的。
我：应该是这样，大卫回屋后我在露台上看了会儿书就一直和何塞聊天，直到我睡觉也没有人进来。

茉莉：这姑娘大半夜被电话催来就是为了陪这死老头睡一觉？？？

我：茉莉你声音轻点，他可能已经醒了。

这时候，一个年轻的白人小伙子走上了露台，他看上去二十多岁模样，他穿着天蓝色的背心，淡绿色的沙滩裤，明黄色的夹脚拖，皮肤被晒得发红。 一声"嗨，早上好。"他热情地对我和茉莉打招呼，露出一个大大的笑脸。

我：我猜你是新来的房客？

瑞士大卫：是的，我凌晨三点多到的，刚刚从沙滩回到哈瓦那。 对了，昨天有个姑娘和我差不多时间来这里敲门，刚才还跑去冲淋了，她是和你们一起的伙伴吗？ 不过她看着也有点像本地人呢。

我：她不是我们的朋友……这事说来话长……你坐吧，桌上的早餐是自助的。

我拉出一张椅子让这个男孩坐下，一时也不知道该怎么解释大卫、朵拉之间的关系。 再看看身边的茉莉，她正边往面包上抹黄油边沉浸在自己的思考里。

瑞士大卫：你们俩是来旅行的吧？ 你们来自亚洲的哪个国家？ 我来自瑞士，去年完成了研究生学位，正在环游南美洲，古巴是我最后一站了。 噢，对了，我叫大卫，你们叫什么名字？

茉莉：该死的，怎么又是个大卫。

茉莉冷不丁冒出一句，然而她的视线一直没变过，还盯着面包在思考。

瑞士大卫：额……我的名字有什么问题吗？

我：没有没有，是这样的，这里还有位房客是个来自加拿大的老先生，他恰巧也叫大卫。我叫迈兮，我来自中国，这是我朋友，茉莉，她是日本人。我们快大学毕业了，来毕业旅行的。昨天下午到这里的。

瑞士大卫：那你们今天有什么打算？

我：我们准备一会儿就出发去 Viñales，你呢，今天什么打算？

瑞士大卫：我没什么特别的打算，今天就先在这儿睡睡觉休整一下，昨天睡得太少，要不是肚子饿，我也不会这么早起来吃早餐。对了，给你们推荐个酒吧，叫 Floridita，你听说过吗？你们今晚可以去逛逛，里面还有个海明威的雕像。

茉莉：你们慢慢聊，我去收拾下等下出发要带的东西。

　　茉莉不知什么时候已经把那片面包吃完了，起身回屋里。

瑞士大卫：你朋友看起来好像心情不是很愉悦。

我：是有点，不过你别多想啊，和你没有什么关系，她是在生另外一个大卫的气。

　　我指了指那边刚刚从房间里出来站在门边伸懒腰的老头大卫，心想，茉莉也真是机灵，一定是发现老头大卫要出来吃早餐了，立马溜走眼不见为净。

　　逛完了雪茄小镇，去哈瓦那的中国城吃了中餐，茉莉虽然一路上时不时还是会对加拿大大卫骂骂咧咧，但是总体上心情还不错。我们回到民宿休息的时候，小伙大卫出门了，老头大卫正巧坐在客厅里。茉莉当然是没搭理他，我朝他微微点了下头。老头大卫笑嘻嘻走过来。

加拿大大卫：两位美丽的姑娘，今天愉快吗？迈兮，方便帮我个忙吗？还是像昨天一样帮我打个电话，问下对方我朋友朵拉今天几点来这里。

茉莉：不好意思，今天很累了，我朋友不方便帮你打电话，我们现在需要安静地休息一会儿。

没等我吱声，茉莉代替我回答了，老头大卫又是一脸尴尬，大概是被茉莉的气场震慑住了，灰溜溜跑回自己房间。茉莉往沙发上一躺，冲着我傲娇一笑。房东何塞当时也在客厅，他多少懂一些英文，此刻也轻轻笑出了声。

何塞：大卫先生每次来这里都会遇到不喜欢他的其他游客，但是能把他当面赶走的也只有这位日本小姑娘，哈哈哈，真是太丢脸了。

何塞不怕大声嘲笑他的房客，反正大卫听不懂嘛。突然我觉得哪里不对劲。

我：何塞，你说大卫以前来过这里？

何塞：是啊，他五年前第一次来这边度假，之后每年都来这里住一个月，算是我老客户了。

可是他明明告诉我和茉莉这是他第一次来古巴啊……

一个多小时后，我和茉莉坐在哈瓦那市中心的 Floridita 酒吧里。 哈瓦那的夜生活更是让我仿佛置身于电影里，霓虹灯招牌，厚厚的红帘布，幽暗的灯光，舞台上的女郎演绎着四五十年代的老歌。 周围的客人们大多是头发灰白的老人，不过大多说着英语或者欧洲的其他语言。 不得不说这群欧洲老游客们还都很有情调，应该是为了古巴之旅特意带来了自己的压箱服饰，看得出他们的每件西装礼服应该都比我和茉莉两个人的年龄加起来的岁数还要大。

茉莉：前面你和何塞在聊那个加拿大糟老头子吧？ 他告诉你什么了？ 我看你先是满脸惊讶，后来又严肃得很。

我：何塞告诉我大卫是常客，五年前他还没退休，圣诞节休假时候跑来了古巴，据说那还是他第一次去除了美国和加拿大以外的国家。 他到这里以后认识丹尼尔，丹尼尔是个英语流利的小导游，闲散时间享受好几家小酒馆的外快。 他专门给来古巴找乐子的白人老头们介绍古巴姑娘，把他们约在小酒馆里见面。 除了各小酒馆以外，他还向姑娘们的爹妈收取了不少好处。 之后大卫年年都回来，其中有一年还来了两次。 每次来他就待在哈瓦那，白天睡觉发呆，晚上去酒吧结交女朋友，听说最多的时候他同时有五个女朋友轮流着约会。 至于约会内容嘛，简单说就是请吃饭加睡一觉，或者请喝酒加睡一觉，再或者一起去沙滩玩半天加睡一觉。

茉莉：这么看来我早上想错了，我以为朵拉是个雏妓，原来是个可怜的没被请吃饭喝酒，却要陪他睡觉的"女朋友"。 而那个丹尼尔根本就是个拉皮条的。 可是我不明白，这些年轻女孩的父母为什么会和丹尼尔这种人打交道？

我：何塞说在这里，古巴姑娘和白人游客约会是没有成本的，男方会支付约会的一切开销，那么就如同一场赌博，万一赌赢了，他们或许就会带着自己的女儿去加拿大、法国、德国或者瑞士。 或许能把家里更多人带出去，或许能时不时给家里寄些外汇，外汇在这里又是这么值钱。

茉莉：然而这群老男人们大多是抱着玩玩找乐子的心态，仗着自己一身白人皮囊，来自发达世界的底牌就欺骗这里无知的姑娘，玩爽了拍拍屁股走人。 嫖娼都比他们高尚一百倍！

我：茉莉，我不得不说，你的眼光很犀利，第一眼看到他就知道他是个混蛋。

茉莉：不，我当时并不知道他是个这么无耻的混蛋。 真是气死我了，真想揍他一顿。

　　茉莉端起她的鸡尾酒，那架势是准备喝一大口，却把自己给呛了。

茉莉：这酒怎么这么难喝？

我：你点了什么？ 没看是什么调配的吗？

茉莉：那个瑞士大卫不是和你说这里的海明威有名嘛，我点了个叫'海明威老爹'的鸡尾酒，没仔细看配料。

我：额，小伙大卫说有名的是那座海明威雕像，不是这款'海明威老爹'鸡尾酒……

　　我指着酒吧一角的那座浅金色的海明威半身像，茉莉朝我手指的方向看去，无奈叹了口气。

茉莉：我发现自从到了古巴，我和大卫有关的一切都气场不合。

第三天清早，露台上，我和茉莉去吃早餐的时候，瑞士大卫已经坐在桌子边喝咖啡了。他头发湿漉漉了，应该也刚冲完澡。

瑞士大卫： 姑娘们早上好，昨天玩得可好？

我： 早上好，大卫，你推荐的酒吧很有意思，一直感觉在时光穿越，倒是那款"海明威老爹"把我朋友呛到了。

瑞士大卫： 我昨天一天都在这儿休息，就晚上出去吃了个晚饭，和你们错开了。话说，我吃完晚饭回来后那个大卫让我帮他打电话，我知道那加拿大老头的事情了，刚才我冲完澡出来吃饭，正巧撞见了昨天来的那个姑娘进去冲澡，这老头还真艳福不浅。

茉莉： 你说什么？他又大半夜把姑娘逼来陪他睡觉？混蛋！迈兮，等下她洗完澡你必须把真相告诉她。

我： 真相？你希望我告诉她什么？

茉莉： 告诉她这老头就是在玩弄她，整天来古巴玩弄姑娘，这已经四五年了，而且现在也不一定就她一个女朋友。告诉她这个混蛋大卫不可能带她去加拿大！对了顺便再告诉她，一个加拿大的退休小警察也不会很有钱！她出来了，朵拉，朵拉，快快，迈兮你快告诉她！

朵拉听到茉莉喊她的名字，一边擦拭她的头发一边朝我们的方向走过来，我感受到身边的茉莉正满眼炙热地看着我，可我一时却不知该如何开口，瑞士大卫倒了一杯咖啡，递给朵拉。"先生，不用，谢谢您。"她羞怯地摆摆手。"朵拉，你多大了？"我也不知道我怎么会问出这么句话。

"17岁。"然后是几秒的安静，我知道茉莉是听不懂，而瑞士大卫是听得懂的，只怕此刻和我一样震惊。

Havana
2015.

我：朵拉，你知道他几岁？

我指了指露台斜对面加拿大大卫的房间。"不知道。"她小声回答。

我：我也不知道他几岁，但我知道他有个儿子比我年纪大，而我今年22岁。

朵拉似乎非常的局促不安，她的手指一直在扣餐桌上的桌布，然后满眼无奈地说："我妈妈叫我来的，说他是个好人，我不来妈妈会骂我的……"后来的对话是瑞士大卫继续的，他不过随口和朵拉拉了几句家常，我却比前一天早上餐桌上的茉莉还要安静。朵拉走后，瑞士大卫一五一十把我们俩和朵拉的对话翻译给茉莉听。

茉莉：迈兮，你为什么不告诉她真相？
瑞士大卫：我想迈兮也是因为震惊和同情而沉默吧。可话说回来这终究是和我们不相关的事情。我们也帮不上什么忙。

茉莉狠狠瞪了瑞士大卫一眼。

我：茉莉，大卫说的对，我们其实真的帮不上什么忙。朵拉是不想来的，可是她不能反抗她的妈妈。她也许不知道像大卫这样的人来这里究竟为了什么，但是她母亲会不知道吗？哪怕只有一个哈瓦那姑娘被带去了西方国家，这里无数年轻姑娘的父母都会趋之若鹜地去结交丹尼尔这样的人。这不是朵拉的悲哀，是这个地方的悲哀，也是作为女人的一种悲哀吧。

茉莉：我就是看不惯啊，你说白人男人们凭什么这样，我以前还以为他们只是喜欢跑去菲律宾、泰国骗无知的女人们，看来他们的"狩猎范围"比我想象的还要大。我知道这和我们并没有关系，可是能帮一个是一个啊，我要是会说西班牙语我早告诉她了。

瑞士大卫：你以为告诉她真相有那么容易吗？现在朵拉不愿意来可能只是因为大卫是个和她语言不通的老头子。你要给她说明所谓的真相就要解释清楚一个更为宏观的世界经济情况，要告诉她这里有多不发达，为什么在历史的进程中这里演变成现在的样子，世界上发达的国家是什么样子，加拿大老头在他的社会里属于什么阶层等等。暂且不说给她解释清楚社会问题要花许多精力，她只有17岁是不是能理解上去。就算我们把一切都解释清楚了，她该感到多么悲哀？

我：刚才有一瞬间我就是觉得无能为力，我们能告诉朵拉真相，但我们帮不了她。而世界上又有多少个朵拉一样的女孩？在你刚才提到的菲律宾、泰国以及一些其他国家，有更多更多的朵拉。真正能救她们的是教育和经济，不是吗？

茉莉：能拯救她们的也许是教育和经济，而给她们制造这种处境的是这群无耻的发达世界男人们。在自己国家老无所依，老无所好，就来祸害其他国家的无知姑娘。

瑞士大卫：你不要那么悲观嘛，何塞不是说这加拿大老头五年前第一次来这里前没去过除了加拿大和美国以外的国家嘛。我想，一个人的见识直接影响他的世界观、价值观。如果他年轻时候像我一样有机会到处走走感悟一下，也许就不是现在的情况了。而随着通讯科技的发展，我们越来越容易了解外面的世界了。

茉莉：你就那么自信你以后不会变成他的样子？ 人生无常，别忘了，他前半生可是个衣冠楚楚的警察呢！

茉莉话音刚落，我赶紧冲着她直摇头，她也意识到自己说话过激了，瑞士大卫想必是完全没想到茉莉会来这么一出，愣是说不出话来了。 我内心万分同情这个小伙子的，他不像我了解茉莉的个性，就祈祷他不是玻璃心。

茉莉：那个，对不起。 我刚才不是这个意思，我无心把你和那加拿大老头比较，希望你不要介意。 人生的变数很大，也许他没有离婚，五年前就不会自己跑来这里玩，也不会有后面的故事，不会是现在这个人渣模样。 我只是觉得，每个人心里都住着一个恶魔，时不时会出来挑衅一下，只不过不是所有人每次都能战胜他。

瑞士大卫：看来我要努力永远别让那个恶魔控制我的行为。

我舒了口气，还好这小伙子内心豁达，当然茉莉的犀利火爆个性这些年也在逐渐改变。

我和茉莉离开哈瓦那的那天，加拿大大卫笑嘻嘻来和我们道别。 说真的，如果不是知道朵拉的一系列故事，我可能真会觉得他就是个亲切的老话痨。 我心想这老头不知道还会多少次来这里，或者也许直接把家搬过来算了。

"再见了大卫先生，走之前我必须告诉你，你是我认识的众多大卫里最难忘的一个，因为你实在太恶心了。"嗯，这当然是猫村茉莉对他说的最后一句话。

故事二十 | 买得下的记忆

它：东京，日本，2013/2015
他：金子先生，日本人，47岁，商人

　　水面上是斑驳的树影，耳边是此起彼伏却不恼人的蝉鸣，光滑发亮的鹅卵石砌成的池里端坐着穿着比基尼的茉莉。 她正对面，坐着气喘吁吁的我。 这里，是茉莉家的私人温泉，我刚刚被她逼迫着走流程： 室内温泉—桑拿房—冰水池—淋浴—室内温泉，整整五遍，桑拿房的时间一次比一次长，平时没有泡澡习惯的我真心受不了。 这会儿终于结束了，我们转移到室外的温泉池子休息，此刻我浑身通红坐在池子边，对面的茉莉半个身子泡在水里朝我翻着白眼。

茉莉：我说，你在干什么呢？ 快下水里来。
我：大姐，我不像你从小泡大的，你让我吹吹风，凉快凉快。
茉莉：怎么样？ 我家的温泉比你两年前去的箱根赞多了吧？ 之前就跟你说了要学会怎么泡澡还是得我亲自教你。
我：是是是，如果我自己去一般就会进桑拿房一次，不会超过 20 分钟，今天蒸桑拿的时间比我这辈子蒸过的总时间都长。 我说，之前看过一篇文章描述日本男女混浴的澡堂，说是以前很多地

方有这个传统，不过现在已经很少了，全日本也没几个，是这样吗？ 你有没有去过？

茉莉：听说过，没去过，我家有温泉我干嘛还要专程去别的地方泡？你要是愿意我们可以刷 tinder，然后约几个帅哥来我家泡，不就是男女混浴了。 嗯，你难得来我家做客，我会成全你的。

我：茉莉，我知道我没你会翻白眼，现在请你想象我刚翻了十个白眼。

茉莉：哈哈。 话说有一次我爸把几个小学同学请来这里叙旧。 然后他们泡澡泡到一半突然就决定做些有纪念价值的事情，一个人提议大家裸泡，举手表决，还全票通过了！ 哈哈哈哈哈哈。

我：你不是逗我吧，同学聚会这么重口味！

茉莉：我爸说，刚开始几分钟有点尴尬，后来大家就该聊天聊天，该讲笑话讲笑话，他们最后都觉得挺有意义的，因为儿时相识一起长大，一把年纪了还能聚会坦诚相待一回。

我：这倒是噢，貌似是上升到精神高度了。

茉莉：什么精神高度啊。 我想想也就是都六十几岁人了，全裸也没什么好看的了，你说是吧。 这种事情年轻时候不能瞎玩，回头哪个男同学起生理反应就搞笑了。 啊哈哈哈哈哈哈哈。

我：你也是这么和你爸说的吗？

茉莉：那倒没有，我和我爸说，你们一把年纪玩混浴，真安全，呵呵。

我：你们日本人怎么这么奇葩？

茉莉：亲爱的，我们内心好色却行为有礼，思维严谨却思想闷骚，做事细致却脑洞大开。 我早就和你说过，对于外国人来讲，要真正了解日本人太难了，因为我们对内对外完全两码事，你要对有我这样一个直白爽气的日本朋友感到幸运。 话说，这次去东京有没有发生什么有趣的故事？ 类似于两年前那种没事在性爱酒店堆里跑来跑去？

我：那我就给你讲个故事，暖暖你这颗"污秽"的心。 还记得两年前被你称之为"武士道精神的继承者"的那位先生吗？

茉莉：怎么？ 和绅士大叔浪漫重逢了？

茉莉会心一笑，扑腾着水花游到温泉池中央的小桌子，把壶里的清酒倒出两小杯。 此刻我身上闷热感也散去了，便也把半个身子泡在温泉池子里。

两年前的东京夏日，除了那家涩谷的酒吧，我还有一个常去的餐厅。 那是刚到东京没几天的一个晚上，我在四谷站附近瞎转悠，肚子饿，于是随意推开了一扇路边小门，那是一家座位不多的小餐厅。 我找了个一人座位坐下，开始研究菜单。 几乎什么都看不懂，因为那菜单是手写的，不配图。 在我不远处有两个四十多岁的大叔在吃饭，应该是看出了我满脸疑惑瞪着菜单，其中一个走到我身边，问："姑娘我能帮到你吗？"

我起初有点紧张，毕竟听闻日本有很多变态大叔喜欢搭讪年轻女孩，但是这位大叔穿着打扮都很考究，气质很温和，让人很愿意和他继续说话。

大叔介绍说，这是一家夫妻店，丈夫是大厨，妻子是服务员，这样的小店日本很多。

大叔感叹说，我很幸运，因为这位大厨以前是银座很有名的鱼料理店师傅，现在打算退休前自己开店随心所欲一些，于是选择在四谷开店。 每天的菜单都不同是因为大厨每天清晨天没亮就会去筑地鱼市买新鲜的鱼，然后根据每个清晨买到的食材决定当天的菜单。

大叔不忘说，他会讲英文，是因为年轻时候曾经在英国上过学。

大叔文质彬彬又滔滔不绝地介绍起了菜单上的鱼类，还帮我点了三盘不同做法的鱼，生、炸、煮。 这顿饭吃得很开心，因为那大叔也会帮我翻译以便我和老板、老板娘交流。 两位大叔先吃完后和我道别了，我继续享用最后一道料理。 美餐一顿后我准备结账，心里想着大叔说这类餐厅的价格都是老板根据材料、心情决定。 既然是个名厨等下账单估计会很给力的贵吧，不过真的很好吃，这种体验也是第一次，贵点也值了。 这时大厨太太笑嘻嘻走过来告诉我说不用付钱，因为刚才走的两位大叔帮我把钱付了。 耳边浮起他们离开餐厅前和我告别时留下的最后一句话，"Please enjoy Tokyo"（希望你享受在东京的时光）。

我问大厨太太那位大叔叫什么名字，大厨太太说她也是第一次见那位先生，然而和他一起来的是这家餐厅的常客，叫森垣先生。

后来在东京的日子里我又拜访了这家餐厅几次，我总在想也许哪天我能再次撞见这位森垣先生，然后可以问问他，那位耐心给我解释日本各种鱼，帮我点菜买单的大叔名字是什么。 可惜一直到我离开东京，都再也没有缘分遇见过他们。

这段经历一直在我脑海里，曾经和茉莉提起，当时她给了我"武士道"三个字。 后来又说："他不留名便离开，是给你的遗憾。而这份遗憾让你着魔般爱上了东京。 他呀，就是个典型的日本绅士，用一顿饭的钱买下了你大脑里的丁点永恒记忆，的确是件很划得来的事情。"

转眼两年过去，我又来到日本，见茉莉之前我在东京短暂待了几天，怀旧使我决定在东京的最后一夜去这家餐厅吃晚饭，然后再去涩谷的酒吧见见其他老朋友们。 对，还是像两年前第一次走进去那样，晚餐时间，一个人。 当我推开那扇熟悉的门，找到那个熟悉

Tokyo
2013

的座位，大厨太太居然欢快地喊出了我的名字！ 她的微笑瞬间让我觉得自己一直是个从未离开东京的常客。

茉莉：你是不是会幸运地在两年后重新遇到那位森垣先生的朋友，然后问那位先生的名字，向他说声谢谢，告诉他你两年前在东京度过了很美好的时光，再和他们共享一顿晚餐。

我：故事如果这样发生了，那就真的如同电影般的情节。 然而真实的人生很多时候比电影情节更精彩。

我接过茉莉递过来的那一小杯清酒，娓娓道来后面的故事。

那晚在我的左边巧合般地坐着两个中年大叔，其中一人礼貌地问我是否需要帮忙，他叫金子先生。 他身边的朋友叫河本，不会讲英文。

金子先生说他会讲英文也是因为年纪轻的时候曾经在英国学习过，他和河本先生都是这家店常客。 金子先生帮我点菜时，有那么一瞬间我走神了，眼前发生的一切如同两年前，只不过金子先生和河本先生不是那时候的森垣先生和买单大叔。 在吃饭的时候我想明白了一件事情，也许我永远都不会再撞见那位买单大叔，他的模样都已经开始在记忆里模糊了，但是我能再次找到那种陌生人之间因为热心帮助而一起快乐地聊天吃饭的感觉，这已经是很幸福的了。人生为你不经意安排一些美好的事物，不必执着于刻意找回曾经，因为或许会有更奇妙的事情发生。

金子先生说：我年轻的时候也曾一个人到德国，半夜三更无处可去，一个酒店老板收留了我，他只对我说了句"Welcome to Germany"（欢迎你来德国）。 德国的第一夜，本来觉得自己很凄惨的我，瞬间就感受到了温暖。 我那时候明白，对一个只身在外的人说句 Welcome（欢迎），露出一个微笑是件多么有意义的事情。

金子先生说：今天我们遇到你好有缘分，还能听你讲两年前发生在这里的故事，太特别了。 我们等下得干一杯。

金子先生说：我女儿今年 17 岁了，我希望几年后她长大了能像你一样，会说好几种语言，去远的地方看世界，最重要的是有一颗勇敢的心。

勇敢的心。

听到这里的时候，我看得出茉莉已经完全沉浸在故事里，趴在温泉池中的酒桌上，一只手撑着脑袋。

我：聪明的茉莉，要不要猜猜故事的结局？

茉莉：我猜，那位金子桑是不是像两年前那位大叔一样帮你买单？不过你说，真实经历有时候比电影精彩，这点我信，估计我猜不出结果。

我：我对金子先生和河本先生说要去涉谷参加聚会，先行告别了。这时候大厨老板笑嘻嘻看着我，比了一个"ok"的手势，说："okay desu， free! "（免费）大厨太太也走到我身后，说她是多么高兴两年后我还记得他们的店，而一边的金子先生和河本先生握着清酒杯手舞足蹈起来。 后来，去涩谷的夜路上，我就在想，东京啊东京，为什么你能一次又一次温暖我的心？ 茉莉，在发呆想什么呢？

茉莉：我只是突然想到很久以前看到的巴宝莉广告语 ，"Good things in life never change"（美好的事物永远不会改变）。

我：听你突然说出如此暖心的话，我还真不习惯。

故事二十一 ｜ 阿鲁沙的阳光

它：阿鲁沙，坦桑尼亚，2016
他：辛巴，坦桑尼亚人，28岁，吉普车司机

　　猫村茉莉从亚马逊丛林出来后，经常提到她在那里的刺激冒险，还会给我秀各种各样动物的照片。所以当我得知有个机会可以和一个科学队一起去东非大草原的时候别提多兴奋了。每年东非大草原最吸引人的就是七八月时在马赛马拉的动物大迁徙，很多人会不远千里前往肯尼亚。其实这片草原不只有马赛马拉，在坦桑尼亚境内的塞伦盖蒂大草原是马赛马拉的15倍大，运气好的话一定能找到非洲五大兽。

　　科学活动结束后我继续留在塞伦盖蒂草原附近最大的城市阿鲁沙，却没想到经历了一场如同跌宕起伏的电影般的险境。庆幸的是，我有阿卢卢这个朋友，在最无助的时候，能拨通他的电话。

　　"喂，阿卢卢，是我，迈兮。"

　　"你是不是明天就来达累斯萨拉姆①了？我没记错吧？"

　　"哥们，我现在遇到了一点突发情况，我不一定能马上离开阿鲁沙。"

---

　　①　达累斯萨拉姆：坦桑尼亚第一大贸易城市，位于港口。

"怎么了？"

"我得罪了当地人……你在阿鲁沙，有没有什么人脉广的亲戚或朋友，能帮忙的那种？"

半个多月前，我和大部队抵达坦桑尼亚的时候，接机的是一个满面油光，八面玲珑的中国男人。他把大伙分配到了几辆吉普车上，吉普车的司机们都是当地的坦桑尼亚人。我当时坐的吉普车司机叫辛巴，28岁，皮肤黑如碳，满头细卷黑发，他个性开朗，热情好动，说话语速很快。我们的整个行程是以野生动物摄影为主，几乎天天都在吉普车上，自然而然和辛巴混熟了。

满面油光的中国男人五十来岁，只知道他姓章，我们都喊他章伯。整个行程刚开始的几天，我就对章伯印象很差。作为一个懂英语、斯瓦希里语和汉语的导游，他完全做不好本职工作。首先，他对动物的了解很有限，经常瞎编乱造；其次，每当当地司机用英文解释动物信息后，他总是偷工减料翻译。本来采取无视他的态度，毕竟我可以自己和当地向导交流，可是他总要阻止我做很多我想做的事情。比如我要买坦桑尼亚人的特饮——一种用香蕉酿造的酒 Mbeage，他就说这酒喝了能让人上吐下泻甚至中毒。再比如我让他在市中心大街停车让我去买张手机卡，他说我一旦下车就立马会被抢劫。他总是用安全作为借口拒绝队伍里许多人的要求，其实只是因为他懒。终于忍无可忍，我严肃地告诉章伯，最好搞搞清楚我是他服务的客户，如果他觉得我要的东西不适合我自己去购买，那么他为什么不帮我购买？

辛巴早就告诉过我，不论是售卖香蕉酒的路边，还是售卖电话卡的市中心，都是安全的地方。看得出来坦桑尼亚司机们都不喜欢章伯，当我告诉辛巴章伯是如何描述当地治安情况的时候，辛巴捶胸顿足请求我，一定要告诉其他中国人，坦桑尼亚不是像章伯描述的落魄危险模样。 好在把话说明白后，章伯不再对我指手画脚，但是每当我和辛巴有说有笑的时候，他总是贼溜溜地打量着我们。

我好奇心旺盛，辛巴无所不答。 他得知行程结束后要再去坦桑尼亚游历后，给了我许多忠告。

辛巴：有些时候你得学着假装你不会说英文，这样男人们就会自动放弃搭讪了。 在这里很多男人看到白皮肤的女人都会去求爱求婚，你千万不要为此所动，都是骗人的，只是想靠你离开这里，或者从你手里骗些值钱的东西。

我：你有没有发觉，你刚才和章伯一样在抹黑你的国家啊?

辛巴：我和他不一样，我是告诉你要小心某一类人，他是在诋毁我们整个国家。

我：我知道，我开玩笑的啦。 谢谢辛巴的提醒。

辛巴：离开塞伦盖蒂大草原以后，你最怀念的动物会是什么?

我：我在想，或许答案并不是动物，而是热爱动物，热爱大自然的人们最炙热的目光，还有那一颠一簸的吉普车，和车轮下湿湿的泥土的味道。

在阿鲁沙住的几天，辛巴非拉着我说一定要让他当我的免费向导。 盛情难却，我便答应了，辛巴带我去看一些很生活化的市场和居民区，还有他常常去祷告的穆斯林区。 当地东西就没有那么好吃，特色是一种玉米面制的蒸团子，叫 Ugaali，就着菜叶和肉吃。当我正学着当地人的模样用手抓玉米面团子吃饭的时候，辛巴的电话响了，他接电话的语气越来越凝重，最后愤怒地挂了电话。

我：怎么了，发生什么事情了吗?

辛巴：是我公司的老板，说我遭到了投诉。

我：我们队里的人现在都在飞机上呢，谁能投诉你？

辛巴：是那个章伯！

我：他和你不是一个公司的吗？难道他是你上级？

辛巴：不，章伯不是我们公司的，正确说他也算我们的客户。他在这里专门帮一些过来旅游的中国人找司机和向导。这次你们的团队不仅人数多，还和科学摄影有关，我的老板特别重视。虽然老板听说章伯口碑不太好，但最后还是决定和他合作了。

我：所以章伯根本不是个导游？

辛巴：不是的，他过去好像是个厨子。

我：我就一直觉得他不像个导游，没想到居然是厨子。那么他投诉你什么了？

辛巴：他对我老板说，我不听从他的指挥，还惹怒了中国客人，老板要扣我工资。这个人太可恶了，他已经把你们团队给我们所有司机的小费拿走一半了。

我：就他这服务素质，还好意思拿小费？辛巴，这样好不好？你带我去你的公司，让我向你的老板澄清你是一个非常出色的司机，我是顾客，他一定会相信我的。顺便告诉他应该和章伯这样的人终止合作，我要告诉他章伯是如何抹黑坦桑尼亚的。

　　辛巴觉得我说得有理，餐后我们就出发了。我和辛巴的老板沟通非常顺利，当我告诉他章伯的服务以及言语后，这个老板非常生气，还反复告诉我他本人天天喝香蕉酒从来没中毒。辛巴的老板说他很后悔和章伯合作了，因为他听人说章伯二十多年前从中国偷渡到坦桑尼亚就是因为欠了一屁股债，然后在坦桑尼亚从事象牙走私生意。近些年非洲多国合作打击象牙走私，章伯应该是收手收得

早，摇身一变成了个厨子，根本不算正规旅游行业的人。

从辛巴老板的办公室走出来，我和辛巴还缓不过神来，我们没想到居然和一个象牙走私犯朝夕相处了半个月。 在草原上时，我见识了辛巴和其他当地司机对各种动物的了解，他们每个人都对这片草原有着深厚情感，驾驶着吉普车穿越无数个春夏秋冬日出日落。而一个曾经走私象牙的人，居然当上了东非大草原的向导，对于辛巴那样无比热爱大自然和动物的人来说，这无疑就是亵渎。

我：辛巴，我想揭发他，你觉得怎么样？

辛巴：揭发？ 我们只是知道他曾经干过这勾当，又没有证据，怎么揭发他？

我：不是在这里揭发他，是在中国揭发他。 我一开始以为他只是个不称职的导游，其实他根本就不是个导游。 在我来这里前，我们都被告知他是个了解非洲的海外华侨、资深导游，明显他在包装自己骗人啊。 他这样的人，不配做这样的工作！ 以后他说不定会到处吹牛，说自己把科学摄影队服务得很好。

辛巴：然后会有别的中国人来这里，听他说一些根本不存在的事情，抹黑我的祖国。 我支持你的做法！

那天下午回到酒店，我再次和辛巴老板联系，了解到了章伯真正工作的餐厅资料。 我写了一份调查报告，发送给了正在回中国路上的其他考察队员。 第二天清早醒来，我收到了好多中国队员的消息，团长更是无比愤怒，表示一定要让旅社解释清楚。 远在中国的旅社则表示他们被章伯给骗了，拼命为工作疏忽道歉。 我满意地放下手机，享用早餐。 按照计划，今天辛巴会带我去看一个当地的学校，明天我就要离开阿鲁沙，前往坦桑尼亚经济之都达累斯萨拉姆了。

上午 11 点，距离我和辛巴约定见面的时间已经过了一小时，我反复打他电话也不通，我独自离开酒店去吃午餐，在周围的马路和广场上闲逛。下午一点半左右，我的手机终于响了，屏幕上是个陌生的号码。我接听后，电话那头一直是大声喘息的声音，慢慢地传来了辛巴断断续续的声音。

辛巴：我……我……我被章伯那个混蛋报复了，他找了一群人来打我，我的手机被摔坏了。他们来了七八个人，我打不过他们，幸好后来有警察来，我趁乱跑了，若是和他们一起被警察抓走，在拘留室里我肯定会被他们教训。

我：辛巴，你没事吧？你哪里受伤了？

辛巴：没事，他们没有武器，我今天不来找你了，我怕他们跟踪我，万一知道你住在哪里就不好了。

我：你现在躲在哪里？不要再被他们找到啊，需不需要报警？

辛巴：我躲在清真寺里，不要紧的。如果是你受伤了，你是外国人，报警或许有用，我去报警，警察只会把我和他们都抓起来。我现在就是担心，这个章伯以前走私象牙，会不会和黑道还有什么关系，你明天赶快走吧。

辛巴挂了电话，三十多摄氏度的气温，我整个人都感觉冷极了。我知道我可以直接回酒店，闭门不出，等到明天早上离开阿鲁沙一切都结束了，但是我不能放下辛巴不管啊。战战兢兢回到酒店后，我拨通了阿卢卢的电话。

阿卢卢曾经是我在美国寄宿学校的同学，上学的时候，他所有的衣服都脏脏破破的，到了冬天更是每天都穿一模一样的外套。很多人都以为他是拿着全额助学金的特困生，我也不例外。但我从来没有瞧不起长得憨厚可爱的阿卢卢，经常在买了外卖披萨或者鸡翅的时候会和他分享。 一来我本就吃不完全份，二来可以借此机会"帮助"一下"贫困同学"。 后来阿卢卢转学了，突然切断了与几乎所有同学的联系，除了包括我在内个别几个要好的朋友还能偶尔联系上他。 再后来，十几岁的我们突然明白了这个世界上有很多事情并不是我们所看到的样子。 阿卢卢或许是我身边最有钱的同学，他的家族在非洲开采大量金矿、银矿、宝石矿，作为独生子的他从小面临被绑架的危险。 不论去什么学校，都不能停留太久；不论身在何方，衣食住行都要低调。 他告诉我，虽然冬日里永远只穿一件破旧的外套，但是外套里的衣服每天都换，他只是买了几十件一模一样的内衫罢了。

我在电话里，几乎是带着哭腔把整个事件讲完。 阿卢卢听完后想了想说："迈兮，你先不要急。 据我所知，坦桑尼亚并没有什么华人的黑社会组织，所以我猜这个章伯是花钱雇了打手，现在就需要搞清楚他到底有多少实力。 我需要稍稍调查一下这些打手的背景，看看他们究竟是当地一些小混混，还是章伯花了大价钱雇了有组织的打手。 我猜想应该是前者，因为你提到他们没有武器，而且辛巴还活着。 退一步讲，我有个叔叔在阿鲁沙附近开采坦桑石矿，和政府还有警察局的关系都很密切，没有什么是解决不了的。 我们挂电话后你再和辛巴联系一下，问问他是不是知道某些打他的人的名字或外号，如果他们属于某个团体也把名称记下。 然后你把这些名字和章伯的全名，章伯工作的餐厅名字，辛巴公司的名字等信息一起发短信给我。"

挂了电话，我悬着的心算是沉下了一半，立刻调整情绪和辛巴联系，回复阿卢卢。 电话里辛巴的声音听起来比我平静，他说他不怕，只因安拉与他同在。 一个多小时后，阿卢卢终于回电：

"我把章伯的背景调查了，这人挺有意思，以前在乌干达，卢旺达，肯尼亚都干过坏事，不过你不用担心了，他在坦桑尼亚并没有任何背景可言，但是多年招摇撞骗旅客，应该有点小积蓄。如今你们断了他的一条大财路，他自然咬牙切齿。至于那些个有组织的打手，我已经摆平了"。

"阿卢卢，你怎么摆平他们的？"

"我只能告诉你，有些事，不讲游戏规则。不必多说了，我希望你接下来的旅行是愉快的。问题既然解决了，明天你会如约到达累斯萨拉姆吧？"

"阿卢卢，太感谢你和你叔叔了！"

"这点小意思，还不至于动用到我叔叔。你感谢我就行了，明天到了达累斯萨拉姆再请我吃块披萨吧！"

一切都过去了，辛巴来到我酒店的露台和我告别。看到他鼻青脸肿跌跌撞撞走来的模样我彻底语无伦次了，我本来打算好好安慰辛巴，结果眼泪不住往下流，变成了他安慰我。

我：辛巴，我真的很自责，都是我不好。如果你告诉我章伯去找你老板告状的时候，我不去帮你打抱不平，我就不会知道章伯的秘密。如果知道了章伯的秘密，我不写调查报告发回中国，章伯就不会因为断了财路狗急跳墙。如果没有惹恼章伯你也不会挨揍。是我太天真了，我以为我做的都是对的，结果害你付出了代价。为什么像章伯这样的人明明占有很多不属于他的东西，还毫无道德底线怙恶不悛！

辛巴：你不要自责，善恶终有报。你做的每一件事本身都是出于善念的好事，至于我所经历的磨难，那都是安拉给我的考验和测试，在那之后我会变成更强大的人。这些磨难什么时候降临，什么时候结束，我不知道，只有安拉知道。

我注视着辛巴的眼睛，虽然并不信仰他口中的那个神，但我感受到原来宗教的力量如此强大，能让人身处逆境时希望不灭。

第二天一早离开阿鲁沙，我叮嘱辛巴千万不要来送我，好好在家养伤。天微微亮的时候，辛巴发给我一条短信，"我从这里，一路向东北走，会抵达开罗。你从这里，一路向西南走，会抵达开普敦。我们同时回头望向中点，它叫阿鲁沙。一直来不及告诉你，阿鲁沙也有一个被称为非洲中心的理由"。

〈茉莉寒香〉

离开阿鲁沙后我和辛巴之间偶尔会通过社交网络互相问候，这份平静最终因为一条问我要钱的信息打破。信息里，辛巴说那段时间没有工作，生活很困难，需要熬过一个月等旅游旺季来了就会好转。看完信息后我心情非常复杂，决定把这件事讲给茉莉听。

茉莉： 我不建议你给他钱。友情这东西牵扯上了金钱就不再纯粹了。更何况你也根本不知道他那里的情况是不是真的很糟糕，我这么说你别生气。

我： 我其实很犹豫是因为他问我要的金额。他说他需要 500 美金去撑过一个月，我知道那里人的月平均收入是 100 多美金。于是我问他需要 500 美金的用途，他并没有什么特殊用途，只是家用而已。

茉莉： 迈兮，你注意到了吗？他在问你要钱，而不是借钱。虽然说我们心里都明白，即使是借钱，这钱也都当作是捐赠了，但是他连"借"字都不愿意说出口。过去我在赞比亚做义工的时候，也和很多当地人成了朋友，我离开后不到一个月就收到了许许多多问我要钱的邮件。我只是想说，辛巴问你要钱很正常，因为有太多非洲人做这样的事情了，而他在你离开后过了好几个月才开口，已经很不容易了。亲爱的，我知道你特别珍视你们的友谊，因为你和他一起经历过那么惊险的事情，你不希望你们的友情里有任何杂质。但现实残酷，他也许突然想明白了这辈子可能也不会再见到你，那么不应该错过一个能问你要钱的机会，更何况曾经一起经历过的一切说不定能让你对他格外慷慨。

我：他还和我说他以前经常把多余的钱捐给孤儿院，现在也没能力这么做了，觉得很遗憾。我就想起在非洲的时候，有无数男孩子在为了博取异国女游客的好感时会说自己在帮助孤儿。我真的好想相信他。

茉莉：用理想主义的话来说：一个人如果不会爱自己，是没有资格去谈爱别人的。用现实主义的话来说：自顾不暇的人，是没有可能去关照毫无关系的人的。在我看来，这两句话表达的是一个意思。他对你说他现在处境很糟糕，没有工作，那么他在做什么？

我：祷告，他告诉我他每天都在很努力地向安拉祷告能让他的生活好起来。

第二天我收到一封来自茉莉的邮件，里面有一张截图照片和一句话。截图是茉莉为坦桑尼亚红十字会捐款 200 美元。她写道："这样比较好，但愿安拉能让这笔钱正好帮助到辛巴，我是代替你捐的，下次我们结伴旅行的时候你记得帮我付所有的饭钱。问题圆满解决，不客气。我是最爱你的茉莉。"

故事二十二 ｜ 第二耶路撒冷

它：拉里贝拉，埃塞俄比亚，2016
他：Addie，埃塞俄比亚人，30 岁，司机 & 向导

　　午后，高温，感冒，生理期腿酸，突然之间还胃痛了，我愣是带着个相机走到了周围没有小商店，没有出租车的土坡上，虽然距离酒店是不到半小时的步行距离，但是可悲我腿软走不动只能原地蹲下。 十分钟前，一个埃塞俄比亚小男孩走过我面前，我拼命用两只手向他比画着我实在走不动，很需要一点水，然后递给他 20 比尔（约等于 1 美元）。 他呆呆看了我几秒，然后拿着钱转身跑开了，说实话我并没有抱太大的希望，在埃塞俄比亚待几天都知道，几乎所有外国游客都有过被当地孩子追着要钱的经历，我也就是死马当活马医了。

　　我绝望地坐在路边捂着肚子，等待疼痛感慢慢消退，居然在沙子路上看到了那个小男孩一跳一跑的身影。 更重要的是他手上有个瓶子……感动地接过那瓶苏打水后，立马陷入了感悟人间真善美的幸福中。 这时小男孩从口袋里掏出 8 比尔找零要给我，我一边和他比画着这钱他可以收下买糖吃，一边对自己先前怀疑这孩子可能拿着我的钱就走人的念头进行自我谴责。 迈兮你真不该一概而论，不是所有非洲马路边孩子都只知道乞讨，占外国人便宜的。 慢慢喝完

半瓶水的时候，我的手机响了。

Addie：您好，我是 Addie，抱歉昨天没有接到电话。 请问您是需要
   向导或者司机吗？

　　前一天走出位于埃塞俄比亚和厄立特里亚边界的达纳基尔沙
漠，坐了十几小时颠簸的车，抵达拉里贝拉时天已黑。 一进旅店房
间我就整个骨头散架，睡觉前想着给自己在拉里贝拉找个向导讲解
下教堂。 于是我打开 Trip Advisor 软件开始搜索，看到好几条游客
写的关于一个叫 Addie 的向导的好评，评论内容很合我心意，于是
我拨了他的电话，没人接听。 我便倒头大睡了。

我：你好，我叫迈兮，本来想找个向导，明天给我讲解教堂历史的。
Addie：明天我还没有被预约，非常愿意做你的向导。 嗯……请问已
   经预约别人了吗？
我：没有。 我现在的处境比较尴尬，我在拉里贝拉瞎晃悠，但是发
   现自己身体状况不太好，我现在不确定明天是不是会有力气去
   爬那些高高低低的石头教堂。

　　电话那头的 Addie 确认了我的方位，然后告诉我最近的小咖啡
馆要走上十分钟。 他说他今天的工作任务刚刚结束，可以去那里和
我碰面聊聊我的行程。 于是半小时之后我在那家咖啡馆见到了
Addie。 他很高，很瘦，头发极卷，着一身东正教徒祈祷穿的
白衣。

Addie：您还好吧？

我：前天刚从达纳基尔沙漠出来，体力消耗过大，再加上昨天坐了一天长途车，今天又做了个愚蠢的决定往山坡上散步。

Addie：您去达纳基尔沙漠了？ 一定是个爬了尔塔阿雷活火山的女汉子哟。 几年前我曾在沙漠那边做向导。

我：是啊，活火山真的好壮观，虽说累得半死，但有生之年能看到活火山也算值得！ 你在沙漠做过向导？ 那你的体能必定非常棒并且车技了得，能在飞沙里飙吉普吧？

Addie：哈哈，我的确喜欢开吉普。 不过现在在拉里贝拉工作，开吉普的机会少了。 正巧我现在没事，就想过来看看你或许需要帮助去医院。 不过看起来你已经好多了，但是还是要多休息啊。

我：是啊，我打算等下就回旅馆睡觉。 和我说说你做向导怎么收费吧。

Addie：我收费 500 比尔一天，会带你走遍拉里贝拉所有的东正教堂，共 11 座，为你讲解历史和文化，解答你的问题。 中间有两小时是居民祷告时间，你可以回旅馆休息。 说实话这些教堂都是在石头里凿的，参观的时候要高高低低爬，我不确定你身体状态怎么样？ 打算在拉里贝拉待几天呢？

我：还要待两天，我等下回去休息，明早给你电话？ 如果恢复得好就明天出行吧？ 不过今天若有别人预约你，你就接单，不要因为我耽误你做生意了。

Addie：如果你恢复体力了我非常愿意做你的向导，明早你电话来之前我不会接受别的预约的，因为我相信你会很快好起来的，我会为你祈祷的，愿上帝让你今日康复。 不过如果明天不能成行也请联系我，后天我被预约了，你要是后天去，我可以帮你找一个向导。

第二天一早当我在晨光里醒来感受到自己又能量满格的时候，立马给 Addie 拨通了电话，告诉他托他所信仰的上帝的福，我准备好出发啦。不得不承认我对 Addie 的第一印象极好，姐也算是一个人闯荡江湖多年，看到个导游四目相对几秒钟就知道这人心术正不正，是不是满眼睛都是钱。Addie 眼神清澈，他对我的关心也让我感受到是发自内心的，而非表面客套。他还是穿着一身白，从晨光中向我走来的一瞬间我还真以为神明降临了。

Addie：早上好，迈兮小姐，欢迎来到拉里贝拉。这里本来叫 Roha，拉里贝拉是 12 世纪末开始统治埃塞俄比亚的国王的名字。在拉里贝拉王还是个少年的时候，他曾经游历到圣地耶路撒冷，回到埃塞俄比亚继承王位后他努力在这座城市建造了许多教堂。要知道在 12、13 世纪从石头里凿出教堂如同天方夜谭，建成的时候，人们都相信拉里贝拉王得到了神的帮助。这里也被称为第二耶路撒冷，因为很多建筑的设计都是模仿了耶路撒冷。虽然没去过那里，不过我也曾经向来自以色列的游客验证过。那么今天，就让我带你走一遍这段来自 12 世纪的历史，也是埃塞俄比亚最值得骄傲的古文明之一。

在这里我就不描述我是如何度过了历史人文宗教信息量极大的一天了。因为在拉里贝拉的日子，最触动我心的并不是那座闻名世界的圣乔治教堂，而是 Addie 带给我的那些故事。黄昏的时候我们结束了一天的行程，Addie 问我有没有兴趣来杯啤酒，我告诉他若是平时我会非常愿意，但是此刻胃还是非常不舒服。说来也奇怪，在埃塞俄比亚能喝到的果汁品种非常少，我觉得柠檬汁不算什么罕见果汁，但是找了两天也没找到。Addie 听后告诉我，在拉里贝拉

Lalibela
2016

只有一个餐馆有卖柠檬汁，那里也有非常漂亮的景观台，他可以带我去那里，于是乎我们在一个山坳里的餐厅坐下，我如愿以偿点到了柠檬汁，他喝着啤酒，观赏着夕阳西下。

我：刚才那个给我们端来饮料的妇人是英国人吧？ 居然会在这里看到白人服务员！

Addie：你听力不错啊，她来自苏格兰，是这儿的老板。

我：原来如此！ 那也挺少见的，毕竟离开首都后除了游客和一些建筑工地的中国工人，我都很少看到长期居住在埃塞俄比亚的外国人。 这个老板是不是嫁给埃塞俄比亚人了？

Addie：不，她没有嫁给埃塞俄比亚人，不过平时料理这家店的是她的情人，就是我们进门时候在门口抽烟的人。 至于她有没有结婚，我并不知道，门口的他也不知道。

我：什么？！

这位苏格兰老板看着少说也是六十来岁的样子，而门口那小伙子也就最多三十岁的样子。 Addie 轻轻叹了口气，神色淡然地娓娓道来原委。

Addie：其实这在拉里贝拉根本不算什么秘密，这个小城市因为教堂慢慢发展起旅游业，很多周边小镇小村的年轻人都来这里混口饭吃，除了做向导、司机、服务员，还有个不那么光彩的出路，做欧洲女人的情人。 拉里贝拉几乎所有上点档次的开给外国游客的旅馆和餐厅，老板都是中老年的欧洲妇人，而为她们打理日常业务的都是二三十岁的埃塞俄比亚小伙。 她们，几乎都在伦敦、巴黎、柏林，或是布鲁塞尔一份高薪体面的工作，单身或是有一个富有但不爱她们的丈夫。 一次东非的旅行经历有属于拉里贝拉的一站，然后决定时常回到这里来释放生活的压力。 开一个小餐馆或是旅馆只是她们每隔几个月就回拉里贝拉的冠冕堂皇的理由。 年轻的埃塞俄比亚男孩和这些欧洲女人们各取所需。 他们，是她们的情人，短暂的慰藉能让她们暂且忘记高压的工作、感情生活的缺失或者不幸。 她们，是他们的提款机，每年做欧洲妇人几个月的情人可以提高他们整个家的生活质量，他们都不来自这里，家人们都以为他们幸运地在拉里贝拉找到了为白人打工的机会。

我：各取所需。 唉。

Addie：我很少和游客聊到这些，今天也不知怎么的，和你聊天比较投机，就说多了。 这里的人文虽说不是什么光彩的事情，却也是这里的真实情况。

我：我来这儿之前在坦桑尼亚，被马赛人求了两次婚，我当地的朋友告诉我一定要小心，因为在非洲很多男人都迫切地对外国女人告白，如果成了就能一起离开，就如同买彩票一样。 我倒是觉得埃塞俄比亚男人们还比较靠谱一些，毕竟各取所需好过欺骗感情和利用吧，人想过更好的生活本也没有错。

我们感叹在很多地方因为男女不平等而产生悲剧。 而来到非洲以后我逐渐开始用一个新的视角去思考这个问题。 非洲男人会去搭讪亚洲、欧洲女人，欧美男人则对东南亚、拉丁美洲女人更感兴趣，这其中除了审美喜好的问题，从根本上是经济地位的落差对人群行为的暗示和引导在作祟。 很多人喜欢拿人种说事，其实，当两性关系遇到种族差异，尤其是在谈这类不同种族间已相对固化的两性模式时，最核心的还是分析一段关系中双方的制衡格局，它会体

现在外貌、谈吐等多个方面，但其中起决定性因素的还是经济基础。 无论是世界格局，还是两性格局，我们都是在谈"钱"，很俗，但本来这就是个功利的世界啊。

Addie：你在想什么，那么出神？

我：我在脑补那些欧洲老妇人路过拉里贝拉，白天双手合十虔诚地走进一座座教堂，晚上灌下酒精兴奋地挑选情人的模样。

Addie：这个第二耶路撒冷的秘密确实有点愧对于"圣地"的称号。不过有时候我想，真正的耶路撒冷也未必是个彻底神圣的地方吧？ 希望有一天我能出国，去那里看看。

我：我离开埃塞俄比亚后会去以色列，到时候我好好观察一下真正的耶路撒冷是个怎样的神圣地方。 Addie，在这里有没有发生过欧美女人带着埃塞俄比亚男孩远走高飞的事情呢？

Addie：也有，我的发小 Mike，他现在生活在德国。 过去我们一起工作，他负责在首都向外国人介绍达纳基尔沙漠，然后把游客接到北部城市莫克莱，我负责带游客去尔塔阿雷火山。 有一次他带来了几个德国空姐，让我休息几天，由他带领她们去火山，从火山上下来，其中一个空姐就变成他的女朋友了。 接着那女孩基本上每个月都来，专门挑德国飞埃塞俄比亚的航班出勤。 五年前她怀孕了，于是 Mike 就跟着她去德国生活了。

我：一定很舍不得你的朋友吧？ 后来他们的婚礼是在德国办的还是在埃塞俄比亚？

Addie：我那时候的确很舍不得他，做旅游行业一直是我们两个人的梦想，让世界各地的人知道在埃塞俄比亚有一个如此壮观的地方。 而他去德国就不可能继续这个梦想了，他询问那个女孩是不是愿意生活在这里，女孩说他一定是疯了。 他们一起去德国，还没等到结婚，就分手了，当时孩子还不满两周岁。

我：那 Mike 回来了吗?

Addie：他在邮件里告诉我，那段时间他非常痛苦，他必须从女孩家里搬出来，做收入最低的工作去支付女儿的抚养费。 签证过期他也不回来，因为他担心如果回到埃塞俄比亚，也许就再也见不到女儿了。 快五年没见了，还真想念他。

我：他还要从头学德语，面对种族歧视。

Addie：其实因为旅行结缘的跨国婚姻也是存在的，虽然我只知道一例。 我的另一个好朋友 Dan 的妻子是日本人，五年前来这里旅行，他们也一起在这里经营一家小旅游公司。

我：噢? 他们年纪相仿?

Addie：是的。 之前我和我的两个最好的朋友都在达纳基尔沙漠工作，你知道在沙漠里工作经常几天不回家，后来 Dan 结婚了，就和他的太太住到了这里。

我：五年前还真是热闹，你的两个好朋友一个跟德国姑娘去了德国，另一个把日本姑娘娶回家，你当时就没给自己也找个外国太太?

Addie：别开我玩笑了，我还没结婚呢。 Dan 最近接了单活出去了，你若是明天没什么安排可以去找 Dan 的太太，我们这里很少见到亚洲人，我想她会很开心的。

我：我还真的很有兴趣见见她呢。

〈茉莉寒香〉

这个关于埃塞俄比亚和 Addie 的故事很长，我和茉莉讲起的时候她也一如既往，犀利地启示了我好多次，哪怕是一个和男主人公没有关联的小情节。

茉莉：迈兮，那个你肚子痛时给你买苏打水的孩子几岁？

我：看着大概五六岁吧。

茉莉：你身上真的是经常发生有悖常理的事情，这娃娃居然没以为你是"给钱行善"。

我：我当时也没觉得他一定会回来，居然还给我找零，不是所有的非洲孩子都想占外国人便宜的。我就觉得啊，凡事不能一概而论，一开始真不该怀疑他。你是不是也很感动啊？嘿嘿。

茉莉：理想主义小姐，我问你那孩子年龄就是想和你确认下那是个学前儿童。相信我，等这孩子上学了，很快就会从年纪大的孩子那里学会如何占外国人便宜，在哪里乞讨最容易得手。当他对金钱更有概念的时候就不会做相同的选择了。

我：所以你是说，几年过后如果这孩子遇到同样的情景，他会拿着钱然后跑开见死不救吗？

茉莉：不，亲爱的，那么做道行可一点都不高。他会为你买水，然后走回来告诉你刚才给的钱不够，顺便问你要点跑腿的小费，或者在出发给你买水前先谈个买卖，总之最后你一定会花上个5~10倍的价格。你只是在那个孩子变得现实以前见到了他，而社会环境早已决定，最大的可能性就是他最后会变得和那里大多数的孩子一样。

故事二十三 | 金字塔外的男孩

它：拉里贝拉，埃塞俄比亚，2016
她：友子，日本人，29 岁，家庭主妇

　　第二天的午后我走进了 Addie 的好友 Dan 的旅社办公室。 一间不到十平方米的房间，贴满了不同景点的海报，我推门而入的时候，友子正在唯一一张桌子上上网，她三岁的儿子在地上玩玩具。她朝我微笑招手的时候，露出两颗可爱的小虎牙。

友子：你一定就是 Addie 新认识的中国朋友!
我：是我! 你好，友子。
友子：请坐。 我煮咖啡，我们一起喝。

　　听友子讲英语是种很有趣的体验，是日本人的语气加上埃塞俄比亚人的口音，可以猜到，她应该是在埃塞俄比亚把英语学流利的。 办公桌后的墙壁上挂了好多景点的照片和明信片，我在其中一张里找到了 Addie，他当时的头发比现在长很多，照片里还有另外两个长发男孩，互相勾着肩膀。

友子：你认出来那是 Addie 了? 埃塞俄比亚年轻的小伙子都喜欢留

长发，他们头发本来就又硬又卷，留长了就全是爆炸头，年纪大一些成熟了，就又都把头发剪短了。 Addie 左边那个是我的丈夫，Dan。

我：那右边的是 Mike 吗?

友子：你还知道 Mike? 看来 Addie 和你很谈得来啊。 希望 Mike 能早一点回来，他们都很想念他。

我：他们三个人感情很要好，从小一起长大对吧?

友子：是的，他们的老家在埃塞俄比亚最北部的一个村庄，我去过两次，那里有很多孤儿，父母都在内战时死去，不被饿死已经很不容易了。 Mike，Addie 和我丈夫的父亲也都曾经参军战死。

我：就是那场长达 16 年，直到 1991 年才结束的内战?

友子：嗯。 他们的童年真的很辛苦，特别是 Addie，因为他是他们家唯一的男孩子，所以整个家的重任都担在他身上。 他们三人都没有上完小学，Addie 9 岁的时候一个人闯出来，听我丈夫说，他好几次都差点饿死，然后就想尽一切办法做他可以做的工作。 Addie 很聪明，13 岁时他在莫克莱的一个旅馆谋了个差事，还在那里学会了说英语，就写信告诉我丈夫和 Mike，让他们都去莫克莱赚这个钱。 再后自己开旅社、拉游客去爬火山都是 Addie 的主意，他们三个人一起在莫克莱工作，直到差不多五年前我们搬到了拉里贝拉。

我：是因为 Mike 离开了对吗?

友子：这是其中一个原因，那时候发生了好几件事情。 你稍等我一下，我讲给你听。

友子起身走到他儿子身边，说了几句日语，收起玩具，然后在电视屏幕上播放起日本动画片。

友子：听说现在日本的小孩都喜欢看这个动画片。我希望他能会说日
　　　语，可惜这里一个日本人也没有，亚洲的游客也非常少。5 年前
　　　我爬尔塔阿雷火山的时候，同行的还有一个中国女孩，叫琳琳，
　　　她和我同岁，来自香港。你今天走进来的时候，我吓了一跳，因
　　　为你和琳琳还真有几分相像呢！Addie 有和你提到过琳琳吗?

我：这倒没有。

友子：在莫克莱和拉里贝拉好多人都知道琳琳，觉得她和 Addie 很
　　　登对①。

我：啊！你和琳琳在一个团队里一起去达纳基尔沙漠，而 Addie 和
　　　你丈夫正好是向导，然后双双看对眼了！

友子：是啊，我觉得尔塔阿雷这座火山有感情催化作用。这段行程
　　　本就充满艰辛，在吉普车里长途颠簸、夜宿风沙中、穿越盐湖，
　　　当你经过二十多公里徒步爬行登顶火山口看到炙热的岩浆的时
　　　候，那种无与伦比的兴奋感。

我：然后你的向导会从背包里变出几瓶红酒，大家坐在火山口，沐
　　　浴星光品佳酿。

友子：从那一刻以后，我就再也没有和 Dan 分开过。

我：我去那里的时候，同行的所有人都觉得尔塔阿雷火山口是个绝
　　　佳的求婚地点！这一路爬上去真的很辛苦，我一直担心自己掉
　　　队被豺狼叼走呢。

友子：那时候我英语不太好，不像琳琳能和同行的欧美游客们畅通
　　　无阻地交流。我和 Dan，就是看对眼了，我特别喜欢他照顾我

———————————

① 粤语，表示般配。

的感觉，那时候我们累了就总是依偎在一起，让我觉得特别有安全感。 琳琳和Addie就不一样了，他们总有说不完的话，能彻夜彻夜地聊天。 从沙漠出来后，我们四个人把整个国家的北部都玩了一圈，然后我和Dan就决定结婚了。 我初到埃塞俄比亚的时候就觉得这里人很可爱，他们皮肤的颜色就像玛奇朵咖啡一样。 我也没想到居然会和这里人结婚，还生活在这里了。哪里有爱，哪里就有生活啊！

2016年中国农历年过后，网络上有则很多人在探讨的新闻，说的是个家境优渥的上海姑娘不顾家人反对陪来自山西农村的男友回家过年，看到了男孩家乡的模样和桌子上第一顿饭菜后，立即分手回家。 网络上一边的声音抨击这个女孩不懂礼数，另一边的声音则为女孩的举动拍手叫好，因为这两个人的成长环境就决定了他们根本不属于一个世界。 我一度也是支持这个女孩的选择的，我也不相信两个成长环境悬殊，价值观不一致的人能在一起生活一辈子。

可是今天，坐在我眼前的友子，让我不得不去重新审视，两个不同世界的人，是不是可以生活在一起。 她眼中洋溢着幸福，每次提到她的丈夫和孩子都能自顾自说上很久。 网络新闻中的上海女孩和山西男友之间家庭和文化差距放在友子和她丈夫面前还算什么呢？ 究竟是多大的力量，让她放弃在日本生活，而在埃塞俄比亚重新开始呢？ 这就仅仅只是爱的力量吗？ 我犹豫再三，最终还是决定试探性地为我心中的疑问寻找答案。

我：友子，你为什么能突然之间决定放弃一切在日本的生活来这里呢？ 你的家人朋友都很想你吧？

友子：在日本，没有任何值得我牵挂的人了。

一时间我不知道是不是还应该问下去，突然觉得我的问题揭开了她人生中最黑暗的一页。 友子只是出神了几秒钟，虽然她温和地笑着，朝向我的双眼却逐渐失焦。

友子：2011 年三月的那场灾难，我是家里唯一活下来的人。 迟迟走不出悲痛，才突然决定远行。 我买了单程机票去埃及，然后来到埃塞俄比亚，遇到了 Dan，一个能让我有家的感觉的人。

那场灾难我也记忆犹新，茉莉的奶奶住在日本仙台，虽然人没事，但是房子被彻底冲毁了，她曾经给我看过那里的照片。 突然之间我明白了友子和 Dan 的共同点，他们都经历过一夕之间失去至亲，在绝望中孤独成长。

此刻，看动画片的宝贝不知何时趴在地上睡着了，友子把他抱起，安放在沙发上轻轻拍着他的背。

友子：琳琳离开前对我说，她来这里是因为感情不顺利，工作不顺心，辞职了想让自己放放风。 看到我在灾难后鼓起勇气生活寻找爱情，给了她很大的鼓励。 她和 Addie 告别的时候都哭成了个泪人，一直说很快会找机会再回到这里。

我：然而她再也没有回到这里，对吧？

友子：埃塞俄比亚人出国很不容易，所以 Addie 只能在这里等琳琳，大概她离开后三个月的时候，他们不再联系了。 她寄给他一张明信片，是中国香港的维多利亚港，背面密密麻麻写满了字，收到卡片那天他找我丈夫喝了一夜的酒，紧握着那张卡片，泪流满面。 那时候 Mike 刚去了德国，Dan 和我又在准备结婚，Addie 就是在那时候来到了拉里贝拉。

我：普通人要谈远距离恋爱，就很困难，他们的情况要维系感情太难了。

友子：我私下通过网络问过琳琳她是怎么想的，她说每次和 Addie 聊天，都想更长远地去规划他们的感情。可是她没有办法和 Addie 沟通，因为他所关心的未来就是什么时候能再见到她。渐渐地琳琳明白了，他们不是一类人。她说她和我们都不是一类人，因为她没有经历过那种不知道自己还有没有明天的痛彻心扉。

我：对于 Addie，未来就是明天，而对于琳琳，未来很长也很远。

友子：她有段话我一直记得，她说来到这里，看到了更大的世界，才发现自己原来一直生活在金字塔里。金字塔里的人都很拼，很努力，不论是对生活、事业、还是感情，逐渐人们都忘了其实生活在金字塔里本身已经很幸福了。她遇见了 Addie，一个金字塔外的男孩，却活得乐观潇洒自在，还比金字塔里的男孩都要善良。

两年前友子和 Dan 装修这间办公室的时候，友子把家里能找到的各地风景照片海报都收集到一起贴在墙上。一天 Addie 来的时候，把那张维多利亚港的明信片递给友子，让她一并挂起来，友子说，至少那时候，Addie 一定是放下了。

亲爱的 Addie，

此刻我坐在新办公室里给你写这张卡片，透过窗能看见香港我最喜欢的地方——维多利亚港。两周前我开始了一份新的工作，我很喜欢。偶尔会想起在埃塞俄比亚的时候，我和你、友子、Dan 在达纳基尔沙漠相识相恋，又一起穿过整个国家的北部。这段记忆，终生难忘。

　　在人生低潮认识了你，你鼓励我积极地生活，是我的幸运，现在我也在很努力地过好我的人生。祝你好运，幸福地过好你的人生。

　　谢谢你，珍重。

琳琳
2011 年 9 月

〈茉莉寒香〉

茉莉：Addie 至今还没结婚吧？

我：没有。

茉莉：你说如果你在那里多待一段时间，他会不会爱上你啊？

我：虽然友子说我和琳琳长得有点像，但是现在的 Addie 已经不是五年前的 Addie 了！　我想他已经过了那个总会忍不住冒险的年龄，不会再轻易爱上一个过客了。　毕竟友子和 Dan 的例子是极少数的情况。

茉莉：说实话，我觉得友子和 Dan 的未来不那么乐观。

我：为什么？　我觉得她的情况和琳琳不一样啊，毕竟她在日本已经没有什么牵挂的人了，灾难都已经让她万念俱灰了。

茉莉：原因有三：　首先说说 Dan，你提到 Dan 从来没有去过日本，对不对？

我：嗯。

茉莉：他最好永远不要去，他心里一定知道日本比埃塞俄比亚发达，可是他毕竟没有去过。　只有当他真正去了日本，才能体会到友子究竟为了和他生活在一起放弃了多少。 然后他就会觉得自己非常对不起友子。

我： 真有那一天，友子应该会坚定地告诉他自己不在意。

茉莉： 我接下来要说的就是友子，人要从不好的环境去适应好的环境很容易，但从好的环境去适应更差的环境就非常困难。 现在或许是爱情的力量支撑她，但是年复一年呢？ 我记得过去我去赞比亚的时候，对待艰苦的环境很乐观。 直到因为一次淋雨我突发感冒，天天流鼻涕，那一刻我才发现，那里连柔软一点的纸巾都没有，更不要提在日本我能有琳琅满目的香味选择了。

我： 你说得还真有道理，突然想到我去非洲的时候也扛了一大堆卫生巾。

茉莉： 你想想，如果有一天友子得了稍微严重一点的疾病，她一定会希望自己在日本接受治疗的。

我： 我都不敢听你说第三条了。

茉莉： 第三条就是孩子，这孩子现在还小，等过两年他到了上学的年龄，友子的看法就未必一样了。 日本的任何一所公立小学大概都比拉里贝拉的学校好。

我： 那你觉得最后会怎样？

茉莉： 我觉得现实最终会摧毁理想，好在她的内心够强大了，如果几年后一个人带着孩子生活在日本，我不会觉得奇怪。 希望 Addie 聪明一点，回老家找个姑娘结婚，不过他到现在还没结婚，还是想多欣赏欣赏外面世界的姑娘，你说是不是？

故事二十四 | 步步维艰，何处站边

它：希伯伦，2016

他：穆罕默德，巴勒斯坦人，25岁，向导 & 小商品店老板

他：詹姆士，以色列人 & 英国人，40岁，向导 & 中学教师

　　大学的时候上过一门关于国境线的专业课，着重研究世界上那些有争议的边境。 小组作业的时候我的小组选择了"约旦河西岸的边境和巴以冲突之间的关系"作为课题。 那个时候我读了很多历史文献，查了很多资料，小组的作业最后也得到了不错的成绩。 毕业后能够去一次中东一直是我的梦想，而让我没有想到的是，当我亲自走上这片土地，一一去寻找我所读到过学到过想象过的地方，会发现身临其境的感受充满了震撼。 在约旦河西岸的每一天，都跌宕起伏，发生的故事反复冲击我，我一次又一次地陷入沉思，然后用心去理解历史，宗教，文化，政治所塑造出的这一片充满了纷争的土地。

　　刚到特拉维夫的时候，来接我的小伙伴吃了一惊，他说我出境的时间快了，超出他的想象。 我一开始不明白，因为我觉得以色列的海关检查很严格，上飞机前确认一遍所有人的证件，下飞机后再一次抽查将近一半乘客的证件，最后过海关的时候我被足足提问了15分钟。 接我的小伙伴却说这一切都正常，而我被海关询问15分

钟着实算很短了。"迈兮，你知道吗？特拉维夫机场可以称得上是世界上安检最严格的机场了，我以前有好几个朋友入境的时候被盘问半小时甚至45分钟，还有人出关时被检查太久眼睁睁看着航班起飞只能错过。不过想想也能理解，东亚人在这个环境里，是最安全的。"小伙伴的话，我当时其实只理解了一半意思，我以为他所说的安全是指一眼就能看出来我没有阿拉伯血统也不是穆斯林，而其实除此之外还有个原因，就是我很明显不是犹太人，那么若不凑巧在约旦河西岸地区碰到激进的阿拉伯人就不会被当作袭击目标。

小伙伴是个在特拉维夫留学的德国人，与我相识多年，在特拉维夫以及以色列北部几个城市行走一圈后我和他告别，准备往南走去耶路撒冷。他说各种知名旅游景点例如耶路撒冷古城，死海，马萨达等他就不详细推荐我了，只是特别地为我推荐了一个耶路撒冷的青年旅馆，因为那个旅馆提供一个去希伯伦的一日游。"你到了耶路撒冷就会知道，能去西岸几个主要城市不难，但是去希伯伦的行程很少。相信我，这个行程很值得，一次只带不超过十个人去，这是一个能让你从以色列犹太人和巴勒斯坦人的角度去了解当地情况的机会，最近距离地体会冲突。"

希伯伦，对于犹太教，基督教和伊斯兰教来说都是圣地，因为亚伯拉罕之墓在那里。从13世纪一直到第一次世界大战，希伯伦都一直是穆斯林城市，而第一次世界大战后直到现在，这座城市一直充满了纷争。那座在亚伯拉罕长眠的麦比拉山洞上建起的犹太教堂，基督教堂和清真寺，是多年来宗教矛盾的根源。1994年易卜拉辛大惨案①后，这座建筑一分为二，一年中有几天犹太人可以把整

---

① 易卜拉辛大惨案：1994年2月25日，一名犹太人在易卜拉辛清真寺（列祖之墓清真寺部分）对正在祷告的穆斯林进行扫射，造成29名巴勒斯坦人当场死亡。

座列祖之墓用作犹太教堂，同样巴勒斯坦人也有几天时间可以把整座建筑用作清真寺。 以上这些差不多就是我在去希伯伦之前对这个城市的了解了。

清晨我坐在青年旅馆大堂里啃着三明治，詹姆士迈着小碎步走进来的时候手里捏着一张 A4 纸，他戴着一副银边圆形眼镜，仔细念着名字寻找今天要和他一起去希伯伦的 8 个报名者。 我们集合后他开始自我介绍。

詹姆士：女士们、先生们，早上好，我是你们今天的向导之一，詹姆士。 以色列建国后号召世界各地的犹太人回来，我父母就是那个时候回到以色列的。 之前他们生活在英国，所以我既是英国人，也是以色列人，当然我一直是个犹太人。 今天这个行程我们将前往希伯伦，我会带你们从耶路撒冷坐车去。 之后上午你们会和巴勒斯坦向导度过，在巴勒斯坦那边的希伯伦活动，下午则会和我会合，我带你们在以色列这边的希伯伦活动。 我和你们即将见到的巴勒斯坦向导都有正式的工作，这只是我们的兼职，我的职业是中学的英语老师。

詹姆士简单介绍后我们大家互相认识了一下便跟着詹姆士去了耶路撒冷新城的车站，等待开往希伯伦的巴士。

詹姆士：各位，趁着现在等车，我要先做一个声明。 这个行程是严肃又充满了政治色彩的，它存在的意义就是让大家听到不同的声音和观点，质疑提问，最后得到自己的见解。 所以请你们不要犹豫提问，这一天可以问我和另一位向导任何问题，我们不会觉得你们冒犯我们的。

詹姆士：很多人都会参与这个行程，都会问我西岸地区的安全情况，我给大家解释一下。 根据 1993 年签署的《奥斯陆协议》，西岸地区的城市简单说分为三种： A 区，B 区，和 C 区。 A 区是指那些完全由巴勒斯坦政府及军队管理的地区，例如伯利恒，耶里哥和拉马拉。 B 区是那些由巴勒斯坦民事管理，同时以色列军事占领的地区。 C 区则是完全由以色列政府及军队管理的地区。 其实 A 区和 C 区都是很安全的，B 区却是相对来说矛盾比较多的地方。 而我们今天要去的希伯伦是一个很特别的地方，因为它不能用 ABC 区来定义。 希伯伦被划分为两部分：占地面积 80% 的 H1 区和占地面积 20% 的 H2 区。 H1 区相当于 A 区，H2 区则相当于 C 区，但由于列祖之墓在 H2 区，犹太人和巴勒斯坦人的矛盾从来都没有消除过。 各位从耶路撒冷进入公共交通区约旦河西岸其他 A 区城市都和希伯伦不一样，因为等一下你们要坐上的是防弹车。

于是，这是我这辈子第一次坐上一辆防弹车，还是一辆防弹的公交车。

这一天的行程其实很简单，詹姆士负责把我们从耶路撒冷带到希伯伦，在希伯伦很小的一块以色列人和巴勒斯坦人都能出现的地区把我们交给巴勒斯坦向导穆罕默德。 前半段，穆罕默德会带领大家穿过检查站到 H2 区里巴勒斯坦人居住的区域走动，然后带大家参观归属巴勒斯坦人的那部分列祖之墓（清真寺部分）。 后半段，詹姆士带大家参观归属以色列人的那部分列祖之墓（犹太教堂部分），接着 H1 区犹太人在 H2 区居住的街道走动。 天黑前坐防弹车离开希伯伦回耶路撒冷。

按道理说詹姆士和穆罕默德认识已经有年头了，可当他们见面的时候，只是保持着一点距离，詹姆士拍了下穆罕默德的肩膀，穆罕默德点头回应。 初见穆罕默德，他年轻得出乎我的意料，我以为他会是个和詹姆士差不多年纪的中年男子，然而他只有 25 岁，穿着非常美国化的带帽 T 恤和牛仔裤。 更出乎我意料的是，从来没有离开过巴勒斯坦的他，英语说得非常流利且发音清晰。 他后来告诉我，英文流利是因为他从小拼命学英文，为了能在互联网上和外国人沟通，告诉他们巴勒斯坦的真实情况，至于口音标准则是多年为欧洲北美游客讲解后的提升。

詹姆士给人的第一印象是一个深沉中透着淡漠的犹太人，而穆罕默德则是一个激情澎湃热血沸腾的穆斯林小伙。 穆罕默德带着我们走过以色列士兵的检查站后穿过一条冷清的小巷，在一家咖啡馆坐下，邀请我们品尝巴勒斯坦咖啡和茶。 他接下来讲的第一段话就震撼了在场的每一个人。

穆罕默德： 女士们先生们，每次我带着游客来参观这一部分希伯伦，都会先向大家提出一个要求： 如果在接下来的两三个小时里，我不幸陷入任何与以色列人的暴力冲突，请你们不要忙着制止或是报警，拿出你们的相机或是手机，把你们看到的场景拍摄下来。 请你们一定答应我这个请求。

说完穆罕默德深深鞠了个躬。 我们每个人都是诧异万分，一位德国老先生立即问他这究竟是怎么一回事。

穆罕默德： 在这个地方，一旦发生暴力纠纷，对待巴勒斯坦人的是军法，而对待以色列人和其他外国人的是民法。 军法：假设每个人都是有罪的，你要证明清白。 民法：假设每个人都是清白的，你要证明有罪。所以，如果巴勒斯坦人和以色列人发生了暴力冲突到了法庭上，对我们巴勒斯坦人是很不利的，哪怕是以色列人主动攻击我们，最后受到处罚的还是我们。

我：那如果作为第三方的目击者，比方说在座的我们，为你证明是以色列人先攻击你呢？

穆罕默德：没有用的，除非你向警察提供能证明不是我先动手的录像带或者是照片。他们不会相信你们说的任何话。所以我才会说，如果我被攻击了，能救我的最好方法是立即把你们看到的拍摄下来。如果你们感兴趣可以去 youtube 网站上搜索，那里有数不清的视频，记录了犹太人是如何欺凌我们，而那些视频很多都是和你们一样的外国游客偶然间拍到的。我希望你们明白，这里不存在你们所生活的世界拥有的公平。我们，巴勒斯坦人，从来没有被犹太人公平对待过。你们还记得我们刚才穿过的检查站吗？每天晚上他们都会封锁这个区域直到清晨，如果有人病了，临时需要去 H1 区看医生，他们也不会打开那扇门的。

接下来的时间，我随着穆罕默德穿过一条条小巷，抵达一条较为宽敞的主路时，我很兴奋。这是一条充满了我想象中阿拉伯风情的街，两边有民宅，也有无数小铺子。可是突然我们一行人发现了一个奇怪的现象，这条街道的顶端是一张铁丝网。穆罕默德告诉我们，那是因为这条街的上端是犹太人控制的地盘。他也一一指出隔过铁丝网上方几幢有个犹太士兵放哨点和几幢有犹太人居住的房子。穆罕默德说以前没有铁丝网的时候，犹太人会从他们占领的"上面"骚扰住在"下面"的巴勒斯坦人，扔垃圾杂物等。后来有了铁丝网，犹太人还是会往"下面"倾倒液体。我一路走着，抬头看到铁丝网上局部地区也被塑料纸糊上，应该是"下面"的巴勒斯坦人为了防止"上面"有污物落下吧。 一路上几乎所有商铺里的巴勒斯坦店主都积极让我们给他们照相，"多拍一点，多拍一点，一定要让你们国家的人知道犹太人是怎样不人道地对待我们的。"

参观完清真寺一半的列祖之墓后，我们跟着穆罕默德穿过检查站，离开了巴勒斯坦人居住的希伯伦 H2 区，到有犹太人居住的 H2 区和詹姆士会合。 当犹太士兵检查完我的护照后，用高过只说给我听的声音道："Congratulations. Welcome back to Israel.（恭喜你，欢迎回到以色列）"他的脸是对着我的，而目光正扫在穆罕默德身上。 我心里当然也明白，犹太士兵这句话是专门说给这个常常在他眼皮子底下对外国人说犹太人坏话的巴勒斯坦人听的。 穆罕默德闻声，轻蔑地撇了犹太士兵一眼，转身对我说："你知道，那边只是犹太人占领的希伯伦的一小部分，那不是以色列。"我站在他们两人中间，穿过的那个检查站，我跨出的那几小步，也许是他们一生都不会跨出的一大步。

离开的时候穆罕默德给我一个拥抱，他在我耳边坚定地告诉我他相信这辈子一定会去耶路撒冷的。 他说即使巴勒斯坦人都不能去现在被以色列占领的耶路撒冷，但在他们心里，耶路撒冷一直是巴勒斯坦的首都。

詹姆士：知道吗，你们每个人看我的眼神和早上不一样了。 而我早已习以为常，每次走这段行程的外国人如果先去巴勒斯坦，一定会深深地同情他们，觉得是我们犹太人在不人道地对待他们。 我想告诉大家的是，凡事都有两面甚至多面，请大家一定要在听取不同声音后做出判断。

詹姆士带我们参观了犹太教堂一半的列祖之墓，我还从来没体验过同一幢建筑分两次进入才能完整参观，当中要走过检查站，经历安检。詹姆士带着大家走过以色列占领的希伯伦 H2 区的时候，那是种很瘆人的感觉。巴勒斯坦人的 H2 区虽然压抑但也充满了生活气息，你看得到民宅，路人和商贩，而以色列人的 H2 区则犹如死城，所有的商铺门都关着，大多数的民宅都空着，好不容易看到几个人影也是提着步枪的以色列士兵。一个 19 岁的士兵告诉我，他家人知道他被分配来希伯伦服役的时候特别担心，因为这是整个国家最危险的几个地方之一。

詹姆士最终停下脚步的地方是一个小坡上，我们扶着栏杆向下望去，那下面是铁丝网，铁丝网的下面正是几小时前穆罕默德带我们走过的那条阿拉伯风情街！我依稀看见了那个拼命要我多拍照的围巾店店主正在街上踱步。

詹姆士：我知道你们上午曾经站在下面，穆罕默德也一定告诉你们，犹太人一直往下面倾倒污物报复巴勒斯坦人。我想告诉大家我们犹太人是不会串通好做这样的事情的。不排除有个体偶然扔了什么下去，或是路过的人不小心踢了块石头下去，但是小小的事情会被他们夸大其词，把我们比作没有人性的民族。在这里的兵力，是为了维持和平，阻挡巴勒斯坦人中少部分的袭击者。

我静静地站着，俯视着那个几小时前我仰视的位置。从"上面"到"下面"，如果没有那张铁丝网，不过爬个小坡的距离，然而我们绕道走了近一个小时。"上面"的人下不去，"下面"的人也上不来，我们这些过客能来去两边是因为我们既不属于"上面"，也不属于"下面"。

詹姆士：我知道你们一定纳闷，为什么这一片 H2 区像死城一般。这里居住的犹太人很少，不到 1 000 人，和整个希伯伦十几万人口的巴勒斯坦人相比太少了，居住条件和安全条件也差。可是除了常住的一些家庭外，每年都会有犹太家庭从世界各地搬来这里短期住上一两年。希伯伦对我们犹太人来说，是耶路撒冷之外的第二圣地，即使再艰难也不能放弃，永远都会有犹太人守护这份信念，也永远会有士兵守护这些人的安全。这片土地，本就是上帝给我们犹太人的应许之地，我们经历了无数磨难才回到这里，绝对不会轻言放弃。这就是为什么，我们全民皆兵，站在这里的，很多都是十九岁、二十岁左右的年轻人啊。

我知道这席话詹姆士一定已经说了无数遍，但我不知道他是不是每一次都会像这一刻那样眼睛湿润。我，被这份执着的信念，打动了。踏着余晖，我们一行人跟着詹姆士往车站走，我和他有了最后一段对话。

我：詹姆士，其实每一次走这个行程你压力都很大对吧？

詹姆士：我看着很压抑吗？

我：是的，而且我很意外，你和穆罕默德照道理说是相识很久的工作伙伴，不过你们的关系看起来很微妙。

詹姆士：我们俩知道在这个行程里彼此分别会诉说展示什么，却也都愿意做这样一个行程的向导。我想虽然宗教不同，政治观点不同，但是我们还是有一定的认知共鸣的，就是不要让人们片面看待一个冲突。我知道穆罕默德是个好人，不过如果让我单独和他待在一个空间里，我想我还是会感到不安吧。或许这就是我生来是犹太人，而他是个巴勒斯坦人所无法改变的结局吧。

我：是什么契机促使你成为这个行程向导的呢？

詹姆士：我曾经陪一群欧洲老妇人来，他们都是犹太后裔，一心想来希伯伦看看。 其中一个妇人走在队伍靠后，突然她尖叫一声冲上来告诉我她很害怕。 原来路过一幢民宅时候从门口飞出来一只鞋子砸在她身上。 她紧张地告诉我一定是有巴勒斯坦人看出来她是犹太人，扔东西攻击她。 顿时团里其他的妇人们都很紧张，希望赶紧撤离，我犹豫了一下，找了几个士兵，他们打算回那民宅查看情况。 你猜怎么着？ 我们正转身往回走，又有样东西从门里扔出来，走近一看是一个书包，不一会儿一个小男孩哭着从门里爬出来。 事实是，一个巴勒斯坦母亲在教训自己逃课的儿子，边打他边把他的鞋子书包都扔出了屋子，而一只鞋子正巧砸到了路过门口的欧洲老妇人。 这件事情对我的触动很大，如果那天我没有和士兵会去查看而是带着老妇人们离开，那么每个人都会认为一个犹太人在希伯伦无故被巴勒斯坦人袭击，然后这个故事可能会一传十，十传百。 很多事情也许我们看到的和想到的都没有错，但是如果我们再多了解一些，得到的结论可能就不同了。 真相，有的时候并不是绝对的。后来当我听说有这样一个主题的行程需要犹太人向导，我就觉得这是件有意义的事情，值得去做。

我：我很佩服你，真的。 其实我一直在犹豫要不要去西岸别的城市住几天，耶路撒冷的犹太人都和我说那里很危险不要去，而且昨天在耶路撒冷我也的确经历了一些惊险的事情。 不过，我很喜欢你说的这句"很多事情也许我们看到的、想到的都没有错，但是如果我们再多了解一些，得到的结论可能就不同了"。我想我今天晚上就会去伯利恒。

詹姆士：祝你好运，至少那是个 A 区的城市，安全状况会比希伯伦要好许多。

〈茉莉寒香〉

茉莉：我很好奇一件事情，这个有趣的行程的策划者或是旅行社的老板是哪国人？

我：不瞒你说，我也问了詹姆士同样的问题，因为很明显这个考察了 H1 和 H2 区并策划了行程的老板既不能是以色列人也不可能是巴勒斯坦人。不如你猜一猜？

茉莉：瑞士人？我瞎猜的，只能先猜一个中立国家了。

我：不，是美国人！有没有很吃惊？

Skype视频电话里的茉莉惊讶地点点头，若有所思了一会儿，然后又郑重地点点头。

茉莉：虽然在世界各个角落遇到的美国佬们大多自以为是又傻里傻气的，但是当他们知道这个世界究竟是怎么回事后，总能做出特别创新又出人意料的事情。

我：High five（击掌表示赞同），我也是这么想的，美国人对商机的嗅觉真的是很灵敏呢。

故事二十五 | 可惜，你不是个犹太姑娘

它：耶路撒冷，2016
我：迈兮，中国人，23岁，行者
他：Joseph，以色列人，32岁，青年旅馆老板

　　也许是因为历史的洗涤变迁，也许是因为宗教的矛盾纷争，也许是因为文化的碰撞交融，耶路撒冷，成了个和以色列其他城市完全不同的地方。耶路撒冷的新城区是个现代化城市，而老城区则被划分为四个区域：犹太人区、基督徒区、亚美尼亚人区和穆斯林区。在耶路撒冷，游客可以报名参加各式各样的行程前往西岸地区的 A 区主要城市，但是这些行程都有一个共同点：从耶路撒冷出发，当天去当天回。我总觉得去一个地方，如果不在那里过夜就没有真正去过的感觉，更何况我对巴勒斯坦充满了好奇，实在想在那里住上几天。可是每当我谈起这个想法的时候，大多数在耶路撒冷认识的来自西方国家的游客都表示惊讶，觉得我太不把自己的命当一回事儿了，还有很多犹太人也极力劝阻我。不过有一个人除外——我所落脚的旅馆老板，Joseph。

　　Joseph 经常在旅馆里到处转悠，看到哪里需要帮忙他就搭一手。我到耶路撒冷的第一天，恰巧是他在大堂里帮我 check-in 的。他三十出头，却留着在我看来是五六十岁大叔会蓄的大胡子，

check-in 完毕后他递给我一张免费的饮料券，上面写着："欢迎你来到圣地耶路撒冷，第一杯酒是我们请你的，二楼酒吧换取即可。"起初在耶路撒冷的几天，我奔波于各种古迹之间，偶然回旅馆看到他会随意聊上几句，而对于我想去巴勒斯坦住些日子的想法，他也有独到见解。

Joseph： 其实我不认为我有资格回答这个问题，甚至你在这里遇到的任何一个犹太人都没有资格。 因为根据《奥斯陆协议》规定，我们都没有去过西岸的 A 区。 如果我对你说巴勒斯坦人的地盘很危险，就显得很主观了，对于犹太人或许是危险的，而你不是犹太人。 其实也有游客会去西岸 A 区过夜，只是很少而已。我只能说，如果决定去，要做好承担风险的准备。

　前往希伯伦的前一天，晚间 8 点，青年旅馆前台。

Joseph： 今晚是你预订过的最后一天了，做决定了吗？ 明晚是搬去伯利恒还是继续住在这里？

我： 说实话，我还在犹豫。 明天我报名去希伯伦的行程了，我想去那里看看再决定，毕竟众所周知希伯伦比伯利恒更危险对吧？我要是觉得希伯伦可以接受，明晚就去伯利恒。

Joseph： 丫头，我有点意外。 前些日子总感觉你想去西岸巴勒斯坦城市的念头越发强烈，今天居然这么犹豫。

我： 其实今天发生了一件事情，我正想请教你。 你有时间吗？ 介不介意我给你讲讲我的经历？

Joseph： 发生什么事情了吗？

我： 今天下午我去了橄榄山，发生了一些怪事。

听到我说橄榄山，Joseph 突然皱了下眉头，放下了一开始捏在手里把玩的铅笔，定定地看着我。 于是我告诉他我今天下午在耶路撒冷古城逛到狮子门，马路对面就是橄榄山。 记得我在大学里有个非常虔诚的基督徒朋友曾经告诉过我，他阅读《圣经》的时候特别憧憬圣城耶路撒冷和城东面神圣的橄榄山，而当他到了耶路撒冷，却不免有一丝失望，因为所谓的"山"其实只是一个小坡而已。

我：我去看了橄榄山下的几个教堂，因为天色还早，就决定上山去，旅游书里提到站在橄榄山顶能俯瞰整个耶路撒冷古城。 当时有两条路： 笔直到山顶的步行台阶，和车行的绕山公路。 我选择了走笔直的台阶，想赶着太阳落山前快速到山顶，然后慢悠悠地从车行道走下来。 一开始往上走的时候，有几个欧洲老年游客在我身后，差不多当我爬到半山坡地时候，他们体力不支往回走了，于是那条步行道上只有我。 上山坡的路上，右手边是围墙，左手边是居民的房子，我也时不时边走边张望，有些小屋子里的小孩子们会隔着自家的栏杆对我招手。 怎么说呢，上山顶的路不长，可是那一段有小屋子在一边的路感觉有点阴森森的，感觉是一个比较贫穷的家庭居住的区域，小孩子们穿得也都比较脏，一些小女孩包着头巾，应该是穆斯林，这也是我意料之外的。

我：然后突然之间，从一个房子里窜出一个十七八岁的青年，他对我说 hello，然后向我伸出了他的右手。 我以为他在向我表示友善，于是我也伸出右手和他握手。 当他的手抓住我的手的时候，我就意识到出问题了，因为他咧嘴露出了一个诡异的笑容，然后不肯放开我的手，还拼命把我往路一边的屋子拉。 我用英文喊他放手，问他想干嘛，他一句话也不说，用左手挑逗地刮了一下我的脸颊，继续拽我。

Joseph：对不起，原谅我必须打断你，请先告诉我，你没事吧？

我：我没事，没事，不用担心。

Joseph：对不起，请继续。

我：就在这个时候，从这个房子旁边的房子里走出一个差不多岁数的少年，他跑到我们中间，拉开了抓住我胳膊的少年，用很严厉的声音说了些什么，是阿拉伯语，我听不懂。接着他转身看向我，指着山顶对我说 go go，我赶紧往上跑。之前那抓我胳膊的少年还想跟着我跑，被后来走出来的少年拦住了，然后把他拖回了屋子里。我那会儿没工夫去想他俩到底怎么回事，就一股脑往上爬，心想着这真是个是非之地，到了山坡顶，赶紧从车道往下走。

我：等我到了山坡顶的时候，迎面走来一行五个人，看得出来他们是游客，从车行道走上来的。他们领头人看到我立刻走了过来，问我会不会说英文。知道我懂英语后，这位四十多岁的大叔告诉我他们都是美国人，他曾经长住以色列，这次带着四个第一次来以色列的朋友四处游玩。当这位大叔得知我是一个人后，建议我和他们同行，因为橄榄山是个危险的地方，前面发生的事情让我感到很不安，本有打算直接下山的，但是既然有五个人同行能在山坡顶小转一圈后一同下山也实在是很不错的选择。于是我欣然答应了。

我：山坡顶很小，我们也并没有待很久，他们五人特别的谨慎小心，一旦有山上居住的阿拉伯人走过或靠近，他们就会立刻改变走路队形背靠背，还很绅士地叫我和另一位女士站在男士们中间。其实也并没有发生任何意外，那些路人也不过是路人而已。我虽觉得他们有些太小题大做，但知道他们都是好人，心怀善意，便一声不吭跟着他们一起下山。

我：下到半山坡的时候，耶路撒冷古城的灯都亮了，我们都驻足在路边欣赏夜色下的古城。 这时候我才明白这一行五人原来都是非常虔诚的基督徒。 他们中间的带头人从包里拿出一本《圣经》，面向山坡下的耶路撒冷古城，朗诵起了马太福音的片段，其余四人庄重聆听。 最后他们一起祷告，还特意为萍水相逢的我祷告了一段，让上帝保佑我一路平安，旅行顺利。 当他们知道我没有宗教信仰后，非常兴奋地开始传教，他们说我一个人在不太安全的橄榄山走动，在山坡顶巧遇他们并同行下山，是上帝的旨意，希望我好好考虑一下今天发生的一切，冥冥之中有某种力量存在，那种未知的力量就是上帝的力量。 其中一个人对我说："迈兮啊，当你回到你的故乡去的时候，你会和你的中国朋友们谈论起今时今日，你来到了圣地耶路撒冷，你见到了许许多多神圣的东西。"这时，耶路撒冷古城里传来一阵音乐，是清真寺里在放唤礼词①。

Joseph：这真的是惊险刺激的一天，与此同时你在犹太人的国度切身体会了基督徒和穆斯林的碰撞。 上山坡那段路我真为你捏把汗，我知道我是个犹太人，这么说或许显得对这个国家里的阿拉伯人不公平，但是事实就是他们集居的地方总是会有骚乱和其他一些安全隐患。 现在我也明白了，为什么你犹豫去西岸的巴勒斯坦控制的区域了。

我：其实说这么多，我是有一个问题，希望你能坦诚地回答我。 今天下午发生的事情，应当算作一件本不该发生的事情不幸被我撞上，还是我去了我本不该闯入的地方？

---

① 唤礼词：清真寺里一天播放五次，呼唤教徒做礼拜。

Jerusalem
2016

Joseph： 我很负责任地告诉你，你并没有闯入你不该去的地方，是这个地方出了问题，你需要我帮你报警吗？ 让警察来处理这件事情。

我： 报警？ 你知道我并没有受伤或是被抢东西，我报警的意义是什么呢？ 警察会处理这样的事情？

Joseph： 首先我认为把你的经历告诉警察是件好事，这样他们能多加注意橄榄山的治安。 他们应该会带你回到那里，你还记得是哪幢房子吗？ 你觉得你能指认出房子和人吗？ 当然这是你的选择，我理解你只是在旅行，未必希望花费时间和警察打交道，我会尊重你的选择。

我： 那就麻烦你帮我报警吧，我觉得你说得很有道理，我现在回想，在耶路撒冷古城里有那么多警察和大兵巡逻，而到了一条马路之隔的橄榄山，居然一个警察都看不到，我应该告诉他们我的经历，让他们多派些警力去橄榄山上才是。

Joseph 立刻打了电话去警局，他告诉我警察 20 分钟就到，然后他把手头的事情交代给另一个员工，陪着我在大堂里等警察。 不一会儿一个头发花白的配枪老警察走了进来，身后跟着个二十出头的小警察。 老警察不会说英文，于是 Joseph 把我上橄榄山的事情用希伯来语讲了一遍，老警察时而皱眉时而摇头，小警察则是一脸惊讶。 接着老警察问了 Joseph 一些问题，应该是一些 Joseph 已知的关于我的基本情况，他一一作答。 这位老警察突然开始滔滔不绝对着 Joseph 说话，时不时看我一眼，一口气说完后他就二郎腿一翘，斜倚在沙发上休息了。

Joseph： 迈兮，刚才我把你的事情告诉他，他问了我一些你的情况。

不好意思，我不是特别方便即时翻译给你听，我现在会一一告诉你，但是你一定要保持冷静好吗？

我：这老警察看着就不那么友善，我做好心理准备了，你说吧。

Joseph：首先他说我们这里人都知道橄榄山上都是穆斯林，犹太人没事都不会往那里跑，更不会一个人去。 接着他问我你是哪里人，我告诉他你是中国人，他显得有些吃惊，他说你肤色比一般中国人深了些，他还以为你是菲律宾人或者泰国人。 在这里呢，很多人对菲律宾和泰国女人有偏见，觉得她们……怎么说呢，就是如果想去调戏外国女人，他们通常会对菲律宾或者泰国女人出手……

我：以色列有很多菲律宾和泰国妓女吗？

Joseph：不完全是这样……有很多来这里打工的。

我：好吧，这不是重点。 重点是这个警察的逻辑不正常！ 是菲律宾或者泰国女人就该被骚扰吗？ 他难道是要告诉我，我把皮肤晒黑了，所以活该遇到这样的事情？

Joseph：其实我和你一样，并不赞同他说的话。 后来他说你不应该一个女孩子来这里，我也是不赞同的。

我：你能帮我告诉他吗，作为一个远道而来的游客，我只希望给以色列警察提一个建议，放一些警力去橄榄山，因为那是一个出现在许多宗教书籍和旅行书籍里的地方，很多人可能会去。 仅此而已，我不需要他来评价我长得像哪国人，该不该一个人旅行。 还是说，真的像网络上写的那样，在以色列居住的阿拉伯人，如同二等公民，你们的政府对他们生活的地区是不闻不问的？

Joseph：对不起，我真的不知道该说什么。 请你相信我，我是站在你这边的，我真的不赞同这个警察说的话。

我： 所以他现在坐在这里是什么意思？

Joseph： 他让我问你，是否要和他去警局做一份笔录。

我： 做笔录有什么用？

Joseph： 说实话，没什么用。

我： 不单单是没用，会耽误我的时间，恐怕他也不乐意我跟着去警局耽误他的时间吧。哼！让他走吧，有多远滚多远。

　　小警察跟着老警察屁颠屁颠离开了，Joseph 又递给一张我第一天到这家旅馆 check-in 时候的免费饮料欢迎券。

Joseph： 我想此时此刻，你非常需要喝一杯，如果还要第二杯，也算我的。

我： 说真的，今天整个一天我都没有生气，最后居然被一个警察气到了。我看得出来，你也很失望，不如一起喝一杯吧。

　　后来，Joseph 和我说了许多他的事，他说他大学毕业的那年也和我一样，买着单程机票去旅行，一走就是整整 9 个月。他说如果可以，我一定要尽量走得远一点，长一点，因为一旦忙碌的工作开始，就再也不能回到此刻的心境踏上旅程了。他说 9 个月行走世界后回到以色列，觉得自己看明白了许多事，就连巴勒斯坦人好像也没那么可恨了。两年前他结婚生子以后决定过安稳一点的生活，于是开了这个旅馆，这里就像一个通往世界各地的小窗户，他可以听到海纳百川的声音和观点。他还说了很多很多，让我印象最深刻的是这句话："我从小在这里出生长大，听闻了许多犹太人和穆斯林的纷争也目睹了很多暴力，逐渐明白，很多时候，最好的抵抗就是像什么都没发生过一样，照常过日子。"

第二天一早，我去了希伯伦，在列祖之墓，对穆罕默德说起了前一天的经历和故事。回到耶路撒冷后，我迫不及待地找到Joseph。

我： 今天我在希伯伦，把昨天发生的事情告诉了那个巴勒斯坦向导。这是他的原话："对于以色列警察来说，世界上的人只分为三种：犹太人，巴勒斯坦人以及住在以色列的阿拉伯人，和除了前两种以外的别国公民。第一种是他们要拼尽一切保护的，第二种是他们随时防备有时欺凌的，而第三种则是随你们自生自灭的。可惜，你不是个犹太姑娘，不然，那些警察一定会重视你的话。"我知道他的话有些偏激，但却让我想起来，你一开始让我报警的时候也说警察应该会带我去橄榄山找到那幢房子那个人，可是警察什么都没有做。你，是一个在以色列出生长大的犹太人，你的第一反应，就是警察通常情况下会处理这类事情的方式。然而，昨晚你很震惊，他们居然没有带我回橄榄山，对不对？这一切只因为我不是个犹太人。

　　我一口气说完了那么多，Joseph 不语，那一刻就仿佛时间静止了，直到最终我打破了沉默。

我： 所以，对于一个素未谋面的巴勒斯坦人的推断，你赞同吗？

　　他深深叹了口气，看着我的双眼，缓缓地点头，一下，两下。我试图微笑，但现在回想起来，当时应该是露出了一个很勉强无奈的笑。我点点头，转身拖着行李箱，坐上了驶往伯利恒的车。

〈茉莉寒香〉

　　这通打给茉莉的视频通话很长，我也有些意外她一股脑听，从不打断，毕竟茉莉从来对和宗教有关的话题不感兴趣。

茉莉：不得不承认，西方主流媒体是站在以色列一边的，很多巴勒斯坦方面的观点都得从独立媒体那里获得。听你说了那么多，我倒挺同情那边的阿拉伯人。你觉得走此一遭，你站在哪一边？

我：我，真的不知道，我只是一次次被犹太人的坚韧自强所感动，又再一次次为巴勒斯坦人的处境感伤。在耶路撒冷那个地方待久了，黑与白都不那么明显了。

茉莉：其实我也挺同情以色列人的，前几天刚看了个新闻，一个 12 岁的阿拉伯女孩突然冲出来，用一把刀攻击耶路撒冷古城门的一个士兵。这种情况你叫犹太大兵怎么做？不反抗是会出人命的，要反抗再容易不过，他们都有枪。可是如果一个十多岁的女孩倒在血泊中，犹太军队又会遭受多少网络舆论谴责？

我：时代的格局就如同一个大棋盘，阿拉伯女孩也好，犹太大兵也罢，他们都是棋子，真正可恶的是出招让小女孩去攻击大兵的幕后棋手，然而不收起棋盘，就永远都有下棋的人啊。中东，真是个错综复杂的棋局，也怕有人砸毁棋盘，那不就棋子尽毁。

茉莉：我呀，一旦遇到极端虔诚的人，不论哪个宗教，有多远躲多远。

　　这我当然是懂的，脑子里浮现出上大学的时候，茉莉曾经对一个美国男孩很有好感。 好不容易盼来第一次约会，对方邀请茉莉去看他的吉他弹唱，顺便吃个晚餐。 吉他弹唱实际是唱诗班，晚餐基本就是个美食加传教活动。 茉莉说要不是那男生颜值高，餐前祷告的时候她就想撂盘子走人了。 她最终还是面带笑容，礼貌地吃完了那顿饭，然后，就没有然后了。

故事二十六 | 白底黑纹

它： 伯利恒，2016
他： 阿里，巴勒斯坦人，32岁，旅馆老板
它： 安曼，约旦，2016
他： 伊尔凡，约旦人 & 巴勒斯坦人，28岁，咖啡厅服务员

〈伯利恒〉

从耶路撒冷到伯利恒只有七八公里的距离，可是由于伯利恒是A区城市①，和耶路撒冷之间有隔离墙和检查站，这段路程通常要在车里坐 30 ~ 40 分钟。 出租车行驶到旅馆门口的时候，阿里正来回踱步等着我到来。 他是个微胖的中年男人，下巴留着一撮短胡须，穿着一件卡其色的拉链外套，双手插在衣袋里，向我点头示意后，从出租车后盖箱里取出我的行李。 简单介绍了这个家庭旅馆的结构后，阿里邀请我去客厅喝一杯茶。

这是一个足够容纳超过三十个客人的旅馆，而此刻加上我在内总共只有三个客人。 客厅的墙上挂满了阿里全家的照片，阿里的妈妈为我端来一杯红茶后便开始介绍他们家的情况。 原来这对老夫妻

---

① 关于约旦河西岸 ABC 区的解释在《步步维艰，何处站边》章节。

平时住在旅馆照应，阿里是三个儿女中最小的一个，也是唯一一个还居住在伯利恒的。 老夫妻的其他两个孩子，分别结婚后生活在美国和约旦。 阿里是个萨克斯风演奏家，曾经去欧洲演奏的时候遇到了来自斯洛文尼亚的太太，现在两人一起住在距离这个旅馆不远的一幢小房子里。 让我意外的是，他们全家人都信奉天主教，我本以为在巴勒斯坦的大多数都会是穆斯林，但是阿里一家告诉我其实这里有很多天主教徒。

阿里：迈兮小姐，请允许我向你表达感激，谢谢你最后决定来巴勒斯坦。

　　见自己母亲终于介绍完了家族史，阿里清了清嗓子，很严肃地看着我说道。

阿里：前些天，您在耶路撒冷和我发邮件的时候，多次询问我这里的治安情况。 说实话，虽然我一直告诉您可以放心，但是其实并没有抱很大的希望。 因为有太多游客对来巴勒斯坦感到担忧，即使决定要来了，也不会在这里留宿。 所以，谢谢您相信了我的话。 伯利恒真的非常安全，不是我吹牛，这里比耶路撒冷还更安全，而且不论你发生什么了，警察都是站在游客这一边的。 对了，你唯一需要小心的就是这里的出租车司机，他们总会给游客开高价。

我：耶路撒冷的确没我想象中安全呢。 我了解过这里的情况，伯利恒是个 Ａ 区城市，我相信是安全的。 请问现在是淡季吗？ 旅馆里好像人不多。

阿里：不单单是我这里，您明天去伯利恒到处走走，就会发现，几乎所有的酒店、旅馆、民宿都是空荡荡的，能有几个人影就不错了。 游客们来巴勒斯坦，必须要经过以色列，那些犹太人到处和人说我们这里危险，不适合过夜，所以游客们即使来了也都当天回去。 唉……

圣地的三月，微凉。 次日清晨，我从包里取出了一条方巾系在脖子上。 这条方巾是我在穆罕默德家开的小商店里买的，白底黑纹，是阿拉法特生前日日佩戴的款式。 在希伯伦和耶路撒冷古城的穆斯林区，我常常看到阿拉伯男子把它戴在头上，他们称之为"kaffiyeh"，我买下一条留作纪念。

阿里和他的父母看到我脖子上的方巾都大为激动，我简单告诉他们我在希伯伦购买的缘由。 离开旅馆前，阿里的妈妈走到我跟前，替我整理了下方巾，说道："姑娘，带着这个，会给你带来好运的，上帝保佑。"

伯利恒最著名景点就是主诞教堂（Church of Nativity），世界各地的天主教徒都会想来这里一睹耶稣诞生的地方。 参观完后我在市中心的主路徘徊了很久，因为在这条路上，除了主诞教堂，还有一座清真寺矗立在正对面，而不远处有一座东正教堂。 我站在路边台阶上，品尝着香浓的阿拉伯咖啡，看着不同宗教信仰的巴勒斯坦人民来来往往。 原来这世界上还真有这样的地方，不论你是天主教徒，穆斯林还是东正教徒，只要不是犹太人，都能和平共处。

午后我回到旅馆的时候，阿里正陪着他刚学会走路的混血儿闺女在院子里玩耍，小女孩看到我，咯咯地笑起来。

阿里：您对伯利恒还满意吗？
我：这是个很棒的城市！ 我今天到处走，发现的确如你所说，几乎所有可供游客住宿的场所都是空荡荡的，我还路过一家有着富丽堂皇大门的酒店，可惜连大门玻璃上都积灰了，可见真的没有人气。

阿里：是啊，这些年被迫关的也不少了，好在我家旅馆的房子是自己的，生意实在差的话以后也可另作打算。

我：对了，阿里，我有个问题。你妈妈说你是去欧洲演出的时候认识你太太的，伯利恒没有机场呀，你是怎么去的？

阿里：这是一个很复杂的问题。在巴勒斯坦，我们没有民用机场，也不能去以色列，所以去约旦坐飞机是唯一的选择，我是从安曼出发坐飞机去欧洲的。

我：你用的是巴勒斯坦护照吗？

阿里：不，是约旦护照。你知道，在这个世界上，很多地方并不承认巴勒斯坦护照，这是一件非常让人沮丧的事情。我们虽然可以申请巴勒斯坦护照，但凡是出国，大家一般都会选择用更便利的约旦护照。约旦政府能为我们提供临时护照，唯一的麻烦就是临时护照的有效期都只有一年。

阿里很平和地解释了约旦临时护照这回事，但我还是能感受出平静下的沮丧和不甘。他慈爱地摸着女儿的脑袋，轻声自言自语起来。

阿里：我的宝贝以后不用经历这些了，她有斯洛文尼亚护照。

我：阿里，我有件有趣的事情告诉你。

阿里：哦？

我：今天中午我去了你推荐我的那家餐厅吃 felafa①，我买了四个，

———————————

① Felafa：中东特色油炸素食，球状。

那个大叔给了我六个。我和他确认是不是真的给我，他笑嘻嘻地指着我地方巾说："看在阿拉法特的份上。"

阿里：看来我母亲真的是个预言家啊。

我：不仅如此呢，后来我回来的路上，路过一个礼品店，就进去转了转，临走前那家店的老板硬是要把这个塞给我，我生怕他是要逼我买东西想推脱，他却执意要我收下。他不会说英文，就拼命指着我的方巾，还竖起大拇指，我猜也是因为阿拉法特？

我从包里掏出那个木质小雕刻，是个半个手掌大小的天使木雕，阿里捏在手里看了看，满脸洋溢着微笑。

阿里：你知道吗？这个木头不是一般的木头，是我们这里特有的橄榄木，象征和平。

我：和平……

阿里：嗯，总有一天，会的。

离开伯利恒前我去的最后一个地方是那堵举世闻名的隔离墙。以色列的那一面是干净的灰色，而巴勒斯坦的这一边则画满了涂鸦。在这些艺术家里，最有名的就要数来自英国布里斯托的Banksy。他是当今世上最具有神秘色彩和才华的涂鸦大师，自称"艺术界的恐怖分子"，喜欢通过街头涂鸦来表达自己对社会和政治的观点。2005年他曾到访巴勒斯坦，在隔离墙上留下了9幅画。在那面墙上，Banksy和来自世界各地的艺术家，留下了他们的情绪，有的是对以色列的愤怒，有的是对巴勒斯坦的同情，更多的是对和平的渴望。

那天傍晚我是坐公交车回耶路撒冷的，路过检查站的时候，

Bethlehem
2016

我和绝大多数的外国游客都坐在车里等以色列军人检查护照，而车上个别几个有通行证的巴勒斯坦人则必须下车接受检查。

〈耶路撒冷〉

抵达耶路撒冷后，我步行去打车点叫出租车，突然一辆老旧的小汽车驶过我跟前，车窗是开着的，里面坐着好几个青年，一个青年突然喊："Free Palestine!"（解放巴勒斯坦），我一时愣住，四处张望，心想他们在对谁喊。这时，车里另一个青年对着我说："我们喜欢你的围巾。"语毕，那辆小车一溜烟走了，我这才注意到自己脖子上的阿拉法特方巾，也意识到了那些少年们一定是住在耶路撒冷的阿拉伯裔。

我打到了出租车，回 Joseph 开的旅馆，司机也是个阿拉伯裔。他不时回头看坐在后座的我，终于在一个红灯停车的时候，语重心长地对我说："姑娘，这围巾收好，万一让犹太人看见了，揍你怎么办？"我对他说了声谢谢，从脖子上拉下那方巾，虽然并不认同他的结论，但我还是领受了他的好意。这条白底黑纹的方巾挂在巴勒斯坦人的身上，象征的是革命与斗争；挂在我个中国姑娘的脖子上，只不过是保暖而已。

〈安曼〉

离开了约旦河西侧的以色列和巴勒斯坦后，白底黑纹的方巾不再是个敏感的配饰。早晚天气转凉的时候，我都会佩戴在脖子上，偶尔路过安曼街头的纪念品店，店员们会对我推销约旦爆款方巾，款式和阿拉法特爆款几乎一样，唯一不同点是白底红纹。

在安曼的一个黄昏，我在一家咖啡馆里歇脚，店里只有一个服务员，是个年轻帅气的大男孩。 在我点咖啡的时候，就看到他的眼神在我的方巾上停留了几次，等到为我端来咖啡的时候，他又看了看我的方巾，欲言又止。

我：巴勒斯坦买的。

我指着方巾，简短地说了一句，冲他微笑，试图让他感受到我并不会介意他向我提问。 他眼底里露出一丝惊讶，还有一点点欣喜。

伊尔凡：你去了巴勒斯坦？
我：嗯，还在伯利恒住了好几天呢，不过这条方巾是在希伯伦买的。难不成你是巴勒斯坦人？
伊尔凡：我是！
我：那你是不是也拿着约旦的临时护照？
伊尔凡：啊哈哈，你知道的还真多呢。 我其实是约旦人，在安曼出生长大，但是我父母都是从巴勒斯坦移民过来的。 所以我家里很多亲戚还都在巴勒斯坦，我也去过几次。
我：在约旦，有很多像你这样的巴勒斯坦移民吗？
伊尔凡：有，还真不少。
我：我知道约旦算是中东国家里和以色列关系最好的了，暗地里也是会一直给巴勒斯坦人民提供便利哦？
伊尔凡：约旦和埃及要和以色列保持友好关系，那都是不得已，因为以色列就在旁边。 然而巴勒斯坦人民和约旦人民才是如同亲兄弟一般，铁打的关系！

我：约旦还真是个有趣的国家，地理位置那么特别，还能稳定治安成为中东最安全的国家之一。

伊尔凡：约旦真的对于穆斯林兄弟们来说是个避风港一般的国家。其实你走在路上看到的人，可能很多都不是约旦人。除了很多像我一样的巴勒斯坦移民，现在还有很多叙利亚移民。

我：是因为战争逃过来的吗？

伊尔凡：其实那些最有钱有权的，早就在战争没有打响前就去欧洲或者迪拜了，来约旦的都是些有点小家底的。现在电视上看到的难民全部是叙利亚最底层的老百姓。对了，这家咖啡馆的老板就是个伊拉克人。

我：美伊战争时候逃过来的？

伊尔凡：一样的状况，战争打响前，有钱有权的伊拉克人很多都去了欧洲。来约旦的都是有点小钱的，带着所有家当移民过来投资。现在在安曼，有很多的小餐馆，小酒店的老板都是伊拉克人。

我：来这里从某种程度上来讲或许比去欧洲更容易适应吧，毕竟宗教和语言都是一样的。

伊尔凡：嗯！小姐，我没有打扰到你吧？看到你带着方巾，一时太兴奋了。

我：不会不会，你告诉了我很多有意思的事情。对了，我叫迈兮，你叫什么名字？

伊尔凡：我叫伊尔凡，在阿拉伯语里，是感恩的意思。

我：感谢约旦，这片接纳了你和你家人的土地，是吗？

伊尔凡：是，除此之外也有对阿拉法特先生的感谢，一生没有放弃巴勒斯坦。

我：他老人家都已经过世了十多年了，可是好像每一个我遇到过的

SONG FOR FREEDOM

巴勒斯坦人都特别爱戴他，怀念他。

伊尔凡：因为巴勒斯坦，一直都在，就像阿拉法特，一直都在。

〈茉莉寒香〉

茉莉：中东走了一小圈，你是不是特别为巴勒斯坦人感到不平，我觉得你挺同情他们的。

我：实话是，我同情他们，但是我并不觉得他们有希望夺回曾经属于他们的土地。

茉莉：哦？

我：在中东的时候我内心真的经常因为同情而偏向于巴勒斯坦一边，可当我反观第二次世界大战结束以前犹太人所经历的血泪史，真的很难去评判谁更可怜。现实是，第二次世界大战后，以色列召唤全世界犹太人回去建国，他们不单单建立了国家，还复苏了希伯来语，国土面积打一次大一点，逐渐发展成了发达国家。光看这一点，巴勒斯坦已经输了。一边，是越来越多的犹太人回到以色列，另一边，则是越来越多的巴勒斯坦人想尽办法离开巴勒斯坦。阿里的兄弟姐妹都移居海外，也许不久后他也会和妻子去欧洲。不论是阿里一家，还是伊尔凡一家，在某种程度上都已经放弃了自己的国家。阿拉法特很伟大，可是他已经与世长辞那么多年了，相信他、缅怀他对于"复国大业"没有实质帮助。但未来的事情谁也说不准，也许哪天他们会有个新的民族英雄领袖跳出来，团结了世界各地的巴勒斯坦人回去革命。对于未来，我拭目以待。

茉莉：知道吗，你变了。理想主义小姐往现实主义跨了一大步。

故事二十七 ｜ 四夜谈

它：安曼，约旦，2016

他：哈桑，约旦人，30 岁，飞机工程师

"姑娘，我建议你还是多换一些约旦现金。"

"我换的这些钱足够等会儿支付签证费，加上过境后打车去安曼了吧。"

"话虽如此，但是万一遇到什么特别情况呢？ 我觉得你还是应该多备一点。"

约旦和以色列的边境站，我正在办理出以色列前的最后一件事——交出境税。 窗口里坐着个胖胖的戴眼镜的中年男子，交完税后他热心地提醒我等下入境约旦的边检站不能刷卡也没有换钱的地方，建议我换一些现金。 我犹豫了一下，又额外换了 100 美金。

半小时后，当我坐巴士从以色列边检站到了约旦边检站的时候，是愤怒的。 因为那里不仅有换钱服务，汇率还比以色列便宜许多。 排队入境的时候，一个约旦保安看到我直勾勾地盯着汇率牌，走到我身边道："姑娘，你也被狡猾的犹太佬骗了吧？ 这情况经常发生，可惜你不能冲回去骂他。 要知道，犹太人都是精明得可恨，好在你现在到约旦了，我们约旦人可比他们强多了。"

〈第一夜谈〉

　　抵达约旦首都安曼的时候，天早已黑，我火速在旅馆 check-in 后，向前台咨询了一下周围情况，以及可以选择的餐厅，便出门去觅食了。 再次回到酒店我没有直接回房间，而是到了前台。

哈桑：晚上好！ 女士，刚才给您推荐的地方还满意吗？

我：你推荐的地方不错，走过去很近，还有好多小餐厅。 不过，我有个问题想问问你。

哈桑：请讲。

我：我来之前在网上搜索，这是个安全的区域所以预定了这个旅馆，想和你确认一下，这里附近安全吗？

哈桑：这里是安曼城里非常安全的地方，请您放心，我能问一下您刚才是发生了什么事情吗？

我：我出去找餐馆的路上会有一些男人盯着我看或者打招呼，我倒也没当一回事，毕竟在中东的东亚人很少，估计他们也是觉得新鲜。 而我吃完饭回旅馆的路上，有小轿车对着走在人行道上的我按喇叭，发生了两次相同的情况。 我转头，就看到车里的人招呼我走过去上车，其中一辆车还跟着我开了整整一个街区。 我心里是有点发毛的，后来转过身，面向马路，怒瞪着跟着我的车，严肃地说："你们，给我消失！"他们的表情从一开始的玩世不恭变成了哭丧脸，应该是装出来的吧？ 然后就把车开走了。 怎么说呢，我一直听人说约旦是中东最安全的阿拉伯国家之一……

哈桑：这附近有几家大型的夜总会，我估计那些人喝了酒所以才会胆子比较大。不过请你相信我，这个区域真的很安全。就像你说的，很多人会因为你的外表产生好奇心，但是请你放心，如果有人和你搭讪你不理睬，邀请你上车去游玩你不想去，他们再坚持也不会对你动手动脚的。约旦的一大收入就是旅游业，在这里我们都非常重视保护世界各地的游客。

我：好的，谢谢你，这样我就安心了。

哈桑：除了刚才您提到的事，还有什么让您困惑的情况或者麻烦吗？

我：话说回来我今天从边境站打车来安曼的时候也是好紧张，车开了十来分钟，司机突然在穷乡僻壤的高速公路边的一个小村子停车，让一个男人上了车，也没征求我同意，我想问他这男人是谁，可是他不懂英文。后来我明白了，应该是个他的朋友想搭顺风车一起回安曼。可能在你们这里出租车乘客没坐满，司机捎上自己朋友是很正常的吧？路上他们还给我递水和香蕉，那个司机的朋友还老是回头盯着我看。我警惕心比较高，吃的喝的都没要，全程精神保持高度紧张。事后也是有点小小的自责，毕竟他俩也不是坏人，安全把我送到目的地了。

哈桑：边境站里能打到的车都是注册出租车，安全方面您可以放一百个心，不过通常在我们这里司机想捎人的话，的确会和乘客打个招呼，乘客也少有不同意的。也许因为你们语言不通他就没当回事。不过您做的是对的，毕竟一个女孩子，从边境站到安曼一路都是高速公路和小村镇，小心点是应该的。

我：嗯，谢谢你了，我去休息了。

哈桑：系统里显示您要在这里住三个晚上，如果您有任何需要，可以来找我或者前台的其他工作人员。晚安。

这个旅馆前台人员看上去三十五六岁的样子，身型很挺拔，除了鹰钩鼻，其他五官特征是很典型的中东人模样，黑灰色的头发用发胶打理得黑黑亮亮。他服务态度好，英文还讲得流利，更重要的是他让人觉得和普通前台服务人员不太一样，却又说不出是哪里不一样。

〈第二夜谈〉

哈桑：您好，今天一切还顺利吗？

　　在约旦的第二天，我整整一天都在城市里游览，回到旅馆已经晚上十点多了，还是昨天的那位小哥，看到我进门就和我打招呼。

我：你每天都上晚班？　我早上出门没看到你。
哈桑：我上班时间下午 1 点到晚上 11 点。
我：原来如此。　我今天去了不少有意思的地方，但是也遇到了不少让我生气的人。
哈桑：您若是不介意，可以和我分享一下吗？
我：首先就是出租车司机，我早上出门前，向前台咨询了安曼城里出租车的收费标准。　幸好我问了，今天一共坐了五次出租车，只有一次是司机主动打表的，剩下的都是给我开价，基本上张口就是我应该支付金额的两三倍。
哈桑：其实在安曼，交通拥堵的时间段有个不成文的规矩，就是司机可以把车费抬高，不过如果是正常时段，他们不可以这么做的。

我：下班高峰时段我的确被拒载了五次，其中一人把价格开到了七倍，我就不明白了，你们国家人不都是虔诚的穆斯林吗？ 穆斯林教义里不都告诉人们得诚信吗？

哈桑：我非常遗憾，但恳请你相信，并不是所有约旦人都是这样，安曼的很多出租车司机的确不诚信做生意，政府也一直想改变这个情况，但这也不是一朝一夕就能改善的。

我：算了，我做好准备，接下来几天要和出租车司机们斗智斗勇了，谁让这里没什么公共交通选项呢！ 不过总体上来说，我还是很享受今天的，我去看了老城区的古城遗址，尝试了很多种传统点心，走过了有无数小商店和餐馆的彩虹街。 我还真是喜欢安曼老城区，整个区域是土黄色调的，就像一张巨大的发黄老照片，还有天然的珞璜色滤镜效果。 站在古城遗址俯视高高低低的小房子和大街小巷，会让我想到我去过的另一些山城。

哈桑：你去参观古罗马剧院的遗址了吗？

我：走到那里的时候参观时间不巧刚结束，但还是能透过铁栏杆看见整个剧场。 在我拍照的时候，一个中年男子来和我攀谈，说他是景点的工作人员，脖子上也的确挂着工作证。 他很遗憾我不能进去了，但是推荐了另外一个地点能拍到更好的照片，我顺着他手指的方向看到广场另一边的一个高台，目测走过去也就是五分钟的距离，我便谢过他准备走过去。 岂知他一路跟着我，噼里啪啦讲了一堆文化历史知识，这时候我意识到这人应该就是个导游，一会儿可能要问我收钱。 等我拍完照片，他又提议要带我去周边一个特色小店看看，我知道是时候得甩开他了，就很直白地告诉他我没兴趣去逛店，接下来我想自己一个人走，希望他别跟着我。 我当时心里的打算就是如果他不肯走，我就掏出点小费打发他。

听到这里前台小哥突然扑哧一笑。

哈桑：我猜他的目标可不是小费那么简单。

我：你还真了解你们国家的人民，这人立马告诉我他不是冲着小费来和我搭讪的。恭维夸奖了我一番，表示他愿意开着车带我在约旦四处玩，还想请我吃饭喝酒喝咖啡，像个牛皮糖一样粘着我。现在回想我应该一开始就简单粗暴，在公共场合不留情面地处理。我越是客气,他越是没完没了。

哈桑：他是个帅大叔吗？还是个老色狼?

我：头发花白，牙齿不全，你说呢？

哈桑：下次碰到这样的情况，就掏出手机威胁他们你要报警。我真的为你的遭遇感到很遗憾。

我：没事没事，这种事情在哪里都可能发生，我今天比较"走运"罢了。

哈桑：明天有什么打算呢？

我：去佩特拉古城，已经把往返安曼的长途车票订好了。想到这个就好激动呢。回头我明天晚上见到你再分享!

哈桑：好的，晚安。

〈第三夜谈〉

从佩特拉古城回到安曼城，我的模样是狼狈的，因为古城里突然下暴雨，我淋成了落汤鸡，加上徒步一天消耗了很多体力。然而比起天气和体力，我的心情更加狼狈。到旅馆后回屋洗了个澡，换了身干净的衣服，我习惯性地跑去前台，准备一倒苦水。

Amman
2016

我： 今天发生的一切，除了恢宏的佩特拉古城带给我的精绝赞叹是美好的，剩下的都糟糕透了。

　　我倚在前台，要了瓶苏打水，一口气喝了半瓶。 他双手插在胸前，微微点头。 接着我把狼狈的一天一吐为快。

我： 清早我从安曼坐车到了佩特拉古城，里面有很多做骑毛驴生意的人，在几个需要爬坡的景点聚集得更多。 我时间充裕打算自己爬，这些小伙子们不停跟着我让我骑他们的毛驴。 渐渐我发现，大多数游客拒绝他们后，他们最多再说服几句就去找新的目标招揽生意了，偏偏我身边几个就是不走，其中最执着的两个愣是跟着我爬了一小时。

　　各位读者可以想象一下，我戴着耳机，扛着单反相机，就是想自己边爬古城边拍照，享受一个人的惬意，却有三三两两的当地男孩牵着毛驴跟着我，一直保持两米左右的距离，极其不自在。 后来我想到了酒店前台小哥的话，严肃警告他们如果再跟着我，我就要报警，还拿出手机装个样子，奏效了。

我： 走着走着，下午的时候佩特拉古城突然下了一阵暴雨，游客们大多在躲雨，等雨停了我发现路况突然变得特别泥泞，有点担心自己一路走到古城出口可能赶不上回安曼的车子，于是我决定骑毛驴代步。 当时我附近就只有一个当地男孩牵着毛驴于是我就和他谈了价钱，可是等我骑了几分钟发现，这个小伙子估计是个新手，毛驴根本不听他的指令，带着我横冲直撞，速度时快时慢。 我几次质疑他到底能不能保证我的安全，他都让我放心，而与此同时，渐渐路上其他做骑毛驴生意的男孩子们开始跟着我们窃窃私语，都是一副看好戏的表情。 大概十分钟左右我清楚意识到不论是从安全角度还是时间角度，我都不应该继续骑这头毛驴，于是我严肃地告诉毛驴的主人，我需要他立刻牵住毛驴让我下来自己走。 旁边一群看戏的人仿佛终于等到了机会，我刚从毛驴上爬下来，直接被四五个当地男孩包围了，都冲着我喊，让我去骑他们的毛驴，我从口袋里掏出手机，准备再用报警威胁他们闪开，哪知他们彼此之间还推推攘攘，最后我的手机掉进了水塘里。

哈桑：您的手机没事吧？

我：你看屏幕上的水渍还是很明显，刚刚回来的车上反复试了很多次才开机。

我把手机递给他看，他很无奈地摇头，神情比我还沮丧。

我：今天回来的路上，我仔细把这两天地经历回想了几遍。 我的结论是： 约旦是个很安全的国家，但并不适合年轻的女性单独游玩。 我遇到不少这里的男人都有一定的"攻击性"，就仿佛单独出行的女人都是猎物一般。 能问你个问题吗，作为一个约旦男人，可否实话告诉我，东亚女性是不是在这里特别……受欢迎？

哈桑：我们……的确觉得东亚的女性非常有吸引力……

我：我一开始以为只是好奇心，不过他们眼神里的躁动早就盖过了好奇。 看来我应该调整心情，感到高兴，长那么大，去过很多地方，还从来没有在哪里会走在街上，动不动被人搭讪，或者被追着跑。

哈桑：也许您在约旦多待一阵子，情况不会都那么糟糕。 可惜，您明天就要离开了对吧？

我：嗯，这次来约旦时间比较仓促。 不过明天晚上应该还能看到你，我的飞机是后天凌晨的，我还有一天的时间体会约旦，去机场前回这里取行李。 对了，你叫什么名字？

哈桑：我叫哈桑。

　　他回答的同时向我展示了下胸前小小的亮金色名牌。 我微微点头，转身准备坐电梯上楼休息。 快到电梯口的时候他突然叫住了我。

哈桑：女士，请等一下，您有东西掉在地上了，别遗落了。

　　我闻声低头，四下寻找，大理石地面光光的，什么都没有。 于是我疑惑地抬头看向他，正对上他的笑脸。

哈桑：您遗落的是微笑，请记得捡起来，小心保管。 晚安。

　　走进电梯，回想了一遍哈桑的最后两句话，我笑了。

〈第四夜谈〉

　　约旦的第四天，我又是吃完晚饭天黑以后回到旅馆大堂，哈桑还是站在老地方。

哈桑：今天约旦男人们可有惹你生气？

我：老三样，防跟踪，无视搭讪，和出租车司机斗智斗勇。

哈桑：哈哈，看起来心情还不错。

我：托你的福，我把我的微笑保管得很好。

哈桑：有什么新故事？

我：一件好事一件坏事，想先听哪个？

哈桑：坏的吧。

我：我又遇到了一种"新型骚扰"。

哈桑：额……那么好的呢？

我：比起前些天的那些人，今天这个好歹是个帅哥。

哈桑：我准备好听故事了。

我：今天快黄昏的时候，我走到一个有居民区的小山坡上，想从侧面拍几张古城遗址的照片。突然有个男人叫住我，问我能不能帮他拍张照，于是我接过他的手机，为他拍摄了一张背景是古城遗址的照片。之后呢，我的打算是走下山坡去市中心买一些邮票，然后去吃晚饭。拍完照这个男人开始和我闲聊，他英文挺流利的，我以为他和我一样是个游客，反正我也在拍古城遗址，就和他有一句没一句聊着，更何况他是个帅哥。他询问我在约旦旅行的感受，我就实话实说呗，风景赞，但是被骚扰得很无奈。再来说说这个帅哥的基本情况，他是约旦和日本的混血儿，但是记忆里已经没有日本妈妈的影子了。从小跟着做生意的父亲在三四个国家居住过，所以英文不错，最近刚回约旦生活。

我：帅哥说他马上准备去对面的古城遗址看看，问我要不要一起去，我告诉他我已经去过了不用了，我等下要下山坡。他立马说可以送我，因为他的车子就停在前面，等一下他要去和朋友会面，送我下山坡也正好顺路。这时候我反应过来情况不那么正常，一会儿说去古城遗址参观，一会儿又说要去和朋友聚会，关键就是想和我"顺路"吧，还好我脑子反应快。 应该一开始让我帮他拍照就是搭讪的方法，鬼知道他是不是在周围观察我很久了，想想后背冒冷汗。

我：我直白地告诉他，在一般陌生地方，我都不会轻易上陌生人的车，更何况刚刚和他都提及的这些天我在约旦经历了些什么。 我说刚才一路看风景聊天很愉快，你也赶快开车去找朋友吧，至于我，更喜欢步行。 我本想给他一个拥抱说再见的，突然想到这边穆斯林之间"男女授受不亲"，虽然他英语流利可能受过西方教育，但还是谨慎一点好，于是我伸出手和他握手。

哈桑：成功摆脱他了吗？

我：我彻彻底底被吓到了，我很确定当我的手和他的手触碰的瞬间，我刺激到他了，他很兴奋，接着说了一大堆赞美我的话，表达他有多喜欢我。 当然我的心理承受能力比面对两天前那个假导游强多了，毕竟这是个年轻的帅哥，呵，呵。 最后他说，他相信我和他的相遇是神的意思，而且我们一定会再一次相遇，希望我至少可以和他到他车里接吻留念后离开，因为如果在路上会被别人看见。

哈桑：幸好你没上那辆车。

我：我发誓我和他几分钟的对话内容没有一丝暧昧或者挑逗。 是不是在你们这里，如果一个女人会和一个男人说话有呼应，就代表对他有意思？

哈桑：我不知道该如何回答这个问题。 你着实是被吓到了。

我：说实话，如果被提出这样的要求是在欧洲我指不定就答应了，毕竟是个帅哥，接个吻也不会少块肉，但是在这里我不敢。 吓到我的并不是他提出的要求，而是我的手和他的手触碰瞬间他的眼神。 那个眼神里流露出的兴奋告诉我，我挑逗了他。

哈桑：最后你是如何解决这个问题的？

我：我对他说："对不起，请你冷静一下，开车去你该去的约会吧，我很确定得告诉你，我不会上你车的，我对你的提议不感兴趣。"他愣了几秒钟，走了。 唉，在约旦的每一天，都有遇到有趣的男人呢。

哈桑：去机场前有什么打算？

我：原本打算最后一晚体会下安曼的夜生活，找个酒吧坐一坐，凌晨十二点半左右去机场正好。 说实话我真想去喝一杯，不过经过这两天的体会，只怕独自走进一家酒吧只是给自己找麻烦吧。 我恐怕还是打消这个念头比较好。

哈桑：你过来。

　　哈桑突然趴到前台桌子上，放低声音说话。 我走上前去，他开始在我耳边低语。

哈桑：这是你在约旦最后一个夜晚了，如果你愿意，你可以和我还有我的朋友们一起去一个酒吧，这样你就不用担心被人骚扰或是打搅了。 我今天十一点下班后我朋友会开车来接我。 然后我们可以十二点半把你送回来去机场。

我：真的吗？ 那太好了，我实在太愿意了。

哈桑：嘘。 旅馆有规定，工作人员是不能和客人一起出游的。 按道理说你已经 check-out，也不算客人了，还是避嫌比较好。 所以等下十一点前你就从前门出去右转，我下班了换身衣服就在那里和你会合，我朋友的车也会停在那里。

我：好。 一言为定！

十点五十五我去了和哈桑约定好的地点，他的朋友已经到了。十一点我们准时出发，夜间的安曼车子并不多，我很确定我们穿过了大半个城市，到了另一个热闹的区域。这天不是周末，酒吧里人并不多，哈桑的朋友找了个桌子坐下来，他则带我到吧台坐下来。我要了瓶约旦啤酒，他则点了杯自由古巴。

我：哈桑，告诉我，你真正的职业是什么？ 也许是住过的旅馆真的数不清，我的直觉告诉我，你干这行并不久，而且你应该受过高等教育，从你的气度和修养里感受出来的。

他疑惑地看着我，也透着一丝不可思议。

哈桑：我叫哈桑，今年30岁，毕业于开罗大学的工程学院。 之前的工作是飞机制造工程师，到旅馆工作不过两个月而已，也只签了三个月的短期合约。

我：开罗大学!

哈桑：你听说过?

我：阿拉伯世界最古老的高等教育机构。 有所耳闻，没去过埃及，如果有机会去一定要去你母校看看。

哈桑：我非常喜欢埃及，开罗是一个很有文化底蕴的地方。 听我的老同学们说，这两年因为恐怖袭击，开罗冷清了不少。

我：你是在休假吗？ 所以突然去旅馆工作?

哈桑：前阵子心情很不好，决定停止工作一段时间。 我半年前刚刚离婚，我前妻提的，四年前我们是在安曼国际机场认识的，她是个空姐。 离婚后我只是想给自己一点空间，远离和飞机有关的一切。 正好有个朋友认识这个旅馆的老板，知道他们前台缺

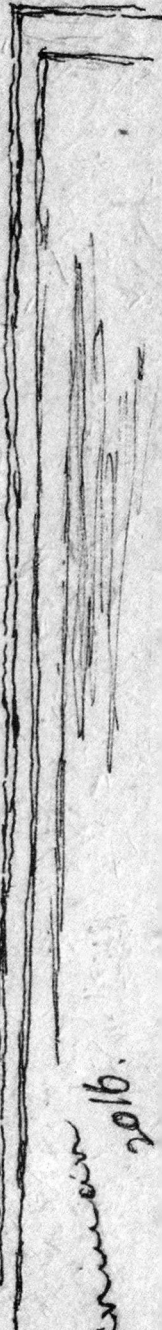

人，我又会英语，于是就过来帮忙了。 其实现在也想通了许多，这段婚姻的结束，问题并不在我身上。 等三个月到了我应该会回到之前的工作，毕竟飞机才是我真正喜欢的东西。干杯。

我：干杯。 不好意思，我们还是不聊这个了，毕竟不是个开心的话题。

哈桑：我还以为你会好奇问下去呢。

我：你们在机场认识，她是空姐，离婚是她提的，问题又不在你身上。 你已经给了我故事的框架，我其实不必让你剥开伤口给我讲故事，差不多能猜到大概。

哈桑微笑着点头，看了眼他的手表。

哈桑：来，十二点了，我们干一杯，再坐半小时该送你去机场赶飞机了。 干杯！ 为了你在约旦的第五天，也是最后一天正式开始！

我：干杯！ 为什么要突然决定带我来这里？

哈桑：你知道吗，四个夜晚我们都谈到了你在约旦种种不愉快的经历。 我希望你在约旦的最后一天会全部是快乐的记忆，哪怕这一天最短，只有几个小时。 很多年以后当你回想起这次短暂到访约旦的经历的时候，还会记得至少有我这个人和你度过的最后一天是没有不愉快记忆的。

我：我当然不会忘记你，你是一个 30 岁的约旦飞机工程师，在你人生中仅有的几个月在旅馆工作的时间里我们有幸相遇，我还吐了一肚子苦水给你。 我以后如果有机会去埃及一定还会想到你在那里生活过，非常喜欢那里。 当然，最重要的是，你叫哈桑。

哈桑：或许很多年以后你会忘记我的长相，声音，名字，但请一定记
　　　得，我也是个穆斯林。

〈茉莉寒香〉

茉莉：这个哈桑让你很感动吗？

我：我不该有那么一点感动吗？

茉莉：他真的是个执着的穆斯林，或许他也对你有些想法，只是他
　　　特别想代表穆斯林男性团体在你脑海里留个好印象吧。 我还是
　　　对那个约旦日本混血帅哥比较感兴趣。

我：可惜我并没有他的照片。

茉莉：不不不，他的行为太让人毛骨悚然了。 我是想提醒你很多混
　　　血儿男人还是小心为妙。

我：哦？ 猫村茉莉小姐有何指教？

茉莉：日本多的是混血儿你也是知道的。 大多数都是日本妈妈和外
　　　国人爸爸。 如果他们生下了儿子，就很容易有对亚洲女人的爱
　　　慕心。 很多男孩子都容易喜欢和自己母亲相像的异性，所以
　　　啊，每当我遇到妈妈是日本人的混血儿，都会先保持距离观察
　　　观察，不能被他们英俊的皮囊所迷惑。 明白？

我：猫村茉莉，你有东西掉地上了。

茉莉：什么？ 哪里？ 没有啊！

我：你的微笑。

茉莉：呦，哪里学的？

我：约旦男人们都会哦！

故事二十八 | 印度洋的眼泪，
无人晓的约会

它：加勒，斯里兰卡，2016
他：艾米尔，斯里兰卡人，24岁，平面模特

　　贝肯兄是我的大学同学，一个来自斯里兰卡的穆斯林。 他比我稍长，故称兄。 我在中东一下子接受了太大的信息量，到斯里兰卡的时候不免有一丝疲惫。 贝肯兄热情接待我，在他家的大宅子里给我留了一间落脚的屋子。 这是一个永远都是夏天的国度，空气潮湿，阳光充足。 这是一个宗教和民族多样化的国家，绝大多数国民是信奉佛教的僧伽罗人，除此之外有信奉基督教或是印度教的泰米尔人，还有贝肯兄家族这样的信奉伊斯兰教的穆斯林。

　　贝肯兄帮他老爸分担工作，负责一个自家商品的广告拍摄，拍摄地点在斯里兰卡西南沿海城市——加勒。 古城里有座城堡是16世纪时候葡萄牙人建造的，后来陆陆续续又有许多欧洲建筑和东南亚建筑相得益彰，使得加勒古城区的建筑群拥有别样风情。 贝肯兄率领摄制组出征加勒，也顺便捎上了我。

　　我的第一个发现，是从广告策划部门高层，到群众演员，居然几乎都是穆斯林。 贝肯兄告诉我，斯里兰卡首都科伦坡有两百多万人，社会本来就很小，而穆斯林社会圈子就更小，差不多六十多万

人。 很长一段时间，斯里兰卡的社会阶级与宗教信仰有密不可分的关系，占总人口数约 10% 的穆斯林基本为上流社会代表。 从印度移民来的印度教人多为家佣侍从。 占人口绝大多数的佛教徒则多为中下到中上阶层。 这些年慢慢有佛教徒和印度人富裕起来，但是主要经济实力还是在穆斯林圈子。

艾米尔是贝肯兄家世交的公子，据说长得好生英俊，学业之余偶尔也当平面模特。 这次贝肯兄家的产品广告男主角就是他。 我必须很不争气地承认，从艾米尔出现在摄制现场摆出第一个 pose 的时候我就屏住呼吸了。 谁让他长得那么像我童年的黑皮王子——阿拉丁。 大伙吃工作餐的时候，贝肯兄识趣地介绍我们认识。 以下便是我和艾米尔对彼此说的第一句话。

我：艾米尔，你的名字真好听。
艾米尔：谢谢你，在阿拉伯语里，艾米尔是王子的意思。

我特意偷偷去查了阿拉伯语词典，还真是这个意思，只能说他得感谢父母把他生成一个帅哥。

〈第一次不可告人的约会〉

贝肯兄看出了我和艾米尔谈得投机，某天上班前塞给我两张多余的电影票，笑眯眯地告诉我下午艾米尔会来接我。 出门前他叮嘱我，如果他妈妈问起我和谁一起去看电影，一定要回答是我自己去。 我虽不太明白这其中的道理，也还是点点头。 下午约定的时间到了，我便准备出门，贝肯兄的妈妈果然来询问我了。

"迈兮，去哪里啊？"

"贝肯兄给我的电影票，看电影去。"

"你和谁一起去呀？"

"我自己去。"

"为什么一个人去啊？"

"因为贝肯兄已经看过了，我还挺想看的。时间要来不及啦，我走啦！"

电影普普通通，唯一出乎我意料的是在斯里兰卡看电影都有中场休息，能让卖饮料零食的小贩做点儿生意。看完电影我回到贝肯兄家，他妈妈招呼我去吃新鲜出炉的咖喱饭。我刚扒拉两口饭后，贝肯兄的妈妈清了清嗓子：

"电影好看吗？"

"很不错，特别长呢。"

"你是和艾米尔一起去看的。"

我心里一惊，这怎么吹牛不到半天还是被发现了吗？于是我弱弱地回答：

"呵呵，您是怎么知道的？"

"什么？！你居然真的和艾米尔一起去看电影了？"

是的，我就如此愚蠢地被套话了，只能怪自己道行太浅。接下来只得一边吃饭，一边听贝肯兄的妈妈"训诫"。

"要知道艾米尔家和我们家是世交，如果艾米尔的父母知道他偷偷出去和女生约会，他们会非常不愉快的，身为穆斯林在结婚以前是不可以和异性约会的。更严重的是，你还不是穆斯林，他们会非常生气。是我儿子介绍你们认识的，艾米尔的父母或许还会怪罪贝肯。你坦白告诉我，你是不是喜欢他？前两天他来我们家做客我就觉得你们聊得来，我也觉得他是个长相英俊的小伙子，但是你们必须保持距离，明白吗？ 他家父母非常虔诚，这样的事情绝对要杜绝。"

我不知道该如何回答，心里有无数疑问却在那种氛围下问不出半句话来，后来我大概是大脑不听使唤，问了一句："所以如果我是穆斯林和他出去看电影就没事吗？"

贝肯兄的妈妈瞪大了眼睛看着我："难道你真的喜欢他？"

我只想说，那只是我们第一次约会，看了一场电影而已……

人，有的时候，就是喜欢去做那些别人阻止你做的事情。 有了第一次，就会有第二次，第三次，第四次……

〈第二次不可告人的约会〉

避了几天风头后，我与艾米尔相约去吃个便餐。

艾米尔：你想吃什么，中国小姐？

我：去吃个不用手抓的料理吧。

艾米尔：你为什么不喜欢手抓料理呢？

我：难度太高，米饭和了咖喱汁，还没送进嘴里就都漏到盘子里和身上了。

艾米尔：原来是这么可爱的理由，我还以为你和西方人一样是觉得用手抓饭不文雅呢。

这个想法我心里也是有的，还不是因为你是个帅哥所以没说出口嘛，我心想。

艾米尔：你一定不知道我们为什么喜欢吃手抓饭吧。 是为了追求食物的口感，要知道钢勺钢叉这些餐具都是有温度和味道的，当你把餐具和食物一起送进嘴里，你品尝到的并不是食物纯粹的味道。

我：有意思。

可是人的皮肤也是有味道的，比如出汗之后会偏咸，我心想。当然我还是没说出口，只是对着帅哥善解人意地笑了。

艾米尔：亲爱的，除了手抓料理以外，快想想你还想吃什么？

我：嗯……我好奇斯里兰卡是否有山寨版外国快餐。 记得在巴勒斯坦看到过山寨版 Starbucks（星巴克），叫 Star Bucks。

艾米尔：你真是和这里的姑娘很不一样啊！ 我们这里倒是有山寨版 Burger King（汉堡王），叫 Burgers King。

我：那我们就去吃这个吧？

艾米尔：好的，等我用地图搜一下位置哦。

山寨版汉堡王恰巧在有很多穆斯林居住的区域，我能时刻感受到人们打量我的眼神有点奇怪。 35 度的高温，我穿着背心短裤，她们全部是及脚踝的长袍。 而让我不解的是艾米尔坐在餐厅里显得非常局促不安。 我刚啃完汉堡他就等不及站起来，发现我的饮料还没喝完又不好意思地坐回位子。 我问他是否赶时间，他又连忙摇头。

艾米尔：抱歉了，迈兮。 刚才的餐厅里有几个穆斯林一直在打量我们，我不认识他们，但不能确定他们是不是认得我父母。 让人看到我们单独坐在一起可能会引起一些不必要的麻烦。

一路小跑回到艾米尔车子里后，他舒了口气，开始不紧不慢地对我解释。 他把车开到距离贝肯兄家一个街区外时停了下来。

艾米尔：对不起，只能送你到这里，如果让贝肯的妈妈看到我们单
独出去可能又会有麻烦。

后来为了安全起见，约会吃饭的时候我都让艾米尔全权负责选餐厅，但即使如此，每次我进餐厅前，他都要先进去转一圈，我还经历过两次，饭吃到一半，被他强行藏进厕所"避风头"的情况。贝肯兄说，这里的人们都特别在意自己的名声，叫我得明白艾米尔和我约会风险是很大的。 贝肯兄还说，千万不要动真格爱上艾米尔，因为喜欢他的姑娘太多了。

〈第三次不可告人的约会〉

艾米尔：今天想吃什么？
我：不饿。
艾米尔：那你想做什么？
我：你们穆斯林男孩们和女孩子约会都能干嘛？ 吃饭不安全，看电
影不安全，拥抱接吻这些基本的肢体触碰都是不被允许的吧？
艾米尔：那你觉得我和我过去所有的女朋友们在一起做什么呢？
我：你的行为并没有你说的那么潇洒，每次我们出去你还不是战战
兢兢的。
艾米尔：我并不在意陌生人怎么看待我，但我在意我的家人如何看
待我。 我无法在人前做到彻底的潇洒是因为我不希望我的父母

因为道听途说而对我感到失望。

我：明白了，潇洒的王子。

艾米尔：你想知道这里的穆斯林男孩们还能如何约会是吗？

他突然加快了车速，驶向海边，吹过一阵海风后又驶入一条条小巷，最后他把车停在一条小巷尽头的大树下。垂下的树枝正好能遮住挡风玻璃。

艾米尔：我们会带着我们的女朋友把车开到只有我们自己熟悉的小路，然后浪漫地在月光下接吻，接着移动到车后座去做我们该做的事情。因为在这里，去酒店开房都不安全，不仅仅是害怕遇到熟人，而是因为很多酒店的老板都是穆斯林。

我：还真有意思……

我话音还未落，艾米尔的头已经凑了过来，就在他的嘴唇贴到我的嘴唇的一刻，突然一阵声响！一个警察正在敲艾米尔的车窗。艾米尔显得非常慌乱，打开了车窗，我听不懂他们说什么，只见艾米尔从车里拿出各种证件，看着像是普通抽查。接着，这个警察开始打量我，然后很意味深长地看着艾米尔，说了一句话。这句话让艾米尔顿时错乱，他一口气说了好多话，最后这个警察似笑非笑地摇摇手，让我们走。

我：看来你好久不带女孩来这里约会了，以后该物色一条新的巷子了。

艾米尔：那你以为我是个花花公子吗？

我：这个我没兴趣知道，我感兴趣的是那警察前面都问你什么了？

艾米尔：抽查，驾照、保险这些。

我：那之后呢，他好像问了你什么，你很紧张。

艾米尔沉默犹豫了好一会儿才开口。

艾米尔：迈兮，这件事，我之前一直没想告诉你，贝肯也是。 斯里
兰卡有很多中国妓女。 她们一般都在赌场和某些小巷，刚才那
个警察问我，花了多少钱把你弄到我的车里……我在和他解释
你不是非法滞留的妓女，我解释了你的一些情况，而且还告诉
他不相信的话可以查你的护照。

我：其实我和你约会，除了因为你是穆斯林很麻烦以外，还会让一
些人以为我是你花钱找的妓女是吗?

艾米尔：对不起，是这样的。

我：没关系，谢谢你告诉我。 不过，艾米尔，其实今天出门，我没
随身带护照，他若真要查，恐怕我们就惨了。

艾米尔：……

惊魂不定的夜晚，艾米尔开车带着我来来回回穿梭城市。 我也
不知道他是漫无目的地在压惊，还是在寻找一条新的约会小巷。

〈不可示人的告别〉

我快要离开斯里兰卡的时候，贝肯兄又组织了他的一群兄弟们
去加勒过周末，顺便算是我的告别会。 加勒的海滩边的小酒吧里，
贝肯兄趁此机会和兄弟们喝酒，酣畅淋漓。 我和艾米尔坐在不远处
的沙滩边，开始我们最后一次约会。

我看着贝肯兄干完了半瓶威士忌，正在灌另一个男孩。 这些穆斯林男孩们的父母都很虔诚，而他们呢则截然不同。 我很好奇，很多年以后他们的孩子们又会是什么模样呢？

艾米尔：你会想念我吗？

我：是否想念你我不确定，但是和你的那么多场约会恐怕这辈子都忘不了了。

艾米尔：躲躲藏藏就像拍电影一样，是吗？

我：对于我来说，是。 但对于你来说，常年演电影，多累啊。

艾米尔：习惯了。

我：贝肯说，他的所有朋友都很清楚，最后一定要和穆斯林结婚。所以我想在那一天到来之前，你会想尽可能和不是穆斯林的异教异国女孩交往吧？

艾米尔：怎么把话说得我像在集邮一样。

我：不是吗？ 其实这一切就好在我们都不是那么地喜欢对方。 你喜欢我并不因为我是我，而是因为我不属于这里。 吸引我的也不完全是你，而是和你约会的刺激。

我和艾米尔都是坐着贝肯兄驾驶的汽车回科伦坡的，后来贝肯兄告诉我，艾米尔和我告别的时候，车子正要从非穆斯林居住区驶入穆斯林居住区。 这也就是为什么，拥抱吻别后过了 15 分钟他才下车的原因。

〈茉莉寒香〉

2016 年的圣诞节前夕，我如约飞到伦敦陪茉莉过寒假。 做一名女博士的道路是漫长而艰辛的，但我知道绝不轻言放弃的茉莉一定能走到最后。 课业繁忙的她不打算回日本，我们便相约一起在伦敦放松几天，顺便让她点点评评我的这本大作里摘抄的"茉莉语录"。

下午抵达伦敦，我熟练地坐上地铁去茉莉的公寓，心想着上一次来伦敦已经是转眼两年前了，巧合的是茉莉的公寓距离齐绮和倪霓家居然只有一站，不过这次见不到齐绮了，他回哥伦比亚了。

放下行李后茉莉开始催我赶紧出门，这天晚上她要和四五个朋友吃晚餐，因为很多人马上要各回各家过圣诞节了。 茉莉的交友心得大家都知道，少而精，她在伦敦的几个好友我都听她提及过，在去餐厅的路上异常兴奋。 晚餐后我和茉莉本打算去小酌一杯，可是伦敦实在太冷了，我俩在冷风中颤抖着身体对视一眼后决定回家。这天气，还是适合坐在开着暖气屋子的地毯上捧着一杯热巧克力。

茉莉：怎么样，我最好的朋友，对我新交的朋友满意吗？

我：你有进步啊，记得你大学第一个学期就我一个好朋友，现在一个学期交的好朋友能数满一只手了，我在你的变化里找到了我影响你的痕迹！

茉莉：你少臭美，那是因为你一个话痨顶得上我现在五个好友一学期讲话的总和，明白吗？

我：我问你，今天哈立德怎么没来？ 他已经提前回家了？

哈立德是茉莉的一个来自沙特阿拉伯的同学，根据茉莉的描述，哈立德符合我对"中东土豪"的一切想象。 他从大学开始就在伦敦上学，独自住一栋市中心的大公寓，换开两辆限量版豪车。 半年前和茉莉成了同学，开学第一周就请一堆同学去吃大餐，开了好几瓶价值不菲的酒。 别的同学都乐开花了，忙着跟土豪套近乎，茉莉却把他骂了一顿，"你以为你很了不起吗？ 靠花这种钱讨好大家，以后你身边真正的朋友只会越来越少！ 识相点，把这顿饭的钱除以下人数，我要把我的钱给你，最讨厌欠你这种人钱了。"茉莉是真心对这个哈立德嗤之以鼻，我都能想象她应该没少翻白眼，但这个哈立德事后总是死皮赖脸缠着茉莉做朋友。 一直觉得这小子有自虐倾向，可能从小都是人人围着他转，茉莉越是犀利地批评他，他就越是相信茉莉，凡事喜欢去请教茉莉的建议。

茉莉：这小子闯祸了，已经被家里叫回去一星期了。

我：他犯什么事情惹毛父母了？

茉莉：唉。 这小子暑假回家的时候 IPad 忘记带回来了，她妈妈某天心血来潮想学怎么用，就打开了。 他蠢啊，自己的 ICloud 是登录状态，于是他这个学期手机里各种照片全部同步到 IPad 里。他没事总在公寓里开派对，成天搂一群姑娘拍照……

我：酒精，穿着暴露的异国女性，再加上暧昧的照片。 他的家庭还是沙特阿拉伯的穆斯林家庭，后果必定相当严重啊，他唯一能庆幸的一点就是至少他不是个女孩。

茉莉：他家里人知道情况后决定要惩罚他，你猜猜惩罚是什么？

我：切断经济来源？ 强制休学禁闭？

茉莉：结婚。 惩罚就是结婚。

我：你逗我呢？

茉莉：他的父母为他找了一个虔诚的穆斯林女性，就在这个冬天，为他们举行婚礼。 哈立德提前回家就是去准备结婚了。 他刚知道这个消息的时候很愤怒，我们都以为他会去买醉，或者没日没夜狂欢。 出乎意料的是，他很快就平静了。 还倒过来劝我们这群朋友，"别担心我，就是回去走个仪式，之后我照样上

Colombo
2016

学，照样过好日子，那女人得留在沙特阿拉伯。"

我：可他总有毕业的一天，必须要回家面对这一切啊。

茉莉：我知道，我没忍心当面对他说这些，他心里又怎么会不知道。
我只是觉得，那个女人太可怜了，她什么都没有做，可是她也被惩罚了。对了，前阵子你不是去斯里兰卡找贝肯玩了吗？贝肯说你忙着和他朋友约会，快和我说说和穆斯林男人约会是什么感觉？

贝肯兄还真是个大嘴巴啊！我给茉莉讲起了那些不可告人的约会，她一直饶有兴致地打量着我。

茉莉：一个长得像阿拉丁的帅哥？你最喜欢的迪士尼电影居然是《阿拉丁》！

我：是啊，我小时候一个迪士尼王子都不喜欢，独爱充满冒险精神的阿拉丁。

茉莉：你确定不是因为女主角叫"茉莉公主"？

我：原来你还有这么自恋的时候。

茉莉：亲爱的，我觉得你也应该试试找个老男人约会了。你那个小伙子太不靠谱了，玩玩就行，别认真。

我：为什么我要找老男人约会？

茉莉：因为我现在在和老男人约会，正确地说，他是我的男朋友。差不多就是在你和艾米尔认识的时候我认识了他。

闺蜜之间关系近了，经常会连"大姨妈"都一起来，这情况没在我和茉莉身上发生过，但偶尔我们会在同一时间遇到心仪我们或是我们中意的异性。以至于刚认识艾米尔时，我就在想地球另一端茉莉是不是有也遇到心上人了，怎料到这次她居然找了个男朋友！

我：什么！？ 你找了个男朋友？？？ 你确定不是暧昧对象？？？

茉莉：冷静！ 我的的确确是在荷尔蒙稍微冷静的时候确定了一段稳定的男女关系。

我：什么！？ 快把他的基本情况说给我听听，让我瞧瞧谁那么厉害。

茉莉：想知道什么，你问。

我：年龄？

茉莉：43岁。

我：什么！？ 比你大20岁？？？

茉莉：有问题吗？

我：你怎么会找个比你大那么多岁数的？？？ 你最近受刺激了吗？

茉莉：我前阵子在想为什么我智商高、颜值高却那么难找到男朋友，发现关键原因就在年龄这件事上。

我：这是什么逻辑关系？

茉莉：我们俩的成长经历比很多同龄人都丰富太多，要找到让我们觉得有趣的男孩子太难了。 所以，只有两种男人符合要求：经历和我们一样丰富的同龄人，或有一颗年轻的心的老男人。 过去我执着于寻找前者，而其实后者在数量上远远大于前者。

　　语塞，我居然还觉得茉莉说得挺有道理的。

茉莉：怎么不说话了？ 我讲得很有道理，对不对？

我：嗯。 说说他的性格吧。

茉莉：他很开朗，好动，善良，很博学，有时爱多管闲事，喜欢讲只有他自己觉得好笑的笑话……嗯，总之他和你很像，就是个年老一些的男版迈兮。

我： 我有一直讲只有我觉得好笑的笑话吗？ 我几乎从来不讲笑话。

茉莉： 可是你经常自说自话，接着就自己哈哈大笑啊。

我： 我突然发现了一件很可怕的事情。 我会不会也找一个男版的你做男朋友，还不得被虐死。

茉莉： 我觉得这很有可能，你其实有轻度自虐倾向，你喜欢听我说尖酸刻薄的话。 要记得，对你尖酸刻薄的人，若不是很讨厌你，那就一定是很爱你哦！

尾声 | 散落天涯的你们

〈依然茉莉〉

　　猫村茉莉正在伦敦上医学院，她有一天问我，有没有发现人随着年纪越来越大，就越发不敢冒险了。

　　我说，成长的过程就是一个人面对未知和恐惧的态度转变。 小时候我们不懂的东西多，害怕的东西也多，然后就觉得只要天不怕地不怕了，就是长大了。 可是后来发觉等到天不怕地不怕过后再一次开始害怕的时候，才是真正长大。 成长其实就是对于"后果"这件事的认知。

　　茉莉说，她觉得人生来无畏，寻找勇气和担当之前是学会恐惧。 体会了恐惧，找到了勇气，最后学会了担当。 每一个过程所需要的时间都比前一个长。 可是有很多人可能到死都不懂得担当。

　　猫村茉莉总是抱怨我不用英文写这本书，因为她自认是个主角却连读的机会也没有。 这些小小的故事，就是一扇扇通往世界各地的窗口，我希望把我所看到的精彩且有意义的事物，最先分享给那个我所归属的地方。 中文不仅是我的母语，学过几种不同外语后越发觉得，中文是一门很有深度的语言。

　　于是猫村茉莉要求我将此书寄一本给她。

我问："你打算学中文？"

茉莉答："不，还没爱你爱到要学你母语的地步。 我就想数一数，我的名字总共出现多少回而已。"

〈O先生，你可还在这里？〉

2017年初，机缘使然，回了次柬埔寨，再一次去了暹粒。 走在暹粒夜市，路过了五年前和O先生初次见面的那个餐厅，不由自主地想去找找那家他开的餐厅，那个我喝着椰汁听故事的地方。 然而随着暹粒旅游业的飞速发展，五年间夜市已经焕然一新。 一时半刻，我找不到那家店，最后只得闭上眼睛，忘却眼前大路小路上的灯光人群，全凭自己记忆里的方向感去摸索，还真的就找到了那家店。

装修风格早已焕然一新，不变的是建筑结构。 笑盈盈走出来的，不是O先生而是个留着胡须、穿着短袖衬衫的中年男人，也是这个餐厅的现任老板。 五年前称呼O先生就是因为读不来他复杂的名字，此刻也只好通过对他长相的形容和我所知的有限的关于他的信息，来向这位老板打听了。 交谈后，我得知在这些年里，餐厅已经换了三轮老板，每一轮的老板都是三到五个人合伙经营。 新老板打开脸书，翻给我看2012年的四个合伙人的社交页面，我一眼认出了O先生。

"女士，原来是他？ 你前面和我说你要找的人，他老婆和孩子都在金边，我才没想到他。 他两三年前才结婚的，我那时候刚来暹粒讨生活，记得很清楚，来了不久就参加了他的婚礼呢！"

"他两三年前结婚的？"

"对啊，去年生的孩子，现在快一岁了吧。 他现在和人合伙开了另一家餐厅酒吧，离这里不远，走过去五分钟吧。 我可以把地址写给你。"

十分钟后，我站在一个喧闹的酒吧门口，视线穿过那些随着音乐起舞的人群，在墙角尽头的吧台边，我看到了那张比五年前更黝黑了一些的脸。 在这张脸上，没有了五年前的迷茫、纠结、犹豫，他放肆地笑，与身边来自五湖四海的游客举杯共舞。

O 先生，你的确还在这里。

〈后来的我，会这样和别人讲述 O 先生的故事〉

"一个我在柬埔寨认识的男人，十五岁就结婚了，后来离开家乡到一个旅游城市（暹粒）开了个餐厅，然后心就不定了。 那个城市是它的国家接触世界的窗口，男人通过形形色色、来自五湖四海的人重新了解外面的世界，一次次对外面的姑娘动心，他便越发不想回家。 一次偶遇，我写了一个他的故事。

五年后，我重新回到那个地方，就想知道那个男人是否还在那里。 我好奇，他究竟是会回家还是和一个外国姑娘跑了？ 到底会不会抛弃他的妻子呢？ 我费了一番功夫找到了他的店，然而老板却换了人，经过打听才知道，那个男人还在那座城市，换开了一家店，同时也换了老婆。 新换的老婆并不是外国人，而是那座城市的姑娘。

原本以为，他会最终回归童婚家庭，或者索性豁出去跟一个外国姑娘跑了。 最终的结果虽然在意料之外却也是情理之中。 通过一个窗口了解了更大的世界，他已经不能接受曾经的童婚家庭，但是也没有远走高飞赌一把人生，他找了个和他一样每天接触着外面世界的柬埔寨人。 其实这样的结局挺好的，他给了自己一个重新选择的机会，说白了，就是找了个和当下的自己三观一致的人。"

〈因为你说过，哪怕没有结果，也不代表过程没有意义〉

同样是 2017 年初，在上海的一家咖啡馆里见到了那个 2013 和我一起在慕尼黑啤酒节游玩的她。她完成了学业，决定回上海定居。叙旧之余，她说起了这些年欧洲的治安每况愈下，而这也是她和很多欧洲留学生选择回国的重要因素。

"2015 年就像一个治安分水岭，那之前的欧洲和那之后的欧洲完全是两个模样。有一次我和一个朋友被一个难民跟踪了二十多分钟，当时脑子里就一个想法——读完了书马上回家！"

"你报警了吗？"

"报警了，警察来了解情况后问我要不要备案，我丝毫没有犹豫就去备案了。你知道吗，因为那天我想到了你。"

"哦？"

"还记得我们在德国啤酒节遇到的事情吗？那之后我和父母聊天说到这件事，我还说你这个朋友正义感爆棚，有时候不免小题大做。我父母当时就说我不应该这样想，因为你做得很对。出门在外，如果都不为自己去争取公平对待，又有谁会为你说话呢？后来每次遇到可疑情况我都会报警备案，虽然备案会多费一点时间，但是我知道那是有意义的。当警局看到一个地区有很多可疑事件的备案，自然会加大警力。"

"息事宁人是很多人的本能反应，然而很多时候保持沉默就是在助长犯罪。"

"没错，我意识到了，你当年的做法其实是很无私的，并不是为了逞一时之快，而是尽自己的绵薄之力去改变正在发生的错误的事。哪怕没有结果，过程也是有意义的。"

那天她真挚地望着我说出这些，想到她把我们的那段经历讲给别人听，我倍感幸福。

〈麝香葡萄，你在哪个纸板箱子里？〉

这本书的插画师小辉听完了O先生的故事说："迈兮，你是不是可以给读者们交代一下，故事里其他人物现在都是什么状态啊？比如我就特别想知道麝香葡萄究竟有没有过上住在纸板箱子里的生活。"

那年去哥斯达黎加的一行人，除了麝香葡萄是勉强进了大学，其他人都考上了非常不错的学府。几年后，除了麝香葡萄以外的人都顺利大学毕业，有的在读研究生，有的在工作，有的在过间隔年游学的潇洒日子，各有各的精彩。而这些年麝香葡萄经历了什么呢？他修学复学过几次，在星巴克卖过咖啡，也在街边驻唱，加入过一些摇滚和诗歌俱乐部，剃过一次光头，参加过一次非法裸体抗议，去了一次不丹，变成了素食者……每次我给他发消息，等到回复都已至少是几个月后。他在社交网站上的头像，从鲍勃迪伦变成一把吉他，从一把吉他变成一把手枪，从一把手枪变成阿尔卡朋，从阿尔卡朋变成切·格瓦拉，从切·格瓦拉变成一根点燃的雪茄，后来某一天我发现他的头像是甘地，最近一次查看，则变成一个破纸板箱……

我好想再见一见他，但是世界那么大，我抓不住他。我想，他一直在路上，在那个纸板箱里。

SOUL

Limón
2010

姓　名	现状调查 （DK＝Don't Know＝调查无果）	迈兮的备注
猫村茉莉	坐标：伦敦的医学院 努力学习中，课余会旅行。	
麝香葡萄	行踪不定，现况难晓。	我每隔几个月联系他一次，最主要的目的是确定他还活着。
东海	韩国跨国公司白领，常去菲律宾出差。单身。	
Romeo	还住在墨西哥，最近一次回美国是 2016 年，总统大选时他得专门回去投票。	2016 年，他几乎每一次在社交网站上发声都是在给特朗普拉票。有一次我看到有个墨西哥人在下面留言："你真的喜欢这个要在美国和墨西哥之间造一堵墙的人？"他回答："他和我一样喜欢墨西哥料理。"
Rina	DK	细菌服了两年兵役，至今还在上大学，他没打听到素英的近况。据说 Rob 把酒吧转手后去了成都。Rina 的消息恐怕是再也找不到了。
Rob	酒吧还在上海，老板却不是他。	
细菌	上大学	
素英	DK	
Jae 和 Kyu	DK	
Junhyun	想转行成为摄影师。	
O 先生	与发妻离异，在暹粒找了当地姑娘再婚，经营酒吧餐厅。	
林婉鸳	还在丽江经营客栈，淡季的时候会出去玩。	2015 年尼泊尔地震时，我们联了一次，感伤着即使有一天能故地重游，很多古迹都已经是废墟了。
安藤 Jorge	始终没有走红，但是一直在拍小广告，也录了两支单曲。	如果你运气好，可以在 youtube 上搜索到他的单曲视频以及广告短片哦！

姓　名	现状调查 （DK＝Don't Know＝调查无果）	迈兮的备注
黑木老板	照常经营酒吧，儿子上小学。	
SM 摄影师	时不时从日本去德国玩自虐，始终喜欢靠社交软件把日本姑娘约出来带到情人酒店拍 SM 大片。	最令我感到惊讶的是，猫村茉莉并没有掐断和此人的联络方式，他告诉茉莉自己最新的爱好是花钱雇佣一个德国公司绑架自己，关起来虐待几天后再把自己放出来。
桑丘	已退休，在西班牙安达卢西亚的一个小村庄住着。每天标配红酒与咖啡。	
卢西娅	回到了布宜诺斯艾利斯，从事建筑设计工作。	并不知道她妈妈最后意见如何。
阿 Q	完成了欧洲所有国家的旅行。	
蘑菇头（12）	在马德里的一个会计事务所工作。	
当年一起坐过山车的她	完成了在慕尼黑的学业，于 2017 年回到上海定居。	2017 年初我们见了一面，她特意告诉我说她对那年在啤酒节的事情记忆犹新。那一刻她曾经觉得我小题大做，然而在欧洲生活多年后，她觉得当时的选择完全正确。
爱丁堡的调酒师	DK	这样的人，恐怕也只配得上未知的结局吧。
齐绮	这些年里，他取得了硕士学位，经历了长达半年的求职，找到了一个满意的奢侈品公司的职位。	齐绮说，倪霓想在五年内有自己的孩子，他觉得自己现在没做好准备，但是或许五年后就准备好了。于是他们开始了解人工受孕的事情。我没有详细追问齐绮家里对他们在一起的态度有没有转变，但愿时间可以化解一切困难。
倪霓	按部就班地照他的节拍生活，偶尔会辗转欧洲各国演出，和我认识他的时候没有区别。	

姓　名	现状调查 （DK＝Don't Know＝调查无果）	迈兮的备注
Jackie	正在美国攻读硕士学位。	
蚩蚩	飞行员学校学员，努力成为货机驾驶员。	蚩蚩离开戒毒所两年后被一家飞行员学校录取。入学前他去打听阿德里安娜的下落，想和她分享这个好消息，唯一得到的消息是：阿德里安娜已经不在波哥大的戒毒所了。
阿德里安娜	DK	
何塞	夫妻经营民宿，儿子还没回家。	瑞士大卫回家一年后又一次出发前往东南亚旅行。他的朋友去古巴时被他推荐去了何塞的民宿，得知何塞的儿子儿媳至今还未回过古巴。
加拿大大卫	DK	
瑞士大卫	世界很大，他正在探索。	
朵拉	DK	
绅士大叔们	DK	其实他们无处不在。
辛巴	DK	
章伯	DK	但愿他现在能做个好人。
阿卢卢	在达累斯萨拉姆打理家业。	
Addie	与老家的一个姑娘结婚。	我偶尔会和友子联系，她知道这个故事里每个人的近况。我时不时会想起茉莉的话，不知道等孩子逐渐长大，友子会不会想带他回日本。
友子	家庭主妇。	
Mike	离开德国，到瑞典打工。	
琳琳	刚辞职，准备去英国读 MBA。	
穆罕穆德	做向导之余，他一直致力于在网络上宣传巴勒斯坦人民的苦难与不平等待遇。	他语言天赋极强，自学多种语言，想通过网络向外界展示巴勒斯坦。

姓　名	现状调查 （DK＝Don't Know＝调查无果）	迈兮的备注
詹姆士	DK	
Joseph	在耶路撒冷打理旅馆。	
阿里	旅馆的生意越来越难做,阿里和妻子考虑带着女儿移居欧洲。	
伊尔凡	DK	
哈桑	重新回到他心爱的飞行行业。不久前他订婚了,未婚妻是埃及姑娘,他们在开罗认识的。	哈桑总觉得自从在开罗上大学开始,那里就一直是他的福地。祝福他收获幸福。
贝肯	始终排斥包办婚姻,想要找到自己真正爱的人。	
哈立德	举行象征性的婚礼后回到伦敦,照常过以前的生活,夜夜笙歌。	茉莉说,"婚礼"就像一个禁忌词,朋友们都不会在哈立德面前提,一切就仿佛没有发生过一样。
艾米尔	享受着做一个单身的万人迷,考虑移居迪拜。	

同样的起点,同样的终点,不代表你们走过的是同一条路。 最珍贵的也许不是和你一同站在终点的人,而是陪你走过相同路的人,哪怕只是一段而已。

亲爱的读者,或许五年、十年以后,你还记得这里的故事,挂念故事里的人物。 有缘分的话,我愿意把新的结局呈现给你。

ShangHai
2017

后记

2017年的2月，西哈努克港的黄昏，平均气温在23摄氏度左右，我拖着疲惫的身体从甲板跳上岸，找了个有Wi-Fi的餐厅坐下，点了一盘taco和一瓶啤酒。出海数日，信号全无，趁着等餐的空档，我连上了网络，逐一回复来自天南地北的问候。

四个月前，我开始到处搜罗插画师为这本书作画。三个月前我锁定了几个插画师和他们一起做了一个小实验。我让他们选读这本书里感兴趣的章节，然后画下他们最喜欢或是觉得最有代表性的一帧画面。当我收到小辉的稿件时，我惊呆了，那是《魔鬼的辩护者》里迈兮和调酒师相遇的模样，那个视角和场景，和我脑海里的设定一模一样。

于是我认定了小辉。从那时起，我们一起熬了好多夜，讨论一个个故事的场景。写书的过程是很孤独的，认识小辉后感觉自己不再是"孤身奋战"了。小辉与我素未谋面，却是这本书的第一个读者，还一次又一次带给我惊喜。我一直珍惜着这种缘分和这份彼此欣赏。

出海归来，我迫不及待查看小辉发给我的未读消息。不出所料又有新完稿的画，就是《前半生警察，后半生流氓》里的朵拉肖像。我很感动，因为小辉在给我这本书画插画之前，是几乎从不画人物肖像的。我兴奋地给予小辉肯定，然后便开始分享我的出海感受。 滔滔不绝地讲起我有多爱深海，多喜欢潜水，并且强烈推荐小辉也去学习潜水然后画一画海底的世界。

小辉沉默了一阵子，微信上的"对方正在输入…"闪烁了好一会儿。

小辉：之前咱们一直在讨论作品，你对我知之甚少吧？ 之前和你说过我最近在修养，其实正确说我活着的二十多年一直在修养状态。 我天生腿有残疾，不影响生活，就是行动不便……

我：你，行走在画里。

小辉：所以要相信，你走过这么多地方得来的作品，我不会让它有遗憾的。

我：能由你来画这些，我已经没有遗憾了。

当夕阳逐渐变成了咸蛋黄坠入大海，我的眼睛才从手机屏幕上移开。 那个港口很杂乱，那个小餐厅很简陋，沙滩上来来往往着年老的欧美男游客和柬埔寨妓女，桌上冰啤酒和 taco 不知是何时已被端来。 恍惚片刻，当我再次低头看手机屏幕的时候，才发现，小辉的头像已经被我的眼泪模糊了。

小辉，谢谢你。 我是多么幸运遇到你，你不仅用绘画才华去诠释我的作品，还让我知道原来我的文字可以让你自由行走。 行走过后你把那些地方画出来，有共鸣的读者们也一定可以行走在你的画里。

"诶，小辉，你要不要写一段'感谢'放在书的后面？"

通话的时候，迈兮突然这样对我讲。 当时我就在想，最要感谢的人当然就是你咯，不然我怎么会成为这本书的插画师？ 哪有这半年的创作和故事?

世界那么大,而你找到我,让我这有身体障碍的人有远行的感觉,在我灵感枯竭的时候启发我,无条件信任素未谋面的我,成为同一段路上惺惺相惜的伙伴。

通话时候不好意思说出来(捂脸),真的,迈兮,谢谢你。

还有,

感谢故事里的主角们,感谢共同走过这段路的人。

也感谢拼命努力的自己。

感谢阅读这本书的你们。

语言苍白,但是由衷的,谢谢。

by 小辉

*   *   *

感谢我的妈妈,是你给予我生命去探索世界、感受幸福。

感谢我的奶奶,每当遇到挫折和困难的时候,想到你豁达的笑容,就仿佛找到了力量的源泉。

感谢我的爸爸,是你把文字和远行带入我的生命,使我的精神世界富足,变成了独一无二的自己。

感谢大学校友 Gyeol。 2014 年 1 月 12 日夜,他请我吃了个披萨,我给他讲了两个故事。 披萨吃完的时候,他很认真地看着我说:"迈兮,你应该写本书,让更多人听你讲故事。"后来有很多人对我说过相同的话,但我要谢谢第一个给予我启发和鼓励的人。 一眨眼三年过去,他的那句话成真了。

感谢傲然,一直关注这本书的进度,还总帮我动脑筋如何让这本书更好，被更多人看到。 有你这样欣赏我并时刻为我打气的朋友是我的幸运。

感谢风度翩翩的陶陶学长和才华横溢的益馨学妹，出书过程中几个重要节点，你们的观点给予我很多启发。（如果不是这位学长的建议，我可能不会想到在这本书里加上插画，那么也就不会认识插画师小辉。）

感谢策划编辑樊诗颖，谢谢你鼓励我欣赏我，总是充满耐心，为这本书出谋划策，在我和责任编辑以及出版社之间成为高效的沟通桥梁。

感谢每一位审核我作品的编辑，能把你们生命中的一段宝贵时间花在读我的文字上。

感谢封面设计师林京广，百忙之中越洋拔刀相助，设计出能让我珍藏一生的封面和扉页。

感谢在出版这本书的过程中所有给过我专业建议的人。

感谢好友，龟龟，鸟帝，DDD 夫人，Freya Yu < 3，爱妃女神，大龚，一公子，江爷，林富帅，BlackJJ，菲利普，小龙兄，猪哥哥，刘僧，多多。 你们有的在我创作压力巨大时候耐心倾听，有的伴我走过难忘旅途，有的只说过只言片语却极致温暖我心。

感谢所有鼓励过我的亲人和朋友。

感谢猫村茉莉。

感谢青春，伴我向美景和陌生人致敬。

感谢你们，旅途中遇到的每一个陌生人。

感谢读这本书的你。

迈兮

2017 年 6 月 7 日凌晨于上海